U0028475

第六屆林佛兒獎作品集

白賊

THE WHITE HAT

主編
台灣犯罪作家聯會

作者
白帽子
秀弘
攸亘
笑芽

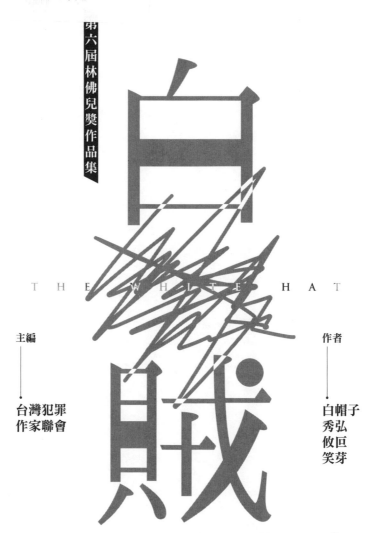

目次

新銳的臺灣犯罪文學獎／既晴

一個類型文學獎的生命，儘管有賴於主辦單位的規畫、經營，以及評審委員們的慧眼，但卻不可能「無中生有」，憑空生出一些作品來參加比賽，文學獎本身只能「設法存在」，讓大眾知道它的定位、它的路線，引起創作者、讀者的興趣，進而參與，經過時間的累積，逐漸成為一個具備指標意義的文學創生平臺。

林佛兒獎在復辦前的四屆，是屬於名家、新手競逐，互相砥礪的型態，呈現當年度類型發展的關鍵面向，綜觀來說，這是一個在渾沌中摸索方向的過程，不斷尋尋覓覓，發現屬於臺灣自身的犯罪文學。從現存的紀錄中，可以發現到作者在創作上的多樣性嘗試，也可以發現評審在觀點上的意見分歧。縱使沒有結論，在過程中也描繪出臺灣犯罪小說早期發展的輪廓。

復辦後，作品徵選的範圍調整為「新人獎」，這是因應創作水準日益成熟的時代演變，新生的林佛兒獎，可以聚焦在新人作家的挖掘，毋須特別去反映臺灣犯罪文學的整體樣貌。因此，在復辦之後，我會特別關注的面向即是作品的「新銳性」了。

犯罪小說是一種型態固定、有公式可循的文類，從這個角度來看，追求它的「新銳性」，似乎擁抱了一個高度不確定性的風險，然而，我想也許正是這樣的創作態度，臺灣犯罪小說才有可能開出一條與眾不同的路徑。

第六屆林佛兒獎順利落幕，在此感謝參與的所有創作者與評審老師們努力。在類型既有的創讀默契之上，去追尋屬於臺灣犯罪文學的新銳性，我想仍將是未來林佛兒獎不斷努力的課題，也是創作者、讀者的期待。

白賊

白帽子

「感謝林佛兒獎，入圍決選很開心，創作的時候很焦慮。我發現遏阻犯罪的良方，就是鼓勵大家寫犯罪小說，因為寫沒幾段，就擔心露出破綻；寫完初稿後，更是惶惶不可終日，一篇千改心未安，只怕難逃行家制裁。紙上談兵都這麼可怕，誰又敢真的以身試法？等到截稿了、沒法再改，簡直有再世為人之感。至於〈白賊〉這一篇罪惡文字的功過，就請諸君審判。」

【01 宅配】

凌晨四點五十分的鬧鐘響起前，我就睜開眼睛，取消了鬧鐘。今天又是我贏了。

我的甥女樂樂問過我：為什麼設在四點五十分這種奇怪的時間？為什麼不是五點整？答案是普通人會設整點，所以我提早十分鐘醒來，我就贏過他們。美好的一天，從獲勝開始。

我跟人玩牌，但從不賭錢；我偶爾小酌，但從不喝醉。我不抽菸、不嗑藥、不嫖妓、不飆車、不打架，沒有任何不良嗜好。我每週去健身房兩次，而且真的有健身，不是去拍照打卡。我努力保持最佳狀態，隨時可以開工。

如果問我做什麼工作？我是宅配業者，通常在臺北活動。我擅長把某個人家裡的東西，運送到另一個人家裡——通常就是我家。我運送得又快又好。

普通的宅配非常消極被動，要坐等物主委託，一個口令，一個動作；但我不是，我很積極，不勞物主開口，我就會主動把事情辦妥，而且盡量不驚擾到任何人，體貼之至。如果米其林有評鑑我的業務，我篤定能收到兩顆星，至於第三顆星，我會自己摘走。

按刑法的說法，我的所作所為是不對的，嗯，這是它的言論自由嘛，我雖然不同意，但我誓死捍衛它這樣講的權利。

我真正贊同的是老子的主張：「天之道，損有餘而補不足」，所以但凡我看到別人家有好東西，我自家沒有，我就得考慮該怎樣替天行道，把它帶走。雖然有時這極其艱困，但為了伸張天道，我義無反顧。

我走到浴室一番盥洗，精神煥發，倒是樂樂還在沙發上熟睡，旁邊背包大開，散了一堆雜物。我隨手幫她披好毯子，想等她自然醒後，再來問她昨晚為什麼蹺家。其實也沒什麼好問的，天要下雨，貓要吃魚，母女要吵架，都是自然規律。

我戴好口罩跟手套，出門晨跑。口罩當然是為了防疫，戴手套是模仿壽司之神小野二郎，因為我們倆的工作一樣，都需要靈巧而敏感的十指，所以任一根手指都不能受傷或弄髒。他年近百歲，對工作還這樣慎重，讓我感動不已、見賢思齊。

更何況，小野二郎又不會走在路上，就突然發現有千載難逢的時機，得當場捏個壽司，但我隨時都可能替天行道，也隨時都不能留下指紋，必須把工作融入生活，達到無懈可擊的境界才行。

即使如此，這也只算是稱職而已，真要讓道上敬重你是號人物，還得有一些戲劇性的事蹟能為人傳誦，古往今來的神偷怪盜、英雄豪傑莫不如此。像教父，大家最津津樂道、印象深刻的，恐怕也是他拿血淋淋的馬頭來示威，古龍《流星蝴蝶劍》裡的老伯也如法炮製，可見東海有職人，西海有職人，此心同，此理同，值得我們悉心學習。

【bug 02】

我午後返家，樂樂正沉浸於電視遊樂器版《俠盜獵車手V》，她的角色被警方追捕，手忙腳亂，聽我進門也沒打招呼。可嘆她學藝不精，我剛坐到沙發邊上要指點一二，她已經被亂槍擊斃、就地正法。

她不可置信、叫了一聲，整個人橫躺下來，把腳靠到我腿上，右手垂到地上。

我捏捏她的小腳：「如果妳媽知道妳在打限制級遊戲，我會挨罵。」

樂樂不以為意：「如果。」

「妳跟她吵架了嗎？」

「十三歲如果四捨五入，就等於十八歲，我打限制級遊戲沒問題吧。」
「妳這算術好像不到三歲吧。十三四捨五入，是近乎十。」
「不是啦，十三跟十八只差五，依照四捨五入，五不就變成零了嗎？所以十三跟十八沒差。」
五應該是進位成十，但我不想爭執：「好吧，妳才是拿書卷獎的人。這次跟妳媽吵什麼？她不准妳打電動？」
樂樂嚴謹地更正：「那不是書卷獎，那叫模範生。」
「好，模範生，為什麼跟媽媽吵架？」
樂樂輕輕抬腿，好像在踢水：「我的早餐呢？」
「隨著光陰消逝了，現在我們只能吃午餐。妳是不是蹺補習班被媽媽罵？還是故意不刷牙，想惹她生氣？」
「午餐吃什麼？」
「妳回答我的問題，我就回答妳的問題。」
樂樂翻過身去，趴在沙發上。
我瞄了下電視螢幕，嘆了一口氣：「妳知不知道遊戲公司研發《俠盜獵車手》一代的時候，差點腰斬？」

樂樂不答腔。

我逕自說：「因為他們當時的設計，過度追求擬真，把操作方式弄得很繁瑣，所有人玩過都說無聊。幸好他們有一天測試，發現了一個離譜的 bug。」

樂樂感興趣了：「什麼 bug？」

「原本的遊戲設計，警察是循規蹈矩，按固定路線巡邏，看到玩家偷車，才開警車攔停、逮捕歸案。可是實際測試時，警察不知道哪根筋不對勁——應該說不知道哪條程式不對勁，警察會直接開車輾死玩家，還反覆輾過遺體，非常凶殘。遊戲公司不禁讚嘆：『啊！這個 bug 比原本的遊戲好玩多了！』」

樂樂笑出聲來，轉頭看我。

我總結說：「於是他們把這種 bug 改成正規玩法，作為賣點，大獲好評，就這樣一路做到五代。也許妳有生之年能玩到六代。」

樂樂想了想，突然坐起身來：「你為什麼要做小偷？」

我一時語塞：「這有點複雜。」

其實這不複雜，我只是不習慣向小女孩解釋我的人生。

「你知道嗎？你的生活比我還像模範生，有時甚至像穆斯林。如果你有一天被抓，記者去採訪鄰居，他們會說：『啥潲？他看起來不像這種人。』而不是說：

『他從以前就很可疑。』你到底為什麼要做小偷？」

「我做我擅長的事，努力做到最好，如此而已。」

樂樂不太滿意，還好飢餓分散了她的注意力：「說到最好，我們最好吃午餐了。」

民生問題非同小可，我本來想訂些應景的東西吃，但好舅舅就是要給甥女吃垃圾食物、賴在沙發打電動耍廢，這是顛撲不破的真理，所以午餐是炸雞、雞塊、漢堡、薯條、可樂、蛋塔、冰淇淋大福……

樂樂為了減肥，不想吃太多炸物，可是她聲稱這讓她壓力很大，為了緩解壓力，她只好獨吞了甜點。她的算術好像真的有問題，至少計算卡路里時會失靈。

她喝完可樂打了嗝，就忘恩負義，開始質疑我的生活習慣：「你本來就偏食了，現在還不吃蔬菜嗎？這樣飲食不均衡。」

「很均衡，各家速食我輪著吃——才怪！是因為妳，我才叫速食，而且我有健身，偶爾吃不會胖。」

樂樂的眼睛滴溜溜地轉：「我好像吃太多了，你等下又要出門工作對不對？我跟你一起出門走走吧。」

其實我下午打算窩在家裡寫東西，指摘我看不慣的各種問題，但樂樂既然密謀跟著我，那我決定假裝要出門，潑她冷水：「妳不能跟來，妳會礙事。我很抱歉，但這是事實。」

樂樂不為所動：「如果你教我，我就不會礙事。」

「我喜歡單幹。」

「很好啊，那你教我怎樣單幹。」

「不行。」

「你不是喜歡《教父》嗎？裡面有句話怎麼說的？『男人如果不懂得花時間陪家人……』」樂樂抱頭作苦思狀：「哎呀，那句話是怎麼說的呢？想不起來，你記得嗎？」

「『男人如果不懂得花時間陪家人，就不是真男人』。」我無奈地說：「五十年前的限制級電影，虧妳也看過。」

樂樂眨眨眼：「我有打好基礎吧。」

「那我花時間陪妳看點合法的電影吧，工作不適合妳陪。」

「你晚點的工作是受人委託，還是自己作主？你如果是受人委託，我就放棄。」

我不確定樂樂知道了什麼，沒答腔。

「你已經很少接受委託了，現在工作大多是為了自己高興，沒錯吧？」她洋洋得意，好像監考老師逮到考生作弊：「帶上我有什麼關係嘛。」

我無奈地說：「是妳媽多嘴吧，她還說了什麼？」

「我聽到她跟律師說：你混得很好，在大陸做了幾筆大生意，照大陸的說法，你已經『財務自由』了，不太接受委託，也不太需要她幫忙洗錢了。」

我莊嚴地說：「其實任何人只要欲望夠少，就能財務自由，而且我最核心的欲望是偷，偷是免費的。」

樂樂的大眼睛裡滿是好奇：「我一直很想問你：偷是什麼感覺？」

「沒什麼特別的。」

樂樂不高興起來：「我不是小孩子，不要敷衍我。」

我只好認真一點解釋：「偷是我的日常生活，我習慣了。妳如果跟一個人交往幾十年，最後會感覺到什麼？沒什麼特別的感覺。」

她還是不滿意。說得也是，她的人生又還沒度過幾十年，不能體會我講的感覺。

我嘆了口氣：「妳知道小說家陳映真嗎？他講過一個故事，說有年輕人生活苦悶、了無生趣，問別人世上什麼事最快樂——妳覺得什麼事最快樂？」

「花錢？」

「差不多。別人跟他說性行為最快樂，於是他就去找樂子。可是一試之下，他大失所望，覺得世上最快樂的事也不過如此，人生不值得留戀，就這樣自殺了。」

樂樂的表情似懂非懂：「所以，隨便性行為，就會出人命？」

我沒理睬她的雙關語：「不是。我想說的是：我比那個年輕人幸運。我不需要問別人：『世上什麼事最快樂？』我已經有答案了，而且我沒有失望。偷，讓我感到人生是值得的。就憑我還有能力偷、有機會偷，我這輩子就不會考慮自殺。有的人因為有孩子，所以願意努力活下去；有的人因為有理想，所以可以不斷奮鬥；我是為了偷。」

樂樂眼睛一亮：「那你最好帶我體驗一下偷的樂趣，不然別人可能推薦我性行為。你希望甥女因失望而自殺嗎？你不殺伯仁，伯仁因你而死，你這是於心何忍、於心何安？」

我看樂樂不好打發，就板起臉孔，嚴肅地說：「這是我的工作，妳如果堅持想跟，我們就公事公辦。我考核一下妳的業務能力，妳過關的話，我就帶妳同行、教妳幾招；妳卡關的話，此事不要再提。」

樂樂興奮起來：「放馬過來！」

【03 白賊】

第一題是模擬題，我叫樂樂在《俠盜獵車手V》裡偷車。她熟練地操作，角色立刻擊破車窗，打開車門坐定，啟動引擎。

我一拍茶几，大聲說：「叭叭！失敗！」

「哪有失敗？我又沒被警察看到。」

「不對，妳應該解開車鎖，而不是打破車窗。車窗破了，警察可能會攔檢，路人跟並行的司機也可能留下印象，更不要提打破車窗時，警告器有多響。」

樂樂試了下，但找不到解鎖的選項，角色再度破窗而入。她狐疑地說：「遊戲裡哪有你說的這些設定？哪有辦法解鎖？」

「遊戲裡沒有，現實裡有。樂樂，我的工作不是遊戲。」

樂樂嚷嚷起來：「遊戲裡根本沒有正解，你這樣出題是作弊！」

「偷東西就是作弊，不能忍受作弊的人，怎麼陪我偷東西？」

樂樂臉色沉了下來，幸好她家教不錯，沒摔遊戲手柄。其實只要把角色切換成慣竊富蘭克林就能靠解鎖來偷車，她是因為一直在玩狂人崔佛才沒注意到。

樂樂握拳捶腿，大聲說：「第二題呢？考我第二題！」

第二題是情境題，我拿出一個牛皮紙袋，裡面有一批照片，包括了郊區大宅、鄰近的農地跟養豬場。我指著大宅的照片：「這屋裡有保險箱，內有大量現金，有內鬼告訴妳密碼，有守衛巡邏，但沒有監視器。妳會怎麼偷？」

樂樂思忖了會，先把農地跟養豬場的照片撥開：「這就是選擇題裡那種來鬧的『D』。」

她對我眨眨眼，我愣了下，才意識到「D」兼指臺語的「豬」。

她接著挑出大宅出入口的照片來研究，指著門前一個白色方箱：「這是監視器嗎？」

我笑了：「這是信箱啦，是美式設計。旁邊不是有塊紅色的旗狀小牌嗎？那叫『red flag』，收到信會豎起來。屋主想炫耀自己國際化，才故意用美式信箱。」

樂樂不予置評，又看著保險箱、各個房間跟走道的照片，良久才說：「我會想辦法畫出整棟房子的平面圖，還要跟內鬼打聽守衛怎麼巡邏。」

「然後就去偷？」

「我會在外面監視守衛一陣子，看內鬼有沒有騙我。」

「他沒有騙妳，然後妳就去偷？」

樂樂含糊地說：「等我準備萬全了就去偷。」

我一拍茶几，大聲說：「叭叭！答錯了！」

「錯在哪？」

我用手指敲著照片：「我問妳：這地方有保險箱，有大量現金，而且還有守衛巡邏，那為什麼沒裝監視器？監視器不可能比守衛更貴、更難管理吧？」

樂樂緊盯著照片，沉思了會，終於說：「為什麼？」

「因為這是黑道的據點。他們的監視器影片如果被檢警查扣，可能害他們被定罪，所以他們不喜歡裝監視器。」

我把牛皮紙袋上的「ＬＣ」標記指給她看：「Leopard Cat！這是石虎幫的事務所，懂了嗎？回到一開始的問題：妳該怎麼偷？」我加重語氣：「妳應該放棄。」

「這題太狡猾了！」樂樂應該聽出了我語帶雙關，但不肯死心。

「不狡猾。妳知道莊子講『盜亦有道』吧？大盜的五種道裡，就包括了『知』，就是要判斷能不能偷。妳如果會誤判，不但當不成大盜，可能還保不住小命。」

樂樂嘟著嘴，很是不滿：「那你為什麼覬覦石虎幫的保險箱？」

「我沒有。我剛說了那是不智之舉。」

樂樂一掌壓上照片：「你弄來了一堆照片，不就是計劃要偷嗎？」

「不是。石虎幫是我的客戶，他們不便把錢存銀行，也不可能依賴警察或保全公司，必須靠自己保護財物，所以為求滴水不漏，他們才委託我作『白帽小偷』，測試防盜機制有沒有漏洞。」

我看樂樂一頭霧水的樣子，顯然對「白帽」很陌生：「妳知道駭客吧？有的駭客是搞破壞的，叫『黑帽駭客』；有的駭客是幫人挑bug、補漏洞的，叫『白帽駭客』。白帽小偷這種稱呼，就是學白帽駭客的，江湖上又稱『白賊』。」

樂樂嘖嘖稱奇：「賊也會幹好事啊。」

「幫石虎幫算幹好事嗎？我只能說：他們很大方，又付現，我很樂意幫忙。但這生意其實不好做，因為他們都是行家，總是公事公辦，很多人又是工作狂，只尊敬更厲害的能人。要不是我當時好好露了一手，也不能折服他們。他們的勢力能從臺中、苗栗、南投不斷擴大，不是沒有道理的。」

樂樂還想細看石虎幫的保險箱，我趕緊把照片收好：「他們的防盜機制升級過，這些照片都過期了，別打壞主意。讓我免費給妳點專業建議吧：妳不適合這一行。」

樂樂按著茶几，瞪著我：「你可以考完第三題再下定論。」

我搖搖頭：「妳連錯兩次了，沒有人有第三次機會。」

樂樂倔強地說：「棒球的打者就有。我還沒被三振，我還能得分。」

「妳真的想用掉妳第三次機會嗎？妳可能會發現妳真的不是這塊料。」

「快點考。」

「好吧。」第三題是實作題，我找出副特製手銬，把她雙手銬起來：「我收拾下東西就出發，如果妳在我出發前打開，就可以跟我走。」

樂樂自信滿滿：「你不要小看我，我在網路大學 YouTube 學院的解鎖系旁聽過。」她拿出髮夾，嘗試解鎖，不到一會兒就滿頭大汗，但徒勞無功。

我取走髮夾，幫忙拗成合適的形狀，再塞回她手裡：「我比妳更小的時候就能解開，妳沒有天分就要認。」

樂樂緊緊閉著嘴，假裝不想哭。

我沒安慰她，也沒說手銬是特製的，普通手法打不開，更沒幫她解鎖。我靜靜看她忙了片刻，才硬著心腸說：「我出發了。」

我下樓的時候，心情有點沉重。其實我原本沒打算出門，現在卻為了勸退甥女，只好假戲真做。如果我是去中學演講，我很樂意吹捧聽眾，說每個人都有無限的可能，想當強盜的就能當強盜，想當小偷的就能當小偷，可事實就不是這樣。

事實是每個人的可能性都窮極有限，而且絕大多數人都不配跟刑法為敵，他們只是年紀小，只看到賊吃肉，沒看到賊挨揍，就被浪漫的幻想沖昏頭，以為自己也有機會成為鳥中喜鵲、人中慣竊，非要幾次出入警局，浪擲了寶貴的青春，才驚覺自己只能安分守己、腳踏實地。

樂樂現在打不開手銬，肯定很挫折吧，但她十三歲時在舅舅家覺悟，總比二十歲在看守所裡悔恨好。她媽肯定也支持我這麼做。只是我該不該解開手銬再走？如果不解開，我一去幾小時，她會不會記恨？如果解開，她脾氣這麼倔，沒吃足苦頭，怎麼會乖乖放棄？還是折衷一點，我去喝杯咖啡就回來搭救她？

我正為難間，樂樂不期然下樓了。她用外套蓋住雙手，佯作無事，但常看新聞的人都能猜到，這人在掩飾手銬。

她不發一語，走到我面前，雙手平舉，很像是要向警方自首。我沒多說什麼，以免傷她自尊，我只是伸手探到外套下，正擬幫她解開手銬。

可是突然咔噔兩響，我雙手被銬住了。

樂樂面露得色，悠然說：「要我幫你解開嗎？」

我遲疑未答，她已經一陣摸索，用髮夾解開了手銬。

「你出發了嗎？我是不是在你出發前，把它解開了？」樂樂往後一跳：「九局下半，兩好三壞，打者只剩一次機會──」她作勢用力揮棒，歡呼：「全壘打！」

我默默收起手銬，把安全帽扣到她頭上。

【04 CP值】

雖然新冠疫情趨緩，臺北早就不強制戶外戴口罩了，但難得有正當理由能遮臉，所以我們還是戴了口罩才上路。

我一邊騎著電動機車，一邊盤算挑個沒人住、風險低的地方，讓樂樂體驗一下私闖民宅的樂趣，至於偷東西還是算了。

樂樂想打聽我的私生活：「我這頂安全帽平常誰在戴？我檢查過了，沒找到頭髮。」

我坦承：「我平常哪會載人。」

「那你為什麼有兩頂安全帽？」

「有備無患。妳知道美國的特種部隊海豹部隊？他們有一條準則，說是『一就是零，二就是一』。」

「他們的算術也不到三歲？」

「他們是指凡事要保險。如果只有一件裝備，一旦損毀，就什麼都沒了；如果有兩件，出了意外，好歹還有一件應急。」

說到裝備，樂樂頗有微詞：「你是財務自由的人耶，為什麼騎這種車？」

「電動機車有什麼不好？」

樂樂委婉地說：「如果有人懷疑它不夠拉風，那好像也不是說完全沒有道理。」

「電動機車很安靜，安靜就是安全。我們工作的原則，就是掩人耳目、不要驚動屋主，讓時間做我們的朋友。只要屋主不知道有人光顧，等一段時間後，很多線索會自然消滅，他就算發現遭竊，也根本不知道該從何查起。掩飾作案時間很重要。」

「那你可以開電動車啊，電動車也很安靜吧。」

「臺北車位不好找。」

「那我們要去哪邊『踩盤子』？」樂樂故作老練地講出「勘查做案地點」的黑話。

「沒有人會講『踩盤子』了啦，連外行人都會講的黑話有何意義？」我反問：「妳覺得該去哪邊勘查？」

樂樂興奮地說：「松江南京！那邊有很多銀行。」

「妳太沉迷《俠盜獵車手V》了。妳知道嗎？去年五月有人在新竹搶銀行，結果六分鐘就被警察逮住，判刑兩年多。在臺灣，別動銀行的歪腦筋。現在回到現實，好的目標必須有哪些條件？」

樂樂想了想：「第一，錢多；第二，容易得手。」

「還要避免被逮到。所以我帶妳來這邊。」

「為什麼？」

「因為這一區有錢人密集，但開發得早，大樓都有歷史了，居民的平均年齡又偏高，比較守舊，不太喜歡更新保全系統，所以妳隨便摸進一個不起眼的住家，CP值可能都很高。C是指Convenient，方便得手；還有Cash，方便脫手、換成現金。」

「P呢？」

「Police，警察，當然也包含保全，泛指被逮的風險。妳得手脫手的獲利越高，被逮的風險越低，CP值就越高。」

「那警察如果是零呢？除以零的算式是無效的。」模範生的算術雖差，數學觀念倒很不錯。

「沒錯，這就是CP值的重點：不能假設被逮的風險是零。妳要牢記這一點。」

學到新的黑話，好像讓樂樂很開心。

我找到車位停了車，拿出三樣法寶給樂樂，第一是帽子：「臺北監視器密集，而且可能架在妳疏忽的位置，所以要戴帽子跟口罩，盡量不要抬頭，這樣監視器就拍不清楚妳的臉。還有，帽子可以避免妳行竊時掉頭髮。」

樂樂戴上帽子：「要避免掉頭髮，不是該戴浴帽或泳帽嗎？」

「那太顯眼。其實妳帽子戴好就不會掉頭髮，餐飲業也是這麼做的。」

第二樣法寶是個包包，樂樂打開一看，裡面有一疊房仲的廣告傳單。

我解釋說：「我們要入侵大樓的時候，就拿出一疊傳單，大搖大擺進去，假裝是大門沒關好，我們混進來發傳單。這樣就算被住戶看到、被監視器拍到，或留下其他蹤跡，也有個託辭。」

最後的法寶是工作手套：「發傳單會讓手指變乾不舒服，所以有經驗的打工族會戴手套，這剛好掩護我們不留下指紋。」

樂樂眼睛發亮，看來正想大顯身手，她那種不懷好意的神情，很是頑皮。

我怕她興致一來，亂闖亂碰，所以鄭重其事跟她約法三章：接下來一切聽我指揮、不准跟人說話、東西能不碰就不碰。她爽快答應，我才帶她漫步社區，物色目標。

我望著街景，有感而發：「我年輕的時候，為了熟悉這一帶，當了十個月的速食店外送員，天天出入這些大樓。等我有十足的把握了，才下手摸走第一支百達翡麗，當然也包括保卡。」

「什麼是保卡？」樂樂沒問什麼是百達翡麗，畢竟在家裡見慣了。

「保卡就是買名錶會附的正品保證卡——」我笑了笑：「可以證明妳的錶不是偷來的。如果妳只偷錶，沒偷保卡，就不方便脫手，脫手了也沒有好價錢。」

樂樂知道我手腕上空無一物：「那你的百達翡麗呢？」

「我不戴錶，跟廚師一樣，不然會妨礙工作。」

這時正巧有外送員騎車駛過，我忍不住說：「外送員很辛苦，但可以訓練一個人安全地飆車、謹慎地送貨，還要在極短的時間內，找到進出大樓的最適路線。」

我拍拍胸膛：「最重要的是，身為外送員，可以讓妳打從心底相信，自己就是有正當理由出現在任何地方，神擋殺神、佛擋殺佛。這種心理建設，會由內而外，從妳最細微的表情神色流露出來，讓人覺得妳不可疑。我從外送中學到很多。」

「你好像很懷念當外送員的日子。」

「與其說懷念，不如說感謝。」我回憶往事：「而且我當時很喜歡『肉鬆』——『豬肉鬆餅』，我們簡稱為『肉鬆』。」突然我指向一棟大樓：「妳看那個。」

「哪個？」

我們走近大樓門口，信箱上貼了一張粉紅色單子，上面印著：

郵務送達通知書

（※ 本件已依法辦理寄存送達，收件人不得申請改送其他單位寄存）

依據 民事訴訟法第一三八條 放置本通知書

茲有應行送達

臺北市○○區○○○路○段○巷○弄 2 號 5 樓

李國豪 君之訴訟文書一件

【掛號號碼：○○○○○－○○○○○－○○】

於按址送達時，無人收受，依相關法律規定，寄存於

○○○路派出所 電話：02 ○○○○○○○○

於一一一年十一月十四日 15 時後 2 個月內，持本通知書及下方附註所示證件前往領取

地址：臺北市○○區○○路○段○○號

臺北郵局○○投遞股 郵局送達人

簽章 ○○○

中華民國一一一年十一月十一日

下面還列了些領取訴訟文書的注意事項。

樂樂猜我必有深意，瀏覽了一下：「這個人不在家，沒收到訴訟文書，郵差通知他去警局領，但早就過期了。」她又指著送達日期，笑說：「是購物節貼的。」

「十一月十一日不是光棍節嗎？話說1111四個1，明明就成雙成對，算什麼光棍？不過先不管好了。」我下巴往郵務送達通知書一努：「妳覺得這代表什麼？」

「要領訴訟文書，就要撕走通知書，現在既然通知書還在，這人一定沒去領。」

「所以呢？」

「正常人看到通知書，肯定會去領，如果他沒領，那搞不好超過兩個月不在家了，我們正好闖空門。」

我同意，但我故意說：「他也可能是租約到期搬走了，現在住的是新房客。」

樂樂確認了一下領取訴訟文書的期限：「過期都超過三週了啦，如果有新房客，早就撕掉通知書了吧，不然通知書都遮到信箱了，會妨礙收信。」

她聲調壓低：「他家感覺沒人，我們去拜訪一下？」

「很多大樓裡面，會裝監視器對準大門，拍攝有誰出入。妳瞄一下這裡有沒有。」

樂樂透過玻璃大門偷看：「電梯旁邊有監視器對著大門。」

「妳仔細看，那臺監視器的紅燈有亮，對不對？」

「對，所以它會拍到我們嗎？」

「不是，那是紅外線燈，是光源不足的時候才會啟動，用來補光。可現在是大白天，裡面也開著燈非常亮，紅外線燈應該不會啟動。」

「那它為什麼會亮？」

「因為那監視器是假的，嚇唬人用的，頂多三百多塊吧。它為了假裝在拍，所以一直亮紅燈，這其實弄巧成拙，反而暴露它是假貨。」我指著電梯旁邊牆上：「妳看那邊，有施工過的痕跡，可能本來裝了真監視器，妳猜是怎麼回事？」

「你眼睛也太尖了吧，我什麼都沒看到。」樂樂想了想：「那邊本來有臺真監視器，可是太老舊或者故障拆掉了，後來大家想省錢，就只補了臺假的充場面？」

「有可能。也許這裡久沒遭竊，居委會覺得假監視器就夠用了。」我補充說：「其實妳就算被監視器拍到，影像通常也只保存一個月就自動覆寫掉了，只要屋主沒起疑，沒及時調閱，妳就是安全的。」

樂樂喜上眉梢：「他們沒裝監視器，就是邀請我們進去，我們拒絕了多沒禮貌啊。」

「別太大意，」我改編《教父》名言：「『我花一輩子就學會了小心，警察和保全能粗心大意，小偷不行。』」

我指揮樂樂戴好手套，往所有信箱塞了一輪傳單，才隨手解開門鎖，就算是住戶掏鑰匙來開門，也不會比我開得更快了。我們行若無事、長驅直入。

樂樂低聲說：「剛才那是A級還是B級鎖芯？」

「A級。」我忍不住說：「這也是網路大學教的？」

樂樂點點頭：「你打得開C級鎖芯嗎？」

「打得開，但那很花時間，放棄比較划算。」按一般說法，A級鎖芯可以在六十秒內破解；B級的話，是三百秒內；但如果是C級，即使是行家也要超過兩小時。當然我比平均水平精湛多了。

樂樂不置可否，可能是對我的技藝有些失望，但職人實事求是，不能在甥女面前打腫臉充胖子。

我慎重地說：「我們檢查一下李國豪的信箱，看看他的收信狀況。」

樂樂笑著說：「如果有 red flag 就好了，屋主是不是有信沒拿，一看就知道了。」

我開了信箱的鎖，裡面塞滿了廣告傳單跟信件。

我叫樂樂確認：「找找看有沒有水電瓦斯的繳費單。」

樂樂真找到了，是寄給李國豪的電費單，還有兩張催繳通知單，提醒他如果一直欠繳，二一二年二月八日將會斷電。

樂樂滿懷期待：「他三天後就斷電了，一定一直不在家。」

「很有可能。檢查一下信件，收件人都是李國豪嗎？有沒有其他名字？」

「沒別的名字。」樂樂給我兩封信：「只有這兩封信是給他的，其他都是普通廣告，沒寫收件人。」

「那應該沒有其他房客。」我瞄了信封：「這是房仲寄的，不是廣告，就是求售。」

我拆開一看，果不其然：「他是2號五樓的屋主，房仲想請他賣房。」

樂樂眼睛一亮：「那他也算有錢人吧？」

「當然。」我繼續翻找：「有看到他的私人信件或明信片嗎？如果有，那也算他長期不在的佐證。」

樂樂沒找到，聳聳肩：「這可能是他人緣不佳的佐證。」

「妳知道這是什麼嗎？」我展示一份印刷品，遮住標題，左邊印著幾張頭像，右邊一堆文字，紅黑兩色，貌似報紙：「妳年紀小，沒收到過，應該不知道。」

樂樂好像在口罩底下吐舌頭：「我年紀大就會收到？情書。」

「叭叭！錯了。」

「不可能是我當兵的兵單吧。」

「差不多。這是選舉公報跟投票通知單，叫李國豪十一月二十六日來投票。」

我整理下資訊：「目前看來，他是設籍在這裡的屋主，應該超過兩個多月不在家，都快斷電了，好像也沒別人住。」

樂樂期待地說：「那我們幫他看家一下？也許有小貓要餵？」

「真有小貓的話，餓兩個月早成精了。」我指向門外：「妳去按他門鈴，按久一點，看是不是真沒人。」

樂樂長按了幾輪，又等了會，沒人應答。我趁機檢查了4號五樓的信箱，發現空無一物。

樂樂忍不住說：「為什麼要看那邊的信箱？」

「妳看信箱，這棟樓每層有幾戶？」

樂樂看了下：「兩戶。」就是2號跟4號。

「所以李國豪對門還有一戶，我想知道有沒有人住。他久不在家，如果突然有人出入，鄰居可能會起疑。」

「你開鎖那麼快，我們一溜煙進去，鄰居哪會看到？就算有人發現我們進去，也頂多有點納悶，不可能報警吧。」樂樂又看了看電梯旁邊牆上：「他們真監視器都拆得不留痕跡了，假監視器又一直亮燈歡迎我們，我們不上去看看行嗎？如果下次再來，發現新監視器裝好了，豈不是後悔莫及？」她拉扯起我的衣角：「拜託～～上樓看看嘛～～」

「等下上樓，不准說話。如果被人撞見，我們就放棄，乖乖發傳單離開。」

樂樂對著口罩，作勢幫嘴巴拉上拉鍊，眼裡滿是笑意。

【05　反貓眼】

電梯裡沒監視器，真的假的都沒有，我們堂堂正正搭電梯直達五樓。

李國豪的門縫塞了幾張傳單，貌似無人出入。鞋櫃上有積灰，我們打開發現都是男鞋，數量少，尺寸也一致，料想是獨居。

我們按了門鈴，隱隱聽到門內有鈴響，顯然門鈴沒壞，只是沒人應門。

我拿出一小管觀察鏡，貌似望遠鏡，對著門上的貓眼窺伺。樂樂不明就裡，我讓她湊過來看，她一看之下，發現竟然能透過貓眼看到門內，大吃一驚：「這是什麼黑魔法！」

「這叫『反貓眼』。貓眼是門內能看到門外，門外看不到門內。反貓眼是逆轉了貓眼的透鏡結構，變成能從門外看見門內。警方調查時也會用這法寶。」

樂樂喃喃說：「我回家就要把貓眼遮起來。」

她非常自然地把反貓眼收進口袋，我只好說：「妳喜歡的話，我拿一個新的送妳。那個我用慣了，妳別汙走。」

樂樂還給我，眨眨眼：「我有天分吧？」

偵查夠了，該進門拜訪了。門鎖是把手式的智能電子鎖，還是著名品牌，要輸入密碼或掃描指紋來開。

樂樂心存僥倖，扳了下把手，當然門沒開。她料想我們沒有密碼跟指紋，恐怕要功虧一簣，對我攤開雙掌：「怎麼辦？」

誠然，我變不出密碼跟指紋，但我不擔心，畢竟智能電子鎖再發達，人們還是怕它沒電、故障，非加上用鑰匙開鎖的傳統設計不可，而且因為密碼用的數字鍵盤照例在電子鎖上方，所以鎖孔一定在下方的隱藏式滑蓋底下。

我滑開滑蓋，駕輕就熟解了鎖，為了怕留下鞋印，我們進房前先往地上鋪了幾張傳單，踩著進去，等鞋子套好了拋棄式鞋套，再回收傳單。

我指了指貓眼，讓樂樂偷窺對門，她沒看到什麼動靜，正想開燈，被我制止了。

「妳要養成不開燈的好習慣。」

「為什麼？」

「現在天亮，不用開燈。如果開燈，離開時可能會忘記關，等天黑，鄰居在樓下看到燈亮會起疑。」

樂樂一點就通：「我懂。就算天黑，我們也不能開燈，應該用手電筒。」我點點頭。

樂樂平素頑皮，但識大體，知道在工作現場該聽行家指揮。考慮到我們正在別人家裡，她這也算是「人在屋簷下，不得不聽話」吧？

「現在我們檢查一下有沒有危險。」

我指示她查看門邊的插座，有沒有形似變壓器的藍芽裝置，如果有，那門鎖可能跟屋主的手機 **APP** 有連線，他可以遠端監控門是不是無故被人打開。不過門附近的插座什麼都沒插。

我們又小心翼翼繞了一圈，客廳、臥室、廚房、廁所，都沒看到監視器跟防盜警報器，也看不出近期有人生活的跡象，更沒人突然蹦出來，嚇我們一跳。

我本來擔心樂樂輕舉妄動，但她雙手負在背後，悠哉閒晃，只看不碰，很像在博物館參觀展品，只是房裡平凡無奇，沒看到什麼貴重、值得注意的東西。保險起見，我還是趕快帶樂樂回客廳，以免她忍不住打開抽屜、櫃子翻看，留下多餘的蹤跡。

我隆重宣布：「這裡暫時應該是安全的，也沒有監視器，妳口罩可以拉下來沒關係。」

「我們現在好像《絕命毒師》最終季。」樂樂拉下口罩，老大不客氣坐在沙發上：「你有印象吧？老白他們假裝是除蟲公司，跑到別人家裡製毒。」她比著鞋套：「只是他們還穿了鮮黃色的防護服，跟雨衣一樣。」

「我可沒禿。」

樂樂笑了笑：「你是白賊，所以你也是老白。」

我看她很雀躍，不禁回想起自己青澀的時候：「妳是第一次偷闖進別人家裡吧，感覺怎麼樣？」

樂樂想了想：「我不知道該怎麼形容，有點像在坐雲霄飛車，但不是俯衝下去的時候，而是慢慢爬升的時候。」

看來她不是覬覦財寶，而是享受私闖民宅本身。我非常熟悉這種心情。普通小偷，是為錢不為偷；真正的小偷，是為偷不為錢。也許樂樂真的是大器之材。

樂樂環顧客廳，忍不住說：「李國豪不會突然回家吧？」

「想走了嗎？」

樂樂搖搖頭，她的注意力被沙發旁的行李箱吸引，它看來飽經風霜，到處都有掉色跟磕磕碰碰的凹損，側邊手柄掛著手寫的行李牌，顯示主人是「李国豪」。

樂樂忍不住說：「他出遠門了吧？怎麼沒把行李箱帶走？」

「他可能有其他行李箱。」

「可是你看，」樂樂指著行李箱上端拉直到底的手柄，跟箱外綑緊的綁帶：「感覺很像他剛整理好行李，正要帶出門。」

我反問：「那他為什麼沒帶？」

樂樂模仿漫才的口吻：「他一時迷糊——怎麼可能！」

行李箱上有張貼紙，我指給樂樂看：「妳看這個。」

「這是什麼？」

「妳沒搭過飛機所以可能不知道，這是搭飛機託運行李時會貼的條碼貼紙。妳看上面貼了幾張？」

樂樂轉動行李箱查看：「一張。」

「妳覺得這表示什麼？」

樂樂想了想，旋即領悟：「我知道了。他不是要帶這行李箱出門，是剛帶回家，後來不知道發生什麼事，還來不及打開整理，就又出門了。」

「為什麼這麼說？」

「這行李箱這麼破舊，感覺搭過很多趟飛機，可現在卻只有一張貼紙，表示他有撕掉舊貼紙的習慣。這一張沒撕掉，應該是他剛搭機回家，還沒來得及撕吧。」

「這是一種可能的解釋。」

「我們來看看裡面有什麼吧？」樂樂等我點頭許可，才收起行李箱的手柄，忽又對我眨眨眼：「也許裡面有計時器？」

我領悟到這是《浩劫重生》的哏。湯姆漢克是聯邦快遞的主管，把計時器放包裹裡寄到公司，再當眾拆開，訓斥大家運送花了太長時間。樂樂居然會看普遍級的電影，讓我很欣慰。

我指著行李箱的三位數密碼鎖：「網路大學 YouTube 學院解鎖系的高材生，妳的期中考。」

「小看我！」樂樂脫下手套，拉緊鎖頭、轉動密碼，憑聲音跟手感很快解開。

重點是她有記得戴回手套、擦掉指紋。

「算及格吧。」我指著密碼鎖：「妳看上面寫什麼？」

「TSA007？」

「這種鎖很常見，叫『海關鎖』，又叫『TSA 認證鎖』，編號從 001 到 008 有八種。」我把行李箱鎖上，掏出一把鑰匙給樂樂：「開開看。」

樂樂插入鑰匙一轉就開，微感驚奇：「為什麼你有鑰匙？」

「海關鎖的設計就是這樣，讓海關能拿萬能鑰匙打開。這把是 TSA007 的鑰匙，凡是同編號的海關鎖，不管妳設定什麼密碼，它都能打開。」

樂樂睜大眼睛：「海關有萬能鑰匙能打開行李箱？」

「覺得神奇嗎？這是因為９１１事件。」

我看樂樂一臉茫然，這也難怪，９１１事件時她根本還沒出生：「二〇〇一年九月十一日，有恐怖分子劫持飛機，撞毀了紐約的雙子星大樓，死了幾千人，這就是９１１事件，是世上影響最深遠的一起恐怖攻擊吧。從此以後，為了預防恐怖分子，海關安檢就變嚴格了，希望能直接打開旅客的行李箱檢查，所以發明了這種鎖。」

我敲了敲密碼鎖：「TSA 就是U.S.Transportation Security Administration，美

國運輸安全管理局，海關鎖的安全規範就是他們訂的。」
我伸出手，樂樂依依不捨地交還鑰匙，用大眼睛央求我。
我絕情地說：「我已經答應送妳反貓眼了，妳不能這麼貪心。」
樂樂失望地卸下行李箱的綁帶，拉開拉鍊，忽又停下動作，深呼吸一口氣：
「李國豪不會在裡面吧？」
看太多限制級影劇的小女孩，就是會有這種想像力。
「妳有聞到兩個多月份的屍臭嗎？」我笑了笑：「裡面可能有隻貓，生死要打開才知道。」
樂樂閉上眼睛，猛然打開行李箱。她好像是聽我沒有異樣的反應，才慢慢睜開眼睛。箱裡沒有活貓、死貓、李國豪，只是些衣物。
樂樂興奮起來想翻行李，我趕快把她的手撥開，警告她：「妳翻找任何東西以前，都要有把握能完全復原，看不出異狀。只憑記憶不可靠，最好先用手機拍照。」
樂樂掏出手機拍照前，我又跟她確認：「妳手機有開GPS嗎？相機有設定記錄地理位置嗎？照片會自動備分到雲端嗎？」
「什麼？」

「如果妳開了GPS，加上拍照時會記錄位置，那從照片檔案就能查出妳在哪拍的，會暴露妳私闖民宅。」我指引樂樂確認她沒這樣設定，才說：「OK，拍吧，等下復原行李箱時要參考，但回家路上要刪光，也不能備分到雲端。」

樂樂用不同角度拍完照後，拿起最上面的一件衣服，抖了抖展開，發現是非常厚重的大衣。她鐵口直斷：「李國豪是從天氣嚴寒的地方回來的。」

「他還有圍巾、手套。」我從行李箱裡拿出來給她看。

樂樂得意地說：「我就說吧。」可是她往下翻找，卻發現不太對勁：「有點奇怪。」

「哪裡奇怪？」

樂樂拿起幾件衣服：「這些衣服都很輕薄，像夏天穿的，還有的是短袖。」

「那敢情他是從天氣燠熱的地方回來的。」

樂樂白了我一眼，我改口說：「敢情他準備了整年份的衣物。」

「他衣物沒那麼多，而且也沒準備冬衣。」樂樂一邊拍照，一邊小心地翻看檢查：「褲子都是冬褲，襪子也很厚。」

她納悶地坐到沙發上，側著頭想了會，突然說：「我知道了。他來的地方，又冷又熱，晝夜溫差大。他白天出門穿夏服，晚上太冷就不出門了，一定要出門就穿大衣。」

「那他白天出門的時候，為什麼不穿短褲、薄襪？」

樂樂嘟著嘴：「因為他腳怕冷。」

我笑了笑。樂樂自己也不信，沉默片刻，終於說：「你覺得呢？」

「我覺得他可能是從大陸北方很冷的地方回來的，比如說北京。」

「為什麼？」

我把「李国豪」的行李牌亮給樂樂看：「這是簡體字。」

當然，馬來西亞、新加坡，甚至日本也可能用簡體字，但樂樂比較關心另一個問題：「既然是很冷的地方，為什麼穿夏服？」

「因為很冷的地方，室內會開暖氣，妳穿冬衣會流汗、很不舒服，所以妳的標準穿著，應該是裡面穿得很輕薄，」我披上大衣，作勢裹緊：「再披上厚重的大衣，出門時就能禦寒。」我又隨手把大衣擱在沙發上：「一進到室內，就脫掉大衣，恢復輕薄的衣著。我在北京工作過，北京就是這樣。」

樂樂恍然大悟：「他來的地方，確實又冷又熱，但不是晝夜溫差大，是室內外溫差大。」

我補充說：「馬來西亞或新加坡也用簡體字，可是沒那麼冷；日本夠冷，但是去日本的臺灣人，應該會寫護照上的繁體姓名。」
樂樂好像很滿意這解釋，她披上大衣，手伸進大衣口袋，裝模作樣走起臺步。只是那件大衣的尺寸，我穿剛好，她穿就衣襬過膝，雙手也被袖口吞沒，有點滑稽，我不禁失笑。
平常樂樂會抗議，可是她正從口袋裡掏出一張紙片票證細看，上面有時間、日期：「這是什麼？」
「這是登機證。」我教樂樂辨認上面的資訊。
「他是去年十一月二十四日從北京飛回來的，到桃園都十一點多了。」樂樂想了想：「你覺得他是臺商嗎？」
「也許吧。」
樂樂眼睛一亮：「我知道他為什麼回來了。」
「為什麼？」
「他回來投票！」樂樂興高采烈地說：「去年選舉不是十一月二十六日嗎？他選舉前兩天飛回來的。很多臺商會專程回來投票吧？」
「但他沒去投票啊。妳沒投過票，可能不知道，投票時要帶上那張投票通知單。」

樂樂不氣餒：「他本來想回來投票，但發生一些變故，只好又匆匆離開。比如說……」

「比如說？」

「他腳發冷，送醫急救，住院到現在——隨便啦！我怎麼知道。」樂樂將登機證塞回大衣口袋，跳到行李箱旁邊：「我們來猜猜他是做什麼生意的。」

我蹲下來幫忙整理。她翻找了一下，表情突然凝結，從行李箱裡拿出一小管觀察鏡。

是反貓眼。

【06 紀念品】

「他是你的同行？」樂樂的聲音有點興奮，也有點害怕。

「也可能是警察。」

「臺灣警察帶著反貓眼去北京？我不信。」

樂樂拿著反貓眼，對著空氣看了看，又把鏡頭對準我，慢慢放下反貓眼，皺起眉頭：「你為什麼笑得這麼賊？」
我笑了笑：「因為我是賊？」
樂樂狐疑地瞪著我，又看了下反貓眼，突然伸出手來：「你的反貓眼借我看。」
我終於哈哈大笑：「在妳手上。」
樂樂瞪大眼睛，又氣又笑，跳起來打我，喊說：「這是你的！你剛放進去的？」我邊笑邊承認，格擋了一陣。
樂樂氣消後，佯怒說：「你欺騙甥女，反貓眼要沒收。」她光明正大地把反貓眼塞進口袋。果然「一就是零，二就是一」，還好我有備品。
樂樂私吞寶物，難掩喜悅，再接再厲找出一個全罩式頭套，很像是銀行搶匪用的。
她白了我一眼，我只好攤開雙手：「我剛只放了反貓眼。」
我看她疑慮未消，又補充說：「這只是普通禦寒用的。北京冷風如刀，刮在臉上很難受，所以需要戴這種頭套。妳知道北京有多冷嗎？」
「多冷？」
「北京的冬天，有時候比南極還冷。」
樂樂失聲說：「怎麼可能！」

「是真的。因為南北半球季節相反，北京冬天的時候，氣溫低於零度，而南極卻是夏天，沿海地區約是零度。」

樂樂白了我一眼，似乎覺得這樣比是作弊。我沒理她，自顧自下結論：「反正冬天在北京戴那種頭套，很正常。」

樂樂半信半疑，摸出一個捲起來的紙袋，掂了掂重量：「有點重。」她想把東西取出來細看，但展開紙袋的時候，東西卻滑出袋口，砸在地板上，發出偌大聲響。

樂樂緊盯著地上的東西，又看著我，僵滯了一會兒，才故作輕鬆地說：「是你剛放的。」

「不是。」

「這是你的槍。」

「我不帶槍。」

「北京帶槍很正常。」

「不正常。」

「畢竟他是警察。」

「臺灣警察帶槍去北京？」

樂樂好像不想面對現實，沉默片刻，終於擠出一句話：「這是真槍嗎？」

這看起來像是左輪手槍，我帥氣地一把抄起，往右甩出彈巢給樂樂看：「妳看。少了一發子彈。」

樂樂臉色變了：「他殺過人？」她好像嚇到了，思維飛躍。

我把彈巢復位：「不是啦，這應該是為了避免走火，故意空出第一發子彈，是好習慣。」

我沒說「玩具槍不用怕走火」，但樂樂顯然聽懂了：「這真的是真槍？」她越發不安。

「嗯。」我把槍收進紙袋。

樂樂盯著紙袋：「他失蹤了兩個多月。」

「他不是失蹤，只是不在家吧。」

樂樂左右張望：「這裡沒裝監視器……」

「這不代表任何事，絕大多數人家裡都沒裝。」

「可是他是有錢人，你在樓下說過。」

「那是因為他是屋主。在這地段有房，就等於千萬富翁，可是他手頭未必寬裕，我們剛也沒看到金銀珠寶，何況你又偷不走他的房，他幹麼裝監視器？」

樂樂的情緒稍有緩和，怔怔地想了會，突然說：「我們還是走吧。」

我拍拍她的肩膀：「幫我把行李復原。」

我們根據照片與記憶，盡量恢復如初。我正想把紙袋也藏回原位，卻發現樂樂定定地凝視著紙袋。

臺灣不比美國，真槍很稀奇。我考慮了會，終於掏出手槍：「機會難得，想拿拿看嗎？」

樂樂在遲疑中點點頭，我猜她情緒有點複雜。我第一次碰到槍的時候，也是又害怕又興奮，深受吸引。

「現在第一發是空的，但還是不准把槍口對著人，包括自己。」

樂樂接下手槍，忍不住說：「這麼重！」畢竟是能取人性命的份量。

我看樂樂恢復活力，一不做二不休，乾脆說：「想開槍試試看嗎？」

「不行吧。」但樂樂躍躍欲試的樣子。

「不是真的開槍，只是體驗扣下扳機的感覺。」我拿走槍，把子彈退到紙袋裡，示範開槍的姿勢跟動作，再遞給她：「妳對準沙發開槍看看。」

樂樂興奮起來，喃喃說：「抱歉了沙發，你在錯誤的時間，出現在錯誤的地方。」她一邊把槍口壓緊沙發，一邊把手指塞進護弓裡，因為她戴著手套，手指的動作有些笨拙。她閉上眼睛又睜開，深呼吸了一下，咬牙扣下扳機——

除了她鬆弛下來以外，什麼事都沒發生。

我伸出手掌，要樂樂繳槍，但她入迷地咯咯笑，又扣了下扳機，再扣了下，扣個不停，像是想打穿沙發、打空彈巢。

她環顧客廳，看到電視螢幕上有自己的倒影，喃喃說：「You talking to me？」她舉槍、瞄準、射擊，又對著槍口吹散不存在的硝煙。

她在模仿《計程車司機》的勞勃狄尼洛，那個憤世嫉俗、虛無徬徨的年輕人。我不確定該說些什麼，只好說：「妳知道嗎？《計程車司機》上映的時候，茱蒂佛斯特剛好跟你同齡。」

樂樂若有所思，突然說：「俯衝下去了。」

「什麼？」

「雲霄飛車。」樂樂拿起紙袋，張開袋口，小心翼翼放進手槍。她轉身蹲下，要把紙袋藏回行李箱。

「等一下，子彈要裝回去。」我伸手要拿紙袋，但樂樂不想給我。等我把紙袋裡的子彈裝填好，我們都知道她偷了一枚子彈。

【07 湯圓】

一回到我家，樂樂立刻脫掉口罩，跳上沙發：「太悶了！」

我找出一部四千多頁的磚塊書，挑出兩頁貼上標籤，遞給樂樂：「看看《致富全書》是怎麼說的。」

樂樂瞄了下封面：「這是《六法全書》。」

「快速致富的方法，都在裡面了。」

樂樂翻開貼標籤的兩頁：

一是《刑法》第320條第1項：意圖為自己或第三人不法之所有，而竊取他人之動產者，為竊盜罪，處五年以下有期徒刑、拘役或五十萬元以下罰金。

二是《槍砲彈藥刀械管制條例》第12條第4項：未經許可，持有、寄藏或意圖販賣而陳列子彈者，處五年以下有期徒刑，併科新臺幣三百萬元以下罰金。

我摘下口罩，露出嚴肅的表情：「有看出什麼端倪嗎？」

樂樂漫不在乎地說：「有，《刑法》說要罰錢，但沒說是罰新臺幣，我願意付辛巴威幣，不用找零。你知道搞笑諾貝爾獎的獎金就是發辛巴威幣嗎？」

「樂樂，持有子彈的後果，可能比竊盜還嚴重。」

樂樂豎起眉頭，臉色沉了下來：「你在叫我不要犯法？」

「不是，我是希望妳知道自己在做什麼。」

「你如果反對，為什麼讓我拿走？」樂樂瞪著我，聲音有點激動，好像把我當成叛徒，明明剛剛還帶著她行竊，現在卻反咬她一口。

「對啊，我如果反對，就會阻止妳拿走。我有阻止妳嗎？」

樂樂聽不進去，她拿出子彈，大聲說：「你要我還回去嗎？塞進那個他不會看的信箱？」

「我沒有要妳還回去，我說了我只是希望妳知道自己在做什麼。」我話一出口就後悔了，我終於意識到這是她媽的口吻。

「當然，十三歲的人都不知道自己在創啥潲！」樂樂拿子彈扔我，子彈被衣服彈開，掉在地上，滾了一會兒。

她惡狠狠地瞪我：「說啊！說你是為我好！」

我無話可說。甥女蹺家會來投靠的舅舅、藐視法律的小偷，到頭來也只是個愛說教的大人，用法律、道德、責任等子彈攻擊她，而不是體諒她、跟她站在一起。

樂樂一定非常生氣失望沮喪。她用力趴在沙發上，假裝沒有啜泣。
我嘆了口氣，撿起子彈，坐到樂樂旁邊，給她衛生紙：「我怎麼會為妳好？我不是餵妳吃垃圾食物、讓妳打限制級遊戲，還帶妳去偷東西嗎？下次連安全帽都不給妳了。」
樂樂破涕為笑，還笑岔了氣，鼻涕都沾到了沙發上。
我繼續說：「其實妳偷子彈才好，這下妳就成了重罪犯，跟我是同路人，再也不能出賣我了，這就是江湖上所謂的『投名狀』。」
樂樂拿衛生紙擤鼻涕、擦拭眼淚：「我本來就不會出賣你。」
「那我如果告訴妳，我第一次偷東西偷了什麼，妳也能保密？」
「當然。」
我摸摸她的頭：「我第一次偷東西是八歲，我在上英語補習班，答對問題有貼紙，集滿一百張可以換恐龍拼圖，我很想要。可是我補習班最後只上了一年，而且英語也沒學好，湊不到那麼多貼紙。」
樂樂睜大眼睛：「所以你偷了拼圖？」
「我偷了同學的貼紙。他們上了好幾年，功課又好，我討厭他們。但我還是沒換到拼圖，老師說那是限量的，沒了。我當時信了。」我撇了撇嘴：「其實應該是因為他知道我不該有那麼多貼紙，不想戳破我，或因為我沒續報補習班，所以他不想給我。反正我當晚就把貼紙全丟了。現在回想起來，至少該留下一張偷來的作紀念。」

往事讓我笑了笑：「我後來買到了一樣的拼圖，但沒有很開心。我就是在那一刻，意識到我真正想要的不是拼圖，而是不告而取的刺激與樂趣。現在過了這麼多年，我還是在蒐集『貼紙』，希望有一天能兌換真正的大獎。」

「什麼大獎？你不是財務自由了嗎？」

我搖搖頭：「我要的大獎不是錢。」樂樂似懂非懂，但沒多問，我也沒解釋。

我拈著子彈在她面前晃了晃：「這城裡有棟大樓，樓裡有個房間，房裡有個行李箱，箱裡有個紙袋，袋裡有把手槍，槍裡有枚子彈。這子彈就是妳第一次得手的紀念品。也許妳之後會得到很多寶物，但是第一次的紀念品，永遠只有一件，要好好愛惜。」

「第一百萬次的紀念品，也只有一件吧。」樂樂雖然這麼說，還是鄭重地伸出雙手接下子彈。

「不要再亂丟了，也不要拍照，不要跟人炫耀。這是我們之間的秘密。」

樂樂握緊了子彈，心情似乎平復許多。

我看她愛不釋手，又叮囑說：「這是實彈，大力敲擊底部或遇到高溫會發射，很危險。妳晚點把子彈留下來，我請朋友取出火藥再還妳。」如果單純想回收火藥，那我用防靜電火花的鉗子打開子彈就好，可是要避免彈殼、彈頭形變，就需要特殊工具。

樂樂嗯了一聲，若有所思，突然問：「你覺得李國豪什麼時候會發現？」

「誰知道呢？也許他明天就會發現，也許他永遠不會發現。」

樂樂聽我口氣有異，興致就來了：「你是不是想到了什麼？」

我沉思了一會兒，才說：「我現在沒什麼佐證，只是天馬行空地想像，編了一個故事，但好像還能自圓其說。」

「你快說。」

「他不是有把槍嗎？妳覺得這表示什麼？」

樂樂陰森森地笑：「他是個殺手。」

「也許吧。但如果問我的話，我覺得這表示他自認需要槍，所以找門路弄到了一把。」

「什麼意思？」

「他不是有份訴訟文書沒去警局領嗎？也許那沒什麼大不了的，比如有人把一筆錢，存在法院的提存所，而且跟他有關，所以他收到了提存通知書。但也有可能，他捲進了非常嚴重的事件，比如那是起訴書、判決書，或者，」我壓低聲調：「那是證人通知書。他是殺人案的證人，要指證被告。」

樂樂眼睛亮了：「他怕殺人滅口，所以需要手槍自保。」

「他是哪一天從北京回來的？」

「選舉前兩天。」樂樂回想了一下：「選舉是十一月二十六日，他是二十四日回來。」

「那張郵務送達通知書，是十一月十一日光棍節貼的。妳之前猜他是趕回來投票，但也許他是收到消息，趕回來出庭。」

「那他為什麼把槍留在家裡，人卻不見了？」

「這個問題的答案，可能藏在另一個問題裡，那就是他的槍為什麼放在捆好綁帶的行李箱裡？」

「這有什麼好奇怪的？」

「過海關要安檢，記得嗎？他行李箱裡有那把槍，一定過不了安檢。」

樂樂毫不猶豫地說：「他賄賂海關。」

是因為我有 TSA007 的鑰匙，導致樂樂懷疑海關的操守有問題嗎？

「有可能。不過我想，那把槍應該是他回臺灣下機過安檢後，才放進行李箱的，因為他明顯在下機後開過行李箱。」

「你怎麼知道他開過？」

「他的大衣口袋裡，不是有登機證嗎？」

「那又怎樣？」

「他必須隨身攜帶登機證，才能憑證登機，可是那個行李箱，卻早在登機以前就要託運，所以他不可能先把大衣塞進行李箱，再去登機。」

「他是下機領到行李箱後，才打開把大衣塞進去？」

「對，我猜是因為桃園機場並不冷，穿大衣太熱，提在手上又累贅，所以乾脆塞進行李箱。或者，」我聲調一轉：「他可能是為了把槍塞進行李箱，才順便把大衣塞進去。」

樂樂皺眉：「這是怎麼回事？」

「妳想像一下：妳現在一回臺灣就有生命危險，所以要買把槍，而且妳又不能先買槍再去搭飛機，否則過不了安檢。那妳希望賣家什麼時候交貨給妳？妳一下飛機，就隨時有危險喔。」

「什麼時候？當然是越快越好。」樂樂旋即領悟：「他跟賣家約好，等他下機，在機場交貨？」

「對，他們可能在機場找了隱密的地方交易，比如廁所，或者，反正他搭的是深夜航班，到桃園都十一點多了，機場應該沒什麼人，只要避開監視器就能交易。」

我作勢打開紙袋：「賣家可能當場打開紙袋給他驗貨，說不定還亮出彈巢，解釋為什麼少了一枚子彈。」

我想起樂樂初見手槍的神情：「他雖然要買槍，但他可能一向安分守己，看到真槍有些害怕，而且，」我翻開《六法全書》，指給樂樂看：「持槍是重罪。」

樂樂看到《槍砲彈藥刀械管制條例》第7條第4項：未經許可，持有、寄藏或意圖販賣而陳列第一項所列槍砲、彈藥者，處五年以上有期徒刑，併科新臺幣一千萬元以下罰金。

樂樂想了想：「他拿著紙袋怕出事，所以特地卸下綁帶，把紙袋塞進行李箱，再重新綁好？」

「順便把大衣也塞進去，反正臺北沒必要穿那麼厚。或者，他作賊心虛，明明周遭沒人，他還是怕有路人看到他藏匿紙袋會起疑，所以故意脫下大衣放進去，掩人耳目。」

「好，他把大衣跟手槍都塞進行李箱，那他去哪了？」

「他從機場回家，在自家大樓門口，也許他瞄到了郵務送達通知書，也發現信箱塞爆了，但那時應該都凌晨一點了，他又舟車勞頓，所以先不理會，打算一覺睡醒再說。」

樂樂聽得很專注：「然後呢？」

「他進了電梯，搭到五樓，回到家門前，突然！」我大喝一聲，抓住樂樂肩頭，她嚇得尖叫，跳起來打我。

我笑著格擋：「聽我說、聽我說。」

樂樂又打了一陣，才瞪著我：「快說。」

「我說到哪？」我想了下：「李國豪回到家門前，剛刷了指紋想進門，突然有人從樓梯間現身，拿槍指著他。」

「然後呢？」

「對方逼他進房，他們坐在沙發上談判，李國豪可能就坐在妳之前坐的位置。對方想開一個讓人無法拒絕的條件，但他還是不配合，就被帶走了。」

我越講就越覺得我的解釋合情合理，可惜樂樂不滿意：「然後呢？」

「他已經不見兩個多月了，還能有什麼『然後』？」我無奈地說：「然後有一個大偷帶著一個小偷去他家晃了一圈。然後小偷帶走了紀念品。然後大偷編了一個故事，講給小偷聽。」

我攤開雙手：「小偷聽完了不滿意，可是大偷又能怎樣呢？大偷只是大偷，只能『睹物思人』，看著紀念品，想像主人是誰、有什麼故事，至於真相是怎樣，又有誰知道？」

我咳嗽一聲：「其實世間事大多就是這樣，萍水相逢、船過水無痕，沒法深究，深究也沒什麼意思，只要我們能從想像中得到樂趣跟啟發，也就夠了。」

樂樂默默不語，好像對我的態度很不以為然。她拿出子彈細看，突然說：「那這可能就是死人的遺物了。」

「妳覺得不吉利的話，我們可以偷偷還回去，或者直接扔掉。」

可是樂樂竟然微微笑了：「還給死人幹麼？這是我第一次得手的紀念品，我不炫耀、不拍照，也絕對不放棄。」

這是我今天最強烈的一次，體會到我們流著同一種血。

傍晚，樂樂拉我去超市採購，她挑了花生湯圓、芝麻湯圓、鮮肉湯圓三種口味，我默默把其中一種放回冰櫃，她喔了一聲：「我忘了。」

晚餐又是垃圾食物全餐，我們大吃大喝，樂樂還幫我煮了熱騰騰的湯圓。

「花生象徵發財跟長壽，芝麻表示知識跟腹黑，湯圓就是很圓滿。」樂樂隨口編了些吉祥話：「照理說，冬至才吃湯圓，元宵應該吃元宵，不過二都可以當成一、一都可以當成零了，那湯圓也可以當成元宵，湊合一下吧。」

她盛了一大碗給我，笑嘻嘻地說：「這是你的節日，你多吃點。」

今天二月五日是元宵節，按古代習俗，可以相互偷竊捉弄，號稱「小偷節」，但現代人誰會記得這種事？

我心中一動：「妳該不會是為了幫我慶祝才來的吧？」

樂樂沒有否認：「還有跟她吵架。」

「吵什麼？」

「我不想當牙醫。」

「不想跟她一樣嗎？」我笑了笑：「當牙醫有很多好處吧。」

樂樂搖搖頭：「bug 比較好玩。真的，bug 比較好玩。」

到了深夜，樂樂吵著不想回家，叫我教她開鎖，我也不是不樂意，但明天週一，所以我跟她約定：「妳先乖乖回家，明天去上課，等週末的時候，如果受不了『為妳好』的大人，再來找我學壞。」她姑且答應了。

「我送妳回家吧。」我幫樂樂收拾背包，又用 APP 叫了車：「還有沒有東西忘了拿？」

這句話好像觸動了樂樂的叛逆開關，她側著頭想了想，喃喃說：「是忘了帶走嗎？」我又問了一遍，她沒有答腔，反而玩起手機，我無可奈何。

等一會兒，我把APP拿給樂樂看：「車馬上就要到了，我們下去吧。」

但樂樂突然把車按取消了。

我嘆了口氣：「樂樂，不要耍賴。」

怎奈樂樂不是耍賴，她不滿地瞪著我：「你為什麼騙我？」

【08 五槍】

我愣了下：「我騙妳什麼？」

「太多了，」樂樂雙手叉腰：「比如說李國豪根本沒被綁架。」

我聳聳肩：「我只是提出一種可能的解釋而已，就算猜錯了，也談不上騙妳吧，而且妳覺得這種解釋有什麼不對勁嗎？」

「有，如果是綁架，那為什麼綁匪沒帶走行李箱？」

「什麼意思？」

「李國豪如果失蹤了，他的親朋好友遲早會來找他吧，也許還會報警。一旦他們進房看到行李箱，不就知道他出機場後曾經回家一趟嗎？而且好像馬上就失蹤了。如果綁匪直接把行李箱帶走，別人就很難確定李國豪什麼時候失蹤、在哪失蹤，對綁匪不是更有利嗎？你自己也說過：掩飾作案時間很重要吧！」

看來樂樂很認真學習，有把我的經驗談給聽進去。

樂樂接著說：「依照機票，李國豪是凌晨回家，鄰居應該沒看到他，加上只要拖過一個月，大門的監視器影像就沒了，如果我是綁匪，肯定會帶走行李箱，甚至故意破壞監視器，以免有人發現李國豪回家過。更何況，現在行李箱裡還有把槍，如果被警方發現，認為事態嚴重要追查到底，綁匪不就麻煩大了嗎？」

「也許綁匪很粗心，或者是臨時起意，沒計畫周全。」

「綁匪知道李國豪的航班、知道他什麼時候返家，還在大樓躲到凌晨，這像是粗心或臨時起意嗎？你這種解釋才是粗心跟臨時起意吧！還有，既然要綁架，綁匪一定是開車來的，很容易帶走行李箱，不像你騎電動機車那麼土，連行李箱都放不下。」想不到樂樂會趁機攻擊我。

我苦笑說：「好吧，如果是綁架，留下行李箱可能是有點怪怪的，那妳覺得事情是怎樣？」

「我猜根本沒有綁匪，只有小偷。」樂樂好像饒富深意。

「什麼意思？」

樂樂豎起一根手指：「你先回答我第一個問題：你怎麼知道李國豪那棟大樓，電梯旁邊原本有監視器？你說有施工痕跡，但我湊近看也沒看出來，你隔著大門怎麼看到的？而且只憑遠遠看到監視器亮紅燈，你怎麼這麼有把握那是假的？還知道它只值三百多塊？」

這不只一個問題吧，樂樂的算術真的不行。

我嘆口氣說：「我眼尖，而且我經驗豐富。」

「或者，你之前去過那邊踩盤子，檢查過監視器的真假？說不定舊監視器還是你弄壞的？」樂樂豎起兩根手指：「第二個問題：你一下子就打開李國豪的門鎖，我當時還以為那是A級或B級鎖芯，但仔細一想，有指紋認證的電子鎖應該不便宜，怎麼可能用那種低級鎖芯？我剛上網查了，果然是用C級鎖芯。你不是說要破解太花時間了嗎？你為什麼沒有放棄，反而輕輕鬆鬆就解開了？」

「我開鎖經驗豐富。」

「或者，你研究過他家門鎖怎麼破解，還進過他家？他家門縫塞了好幾張傳單，有些就是你塞的吧！」樂樂豎起三根手指：「第三個問題：我從行李箱拿起大衣後，你跟我說裡面還有圍巾跟手套，但我看當時拍的照片，圍巾跟手套都沒放在上層顯眼的位置，你怎麼看到的？你透視經驗豐富？」她秀出手機照片，確實如她所說。

「這只是角度問題吧，妳拍的角度看不清楚，但我湊巧能看到圍巾跟手套有露出一點點，而且我觀察經驗豐富，看到的當然比妳多，不足為奇。」我拿走手機，刪掉行李箱的照片：「妳早該刪掉的。」

「或者，你開過那個行李箱，看過那些衣物？」樂樂豎起四根手指：「第四個問題：我打了不少電動、看了不少電影，從來只看過左輪手槍，沒看過右輪。我剛也查了，那種槍很少見。你當時拿起槍，為什麼毫不猶豫，直接往右甩出彈巢？你別想說你經驗豐富，你又不帶槍。」

「我雖然很少用槍，還是略懂啦。」話雖如此，我也不清楚那把槍的型號。

「或者，你不是第一次看到那把槍，之前就檢查過，知道它是右輪？」樂樂豎起五根手指：「第五個問題：我知道你工作時非常小心、安全第一，根本不想帶著我這種拖油瓶。可是你今天卻破例，帶我逗留別人家裡這麼久，是不是因為你早就知道那裡非常安全，根本沒人在家，也不會有人突然返家？」

樂樂五道問題，像是對我連開五槍，我左支右絀，只能含混地說：「也不能說拖油瓶啦，妳算是實習生吧。」

「總之，你實在太可疑了。」樂樂噘著嘴：「我覺得你因為工作，根本就去過那裡，甚至可能是今天上午趁我睡覺時去的。下午的時候，你一直在騙我，把我蒙在鼓裡。」

我笑了笑：「那李國豪也夠倒楣了，一天被我光顧兩次。」

樂樂搖搖頭：「我看不是你光顧他，是他光顧你。」

「什麼？」

「你那麼謹慎，如果是去他那邊偷東西，會想冒險帶我去第二次嗎？不可能吧。所以我在想，會不會其實他不是你的目標，而是你的客戶？比如說……」

樂樂直視我的眼睛：「他委託你去偷槍，再送去他家，就跟宅配一樣。」

我沉默了會：「為什麼這樣猜？」

「因為你好像開過行李箱，所以我懷疑你的任務跟這有關，比如說運送行李箱。但你很專業，如果請你幫忙送貨，你肯定不會打開偷看，那你到底為什麼要開行李箱？是不是因為要把偷來的東西放進箱裡？」

我沒有反駁。

樂樂雙臂環抱胸前：「當然，你也可能是把東西放去其他房間或隱密的地方，我壓根就沒看到，但如果那東西湊巧就放在客廳，而且我有看到，那要我賭一把的話，我的小偷魂告訴我：就是那把槍。而且也正因為是槍，才不方便放進信箱或鞋櫃，非得送進家裡不可。」

她看我不予置評，漸漸面露得色：「我說中了吧！大盜的五種道裡，排第一的就是『聖』，要能猜到寶物在哪。我能猜出你的委託物，有大盜的資質吧！以後請叫我『聖樂樂』。」

我請聖樂樂開示：「那他為什麼要偷那把槍？」

「我不知道。他捲進了麻煩，需要槍來防身。」

「那他應該去買槍，而不是大費周章請人偷。」

「右輪槍很少見，也許那很名貴。」

「如果那麼貴重，我就不會讓妳試玩，還拿走一枚子彈了。」

「那，」聖樂樂想了想：「那把槍不是本來就少了一枚子彈嗎？也許他開過槍、殺了人，不小心把槍留在現場，被警方發現，他只好委託你去警局偷走。」

「那他應該叫我銷毀，放他家幹麼？」

「不然，那是別人殺人的證物，他委託你偷走，好勒索對方。」

「那上面應該有別人的指紋吧，我怎麼敢讓妳碰？」

「我搞反了！」聖樂樂眼睛一亮：「不是李國豪委託你偷的，是別人委託你栽贓他！你的客戶開槍殺了人，想誣陷李國豪是凶手！」

聖樂樂的想像力很豐富，但我還是不同意：「如果是想栽贓，那我肯定不會讓妳碰槍。而且我放好槍以後，客戶不是會密報警方來搜查嗎？我怎麼還敢帶妳去那邊闖空門？」

聖樂樂屢猜不中，光環盡失，被打回原形，變回樂樂。她苦思片刻，索性開始亂槍打鳥：「那把槍對他有紀念價值？他有一樣的槍，想弄點備用零件？那是他仇人的槍，他想偷走作為報復？……」

樂樂看我一直搖頭，突然大聲說：「我知道了！李國豪不是收到了訴訟文書嗎？那是叫他作證，所以對方為了阻止他，叫你模仿《教父》，教父是在床上放馬頭，你是去他家放把槍，嚇唬他！」

她這次很有信心，氣勢洶洶，可惜我還是搖搖頭：「那按臺灣的風土民情應該擺個豬頭或雞頭吧，送他槍讓他能自保幹麼？」

雖然樂樂很聰明，我也在她面前透露了很多端倪，但有些話我沒跟她講，而且她畢竟年紀小，不能充分瞭解職人的想法，也就不可能結合一切線索找出真相。如果有人能洞察真相，那就是我的知音了，想必也是位職人吧。

樂樂猛猜未果，有點沮喪，可憐巴巴地看著我：「是你帶我溜進李國豪家的，如果整件事有其他內幕，我身為當事人，有權利知道吧？我交了投名狀，又不會說出去，告訴我真相啦。是李國豪委託你的嗎？」

樂樂說的也有幾分道理，而且她既然已經識破我隱瞞她，就不便繼續搪塞，如果不告訴她實情，難保她不會想自行調查，後患無窮。我考慮了會，嘆了口氣：「妳猜錯了。」

她很失望。

「委託人不是李國豪，是石虎幫。」

【09 雲霄飛車】

樂樂瞪大眼睛，跳起來又打又罵：「你這個白賊！滿嘴白賊話！明明知道，還一直瞞著我！回來還講什麼綁架的故事！有你這種舅舅嗎？氣死我了！」

我大聲辯解：「今天是元宵，本來就可以偷竊捉弄！」

樂樂不理會，打鬧了一陣，幸好她想聽我解釋，決定先作罷：「所以到底是怎麼回事？」

「妳不准跟任何人透露，否則會惹麻煩。」

樂樂用力點頭。

「去年年底，石虎幫在北部成立了新的事務所，負責人委託我做白賊，懸賞偷走保險箱裡的目標。」當然，不管我有沒有得手，都要提供諮詢跟詳細的書面報告，指摘所有安全漏洞。

「目標就是那把槍？為什麼？」

我聳聳肩：「我不知道，也許是因為持槍是重罪，我一拿走就成了重罪犯，他們喜歡這種『我們都是重罪犯』的儀式感吧。還有，右撇子用右輪槍不方便，所以他們也可能只是挑了把平常沒人用的槍。」

樂樂恍然大悟：「我一直想不通，那把槍是委託物的話，你怎麼會讓我試玩，拿走子彈也不管？原來是因為槍本身不重要，重點是你偷走了。」

其實照規矩，我應該把東西完完整整地偷走才對，如果只偷走局部，報酬至少減半。現在雖然只少了枚子彈，還是稱不上「完完整整」，但那枚子彈是樂樂第一次得手的紀念品，所以我不會叫她交出來，反正財務自由的人就是任性。

我真正顧慮的，是石虎幫如果懷疑我偷開過槍，追究起來就很難交代，所以我明早還得再跑一趟李國豪家，魚目混珠，往槍裡補回子彈。不過這些江湖眉角，我現在就不跟樂樂提了，以後有機會再慢慢教她。

我只說：「妳剛猜對了。那把槍，我上午就得手了，只是不想打擾石虎幫歡慶元宵，我明天再通知他們。」再說，我的報告也還沒寫。我本來打算下午動筆，但臨時帶樂樂去實習了。

樂樂追問：「那你為什麼放到李國豪家裡？跟他有什麼關係？」

「他是事務所新來的組長，很活躍，還待過北京，自認見過世面，就有點瞧不起白賊，所以我偷走目標後，想順勢殺殺他的威風。」其實，道上也有人看他不順眼，不然我也不會輕易獲知他老家地址跟相關情報。

「你都不怕他在家？」

「他們事務所剛成立、諸事繁忙，所以他派駐在那裡，不回臺北老家。不過妳不用擔心他被斷水斷電，現在線上繳費很方便。」

我不顧樂樂白眼，繼續說：「石虎幫蒸蒸日上，就是靠他這種工作狂。按『盜亦有道』的說法，能比同事晚退、晚下班，這也算是『義』吧。」

我雖然講得輕描淡寫，但實際上我是觀察打聽了一陣子，確定他元宵節會待在事務所，老家也無人出入，才放心行動。

「那他那份訴訟文書是什麼？他瞧不起小偷，你告他妨害名譽？」

「他又沒去領，搞不好他都不知道，我怎麼會知道？不過石虎幫跟人有糾紛很正常吧。妳如果說他沒糾紛，可能才是妨害名譽。」

樂樂擔心起來：「你不怕他報復嗎？」

「不會，我瞭解石虎幫，組長層級的人都懂得公事公辦、just business。而且我也不是第一次對他們幹這種事了。妳在行家面前，不打不相識，不露一手就沒人服妳。」

「那你就算宅配到府，也用不著放行李箱吧？」

「我本來想放茶几，可是看到旁邊行李箱有鎖上，就順手放進去了。我想表示所有鎖都攔不住我。」

樂樂白了我一眼，我解釋說：「妳可能覺得很幼稚，但在職人的世界裡，這是一種浪漫的堅持。有的職人為了證明自己是最頂尖的、把技藝發揮到極致，還會做更多奇奇怪怪的事。而且妳想像一下：等李國豪回到家，從上鎖、捆好的行李箱裡找到手槍，是不是比在茶几上看到更震撼？石虎幫轉述這件事的時候，是不是更有戲劇張力？」

我嘆了口氣：「其實職人就是這樣，不但任務要圓滿完成，戲劇性也要夠強，才能奠定江湖地位，事蹟為人傳誦，古往今來的神偷怪盜、英雄豪傑都不例外。」

我突然意識到事務所負責人為什麼挑槍作目標了，他可能希望在眾目睽睽之下，讓李國豪交出紙袋，他厲聲訓斥失職的下屬後，從袋裡掏槍，當場射擊——當然這只是嚇唬大家，因為第一發子彈是空的。說不定負責人也喜歡《浩劫重生》。

樂樂側著頭想了想，似懂非懂：「雖然石虎幫很大方，又付現，但你不只是為了錢才接受委託。」

我點點頭，拿出手機相簿給樂樂看：「我藏好手槍前，有開啟GPS，讓相機記錄地理位置，再拍下手槍的照片。明天我會神秘兮兮地把照片傳給他們，讓他們知道我得手了。等他們查出手槍在哪，叫李國豪回家證實，我再提交我的報告，指摘他們的問題，讓他們承認我很貴，但很值得。這就是職人的形象管理。」

「照大陸的說法，這叫『裝屄』。」

我看樂樂不太捧場，就沒告訴她：行李箱的手柄也是我故意拉直的，那是仿red flag，表示內有包裹。

時間晚了，樂樂也累了，決定留下過夜，明早回家再上學。我因為欺騙她大半天被揭穿，不便再忤逆她，就同意了。

睡前，樂樂躺在沙發上，拿出反貓眼盯著我：「今天雖然你一直在騙我，但看在元宵的份上原諒你，而且老實說，是還滿開心的，真的就像坐雲霄飛車，過程緊張刺激，但其實都在你掌控之內，有驚無險。」

話雖如此，我可沒辦法掌控樂樂的嘴巴，只好再次嚴肅地警告：「今天發生的一切事情，包括我跟妳講的每一件事，妳都絕不能跟人透露，再要好的同學朋友都不能提，也不准跟人炫耀，否則後果嚴重。」

「放心啦，我又不是今天才知道你是小偷，也不是今天才知道小偷違法。我的嘴巴比D級鎖芯還可靠。」

「天底下哪有什麼D級鎖芯？不過，好吧，我相信妳。」

樂樂的眼睛閃閃發亮：「那我們下次可以真的去偷東西嗎？」

「不行，妳會礙事。我很抱歉，但這是事實。」

「你知道嗎？我今天跟你出門一趟，我才發現你非常需要一樣東西。」

「什麼東西？」

「搭檔。」樂樂眨眨眼：「『一就是零，二就是一』。你現在單幹，不太保險。而且『天之道，損有餘而補不足』，你現在這麼強，我這麼弱，需要你替天行道、好好栽培。」

我沉默了會。樂樂確實很聰明，觀察敏銳、思路靈活，在現場也算乖巧，而且她膽子不小，在開鎖方面好像也有天分。平情而論，她學藝的條件絕佳，如果是其他小偷，可能就趁著元宵良辰吉日，叫她拜師了。

可是我不是其他小偷，我還顧慮兩件事：

第一，她到底是真想入行，還是一時叛逆而已？她才十三歲，被優秀的媽媽管教，承受模範生的壓力，可能一直在尋找宣洩的出口。她私下看了這麼多限制級影劇，在遊戲裡殺人如麻，嚮往小偷，拿起槍跟著魔一樣，這是不是她對「正常」、「正確」跟「大人」的反動？如果熬過了青春期，她會不會後悔跟著我作賊？我這時候順著她，到底是幫她還是害她？

第二，當小偷很危險，一個不小心，不是送醫院，就是送法院。真出了什麼事，我可沒有第二個甥女可疼，跟她媽也無法交代。

但話說回來，她個性很倔，如果我不教她，她可能想另請高明或自行摸索，反會惹出更多麻煩；由我來嚴加督導，還比較保險。

我看著樂樂滿懷期待，一時難下定論，姑且說：「妳有很多東西要學。」

樂樂笑逐顏開：「小偷節快樂！」

我摸摸她的頭，熄了燈，進書房前，依稀看到她在把玩子彈。

我打開電腦，專心寫報告。石虎幫這次一定也會開檢討會提醒守衛，失職跟背叛最後有什麼下場。我以前參訪養豬場時，就聽他們提過。我可不是因為動物權益才不吃豬的。

〈白賊〉以主角第一人稱獨白開始，劇情中並無提及敘述者的名字，但透過他侃侃而談的人生哲學與電影金句，完全可以感受到這位無名小偷的魅力。(附帶一提，「無名」這個設定莫名有種冷硬派名作的味道)。故事說來簡單，就是主角和他的外甥女搭檔行動度過平凡的一天——類似尚雷諾與娜塔莉波曼的冒險——同時也是一段探討人生意義的冒險。一老一少的搭配非常討喜，甚至可以說是不敗組合(例如，劇情中提到的《絕命毒師》，或是我會忍不住聯想到《黑道家族》)，在各方面都存在許多相對性，除了互動容易有新鮮感之外，也順勢把一些犯罪知識淺顯易懂地傳達給讀者。比方說從新手的視角去經歷一場犯罪事件，就對充滿未知數的冒險感到緊張；從老手的角度進行解說，能像名偵探一樣輕鬆把謎團解開。可以說登場人物設定成功到位，就占了這篇故事能獲獎一半以上的功勞。

書中提到「白賊」的由來，是出自「白帽駭客」這個網路用語的現實版本，以專業的手法滲透破壞，來確保系統安全——做的事情是犯罪，用意卻是維護安全。在執行任務的過程中，更增添許多變數，包括委託者、下手的對象、執法單位、跨國諜報，誰是好人誰是壞人的界線又會變得更模糊。在已經有眾多前人寫過的犯罪小說領域中，雖然並不算是獨樹一幟，但也算是試圖組合出有發展潛力的動機了。過往犯罪小說不外乎「偷拐搶騙＋謀殺」，在臺灣擁有極高人氣的作家勞倫斯・卜洛克有一個《雅賊》系列，他也是讓主角柏尼・羅登拔在各種偷竊過程中遭遇到意外，結合羅登拔自身對藝術喜好與人生哲學發展出極具特色的一個系列。〈白賊〉雖然只是一篇短篇，但後續發展潛力不會輸給《雅賊》系列。

除此之外，故事中對於犯罪過程的描寫相當鉅細靡遺，角色有趣，犯案過程細節很到位，寫到讓人覺得真實犯罪就是會遇到這些實際情況，是值得加分的地方。如果作者後續能夠維持同樣的犯罪細節描寫，再擴大這個「盜亦有道」的世界觀和人物發展，相信絕對可以成為一個非常受歡迎的系列。（呂尚燁）

奉天行搶

秀弘

「我曾向內人表示，想寫一篇以法官為主角、以農民曆為詭計且沒有命案的犯罪小說，她遲疑半晌，說：『好像……會很無聊耶。』

所幸，我內人是精準的『反指標』。

犯罪小說對詭計鋪墊與故事推進的要求很高，加上林佛兒獎特別強調臺灣元素，能夠取得如此佳績著實讓人吃驚。感謝臺灣犯罪作家聯會提供舞臺，也感謝評審的指教與青睞，更感謝內人在入圍決選後撥空協助校對。謝謝大家。」

「正因他們愚蠢，才能如此自信。」

——法蘭茲・卡夫卡（Franz Kafka），《審判》（Der Prozess）

〈一〉

臺北地方法院刑事第九法庭裡，被告辯護人正在誦念答辯狀的證據意見，崇悠娜法官的注意力卻離不開卷宗內的某張相片。

那是一張夾在新莊慈祐宮農民曆白框頁碼第十至第十一頁之間的紙條，從不規則的割裂處判斷，應該是從廢紙角落撕下的，紙上以潦草的筆跡寫著「1212026630072148」，其中7的寫法很嚴謹地在中間劃上橫線，避免誤認成寫壞的1。翻拍這張紙條的相片雖然附在檢察官移送的卷證內，起訴書和證據清單卻隻字未提，偵查中歷次筆錄也對這串數列置若罔聞，彷彿只是形同郵政收據的日常文書，沒有任何值得在意之處。

正因無人在意，祟悠娜才在意得不得了。

「庭上？」

辯護律師的呼喚嚇了她一跳。「什麼事？」

「證據意見已陳述完畢，請您繼續。」

「哦、哦……」祟悠娜捧住滾燙的雙頰，逃避辯護律師略帶譴責的無奈表情，望向公訴檢察官，問：「檢察官有什麼意見？」

「論告時一併陳述。」

祟悠娜看著臉色鐵青的被告王財興，說：「被告對於偵查卷第七十五頁至第七十七頁，有關搶奪當下的商家監視器畫面截圖，有什麼意見？」

王財興瞄向身旁的律師，「請辯護人代為……」

辯護律師板著臉說：「沒有意見。」

太奇怪了。祟悠娜的目光再次回到相片裡的數列。

一個半月前的準備程序，由於案件事實單純，被告坦承犯罪，各項證據充足，合議庭決定轉為簡易程序，由祟悠娜獨任審判，但她始終放不下這起犯罪顯而易見的疑點，以及被告毫無邏輯的行為模式。

今年五月十四日晚上九點十分左右，擁有吸食毒品和詐欺罪前科，正因違犯組織犯罪條例而遭通緝的被告王財興，在新北市新莊區榮和里新莊路218號的新莊慈祐宮門外，抓住正要騎摩托車離開的五十八歲林姓婦人，扯壞她的名牌提包，搶走裝在裡面的慈祐宮農民曆後便想逃跑，卻因婦人使勁拉扯，無法順利脫逃，遂取出隨身攜帶，俗稱「大黑星」的中國製PRK改造手槍恐嚇婦人，趁對方受驚不得動彈時離去。隔天，即今年五月十五日的下午三點十分左右，被告王財興手裡拿著慈祐宮農民曆，在新北市新莊區化成路320號的第一銀行ATM附近徘徊，被獲報前往的新莊分局偵查隊江姓警員當場逮捕，在警察搜索過程中，王財興不惜扯破農民曆，也想阻止警方找到那張紙條。遭逮捕後，王財興被移送至管轄組織犯罪條例通緝案件的臺北地方檢察署併案偵查，隨後以涉犯毒品危害防制條例、組織犯罪條例和加重強盜等罪起訴，由臺北地方法院珩股的崇悠娜法官審理。

王財興被捕時，新莊分局偵查隊依據搜索票記載的範圍，扣押了犯罪工具大黑星改造手槍及搶奪所得之慈祐宮農民曆；當然，夾在農民曆裡的紙條也被偵查隊警員翻拍下來，附作卷證。無論是警方詢問或檢方訊問，王財興從頭到尾都沒爭執強盜罪嫌，不只構成犯罪的基礎事實，連背後的動機都交代得一清二楚，正因如此，儘管警方在案件移送書特別寫明「被告打算撕毀夾藏於農民曆的紙條」，檢察官的歷次偵查筆錄，卻未深究王財興搶奪慈祐宮農民曆的動機，也未追問那張寫著奇異數列的紙片。對承辦檢察官來說，王財興的落網解決了正在通緝的組織犯罪，被害人所受傷害甚微的強盜罪只要能成立就好，細節根本不值一提，何況被告早已全案自白，更是輕鬆之至。

但她怎麼也放不下這種彷彿留有伏筆的狀態。

被告王財興和辯護律師對她逐一詢問的偵查證據毫無意見，即便發言，也只是補充相關敘述的不足，完全沒有主張證據無效，甚至無罪的意思，簡直像是已經和檢察官談好條件，一心想讓她無視某些細節，逕行做出有罪判決。

她微皺眉頭，瞥向坐在旁聽席上，身穿漆黑西裝、面露不善的一對男女。儘管毫無證據，透過交頭接耳和翹二郎腿的各項舉止，她忍不住認為兩人是在場監視王財興的犯罪組織成員。

確認完最後一個證據，崇悠娜問：「還有什麼證據要請求法院調查？」

一定沒有，對吧？她在心底嘆了一口長氣。事實也如她所想，檢察官、被告和辯護人都說沒有，隨後由檢察官和辯護人詢問被告的程序中，雙方一樣沒有任何提問，就這麼帶過了刑事審理程序最重要的證據調查階段。

好吧，既然大家都不想問，就由我親自出馬！她握住因頻繁使用而有細微刮痕的萬寶龍Luciano Pavarotti紀念鋼筆，啵地一聲拔下筆蓋，裝上筆尾，筆尖挪向審判桌邊的上掀式黃頁筆記本。這是她訊問被告前不自覺的準備動作，也是不按牌理出牌的行為預告。

「被告，」崇悠娜望向王財興，「對於檢察官起訴書所載的犯罪事實，有什麼意見？」

「沒有意見。」

「今年五月十四日下午九點十分，你是不是有去新莊慈祐宮？」

「是。」

「你在偵查中說，自己每年都會去新莊慈祐宮拜拜，是否屬實？」

「是這樣沒錯。」

「今年是第幾次去？」

「第幾次……」王財興看了辯護律師一眼，發現對方以極緩慢的速度搖頭，才抬頭望向崇悠娜。「我、我不記得了。」

「今年是第一次去嗎？」

「應該是……不對，我不太確定。」

「去年什麼時候去過，記得嗎？」

「不記得了。」
「但你確定自己去過？」
「對。」
「你行搶的理由是為了要錢嗎？」
「對。」
「你知道林姓婦人的提包價值新臺幣十六萬元嗎？」
「不知道。」
「你搶到提包後，有確認裡面的東西嗎？」
「因為時間緊迫，我只抓了農民曆……」王財興說到一半，突然瞪大雙眼，說：「我沒有看清楚包包裡的東西，也不知道那是農民曆，就只是隨便搶一個東西走而已。」
這個改口也太拙劣了。崇悠娜面露苦笑，在筆記紙上寫下被告的反應，以及更改陳述的內容。
「你知道那本農民曆是從新莊慈祐宮裡拿到的免費編印品嗎？」
「知道。」王財興遲疑幾秒，說：「我後來才知道的。」
「你行搶的當下不知道嗎？」

「不知道。」

「逃走之後也不知道？」

「就……沒時間管這個。」

「你行搶的當下，沒有想要使用藏在身上的改造手槍嗎？」

「沒有。」

即使事先並無計畫，王財興先搶奪，事後因林姓婦人的糾纏而掏槍恐嚇，致使被害人完全無從抗拒，依據中華民國刑法第三百二十九條「竊盜或搶奪，因防護贓物、脫免逮捕或湮滅罪證，而當場施以強暴脅迫者，以強盜論」及第三百三十條第一項「犯強盜罪而有第三百二十一條第一項各款情形之一者，處七年以上有期徒刑」之規定，依然會被認定為攜帶凶器行搶的加重強盜罪。

讓崇悠娜難以釋懷的，是王財興不惜全部認罪，也不願提及搶農民曆的理由和紙條數列的狀況。縱使真的因為一時不察，沒有發現只搶到一本免費索取的慈祐宮農民曆，也很難連結到後續激烈拉扯，甚至取槍恐嚇的行徑；何況，再怎麼緊急，都能輕易判斷薄薄的農民曆不具足夠價值，實在不需要硬著頭皮搶。

崇悠娜凝視著王財興不斷游移的雙眼，嘗試揪住隱藏其中，尚未全盤托出的事實真相。

「今年五月十五日上午，你是不是有去新莊區化成路的第一銀行頭前分行？」

「有。」

「當天出門，你身上有帶錢包嗎？」

「有。」

「裡面是不是裝了……」崇悠娜翻到偵查卷宗的某一頁，找到自己需要的數字。「新臺幣兩萬兩千零二十一元？」

「對。」

「你平常都帶這麼多錢在身上嗎？」

「就……以備不時之需。」

「五月十五日上午，你是不是帶著昨晚搶來的慈祐宮農民曆？」

「對。」

「為什麼要帶著農民曆去銀行？」

「因為……」王財興的眼珠骨碌碌地轉，先摸了摸鼻子，又輕輕拉動領口。「因為昨天太緊急，沒有時間整理背包，就這樣帶出門了。」

「五月十四日九點多到十五日下午三點，這麼長的時間都沒空整理？」

「就……」

「庭上，」辯護律師終於開口了。「剛才的問題屬於重覆訊問。」

確實如此。崇悠娜抿著下脣，點點頭，說：「那我換個問題，五月十五日下午，你有沒有發現夾在農民曆白框頁碼第十頁和第十一頁的小紙條？」

一聽到紙條這個關鍵字，被告王財興、辯護律師和公訴檢察官同時望向崇悠娜，這其中，就屬王財興的目光最為驚詫。

辯護律師舉起右手，說：「庭上，這是超出本案待證事項的訊問。」

「我都還沒開始問，大律師就打算異議了？」崇悠娜搗著嘴，輕笑一聲。「至少讓我多問幾個問題，才能確定真的超出待證事項的範圍吧？」

辯護律師半張開嘴，似乎想說些什麼，最後還是搖搖頭，坐回辯護人席那張看起來不太舒適的黑椅子。王財興對律師果斷放棄的態度有點擔心，彷彿皮膚長了什麼疹子一般，不斷搔抓頸部。

「所以，」崇悠娜直盯王財興的雙眼。「當時有發現紙條嗎？」

「就……我……沒有注意。」

「你知道上面寫了什麼嗎？」

「我、我不知道上面的數字是什麼意思。」

「我沒說紙條上有數字。」

「異議！」辯護律師站起身子，按住王財興的肩膀，皺緊眉頭狠狠地瞪向崇悠娜。「庭上，被告在警詢和偵查的過程中，經警方和檢方提示證物，屢次看見那張紙條，當然知道上面寫的是數字！庭上的訊問和總結，是對假設性事項所為的不當推測！」

我知道啦……崇悠娜噘起嘴角，迴避辯護律師那雙吃人般凶猛的利眼。

儘管百般在意，身為中立審判者的她，不可能在刑事審理程序中確認檢方和被告都不爭執的事項，遑論是與犯罪事實不太相關，辯護律師又不斷隱藏的小細節。

這個案子，絕對不是普通的強盜罪。

崇悠娜放下鋼筆，嚥下唾沫，吸了一口氣，做好被辯護律師暗中痛罵的心理準備。

「法院認為，」她突然覺得喉嚨有點乾澀，停頓了一秒才說：「本案雖已轉換為簡式審判程序，但經本次審理，發現存在利益被告而攸關公平正義之重大關係事項，必須依職權介入調查，因此要另定庭期……」

「庭上，存在利益被告而攸關公平正義之重大關係事項是哪些？」

辯護律師的聲音比先前大了一倍，要不是聽得出話語中的著急，法警恐怕會以為是藐視法庭的失禮之舉。不知道是否早已習慣崇悠娜特立獨行的審判風格，公訴檢察官毫無反應，甚至好整以暇地靠上椅背，坐觀辯護人和法官的爭執。

「法院認為，被告王財興施行搶奪的犯罪意圖並不明確，雖然檢察官訊問筆錄記載了被告自承行搶的動機，各項物證——尤其隨身攜帶萬元現金的行為，卻與這項動機相互矛盾。」

「異議，那是因為——」

崇悠娜抬起右手，阻止辯護律師的發言，說：「讓我說完。假使被告王財興不具行搶之『所有意圖』，加重強盜罪就不會成立，只能成立破壞農民曆的毀損罪與持槍威脅林姓婦人的恐嚇危安罪。法院認為，此一待證事項有利於被告權益，依據刑事訴訟法第一百六十三條第二項後段規定，法院應依職權調查證據，因而必須另定下一次審判庭期。」

崇悠娜不容改變的語氣和態度，逼得被告與辯護律師只能大眼瞪小眼，各別請書記官留下異議之陳述，才配合決定下次庭期。這不是她第一次做出罕見的認定，也不是第一次讓檢察官和辯護人傻眼，更不是第一次為了追求發現真實而犧牲程序效率，只要整起犯罪有一丁點值得深究的要素，她就非得弄清楚不可。

難以捉摸的行徑，讓初老年紀的她，得到一個褒貶兼具的封號：

——魔女推事祟悠娜。

〈二〉

週末，祟悠娜起了個大早，放棄寶貴的睡眠時間，套上一成不變的深色長裙和棉質上衣，淡妝出門。

她開著自己最愛的紅色M性能BMW房車，從位於臺北市中正區廣州街的租屋處出發，穿越萬華區，走華江橋，途經新北市板橋區，再由新海橋接上新莊區，抵達尚未完全清醒的廟街商圈。

位於新莊路的廟街夜市曾是新莊最繁盛的商業聚集地，也一度是當地國高中生與輔仁大學在校生最常造訪的處所，但近十年來，臺灣各地的夜市攤販逐漸被同質性高的連鎖小舖取代，地方特色商品要不是直接消失，要不就變成大排長龍的飢餓行銷商家，不只讓外地人為之抗拒，更消滅了在地人順道走訪的動力，邁向必然蕭條的惡性循環。生於臺中、長於臺中的祟悠娜，對傳統夜市情有獨鍾，卻也被近年不斷惡化的改變影響，鮮少遊覽大臺北地區的夜市與老街，這次難得前來，亦是另有目的，無瑕旁顧。

她費了一番功夫，終於抵達思明路和碧江街口交界的文德公園，找到招牌字樣早已脫落，外觀形同廢墟的老舊店鋪——幽香堂香行。縱使隔了一條巷子，祟悠娜依然能夠聞到隨風而來的淡淡薰香，夾藏於公園草木的氣味之間，混入晨間清爽的空氣，化作此地專屬的獨特味道。幽香堂那道佈滿暗黃色鏽漬的鐵捲門半開著，堆疊在牆邊的桶裝盤香像極了未曾使用的油漆，數量之多，讓本已狹窄的通道變得堪比摸乳巷，儼然是香行現成的防盜內門。

祟悠娜掄起拳頭輕敲鐵門，卻沒得到任何回應。

「學長？」

她的聲音鑽入半開的門內，消失在彷彿足以吞噬一切的漆黑空間。

「學長，我進去囉。」

祟悠娜雙手扳住鐵捲門下緣，屏住呼吸，準備施力抬起時，門後傳來啪搭啪搭的腳步聲。

「慢著——哇！」門內之人似乎撞到了什麼，痛得叫出聲來。「先不要把門打開——」

可惜祟悠娜已不及收手，鐵捲門喀啦一聲向上收起，店鋪同時傳出排山倒海般驚人的傾倒聲響，其中夾雜著某位男性稍縱即逝的慘叫。
光要等到四處飛揚的香粉完全沉落，就費了近五分鐘。店鋪中成堆的地基主金紙和裝在米袋裡的沉重香粉，全都砸在地面，場面之混亂，不說還以為是第三次世界大戰。差點被自家商品掩埋的男子，使勁推開壓在身上的封裝金紙，用力咳出意外吸入的香粉，狠狠瞪向只能苦笑的始作俑者崇悠娜。
「我不是說別把門打開了嗎？」男子開口時，嘴裡偶而還會吐出細煙般的黃粉。「崇悠娜，妳這可是涉犯侵入住居之罪的暴行。」
「對外營業的香行哪算什麼住居。」
「我人就住在裡面，」男子努努下巴，指著鐵捲門。「而且，根本還沒開始營業。」
「哎呀，我們這麼熟了，就不要說這麼見外的話。」
面對自顧自進門的崇悠娜，男子搖搖頭，便轉身沖茶。
幽香堂的店鋪無處不是金紙和香製品，供人行走的通道約莫只有六十公分，崇悠娜才轉個身，就把擺在角落的綑裝線香全撞倒了。木製櫃檯位於店門右側，玻璃展示區塞滿包裝精緻的臥香，檯面上則疊滿金邊紅色盒裝的香環，靠在牆邊的收銀機恐怕十年以上不曾使用，佈滿灰塵不提，連顯示數字的螢幕都蒙上一層厚厚的髒汙。

男子從後方的矮櫃抽出一張乾淨的刺繡座墊，鋪在用塑膠袋封綑緊實的線香上，充作臨時用的客椅。他幾乎不打算隱藏明顯的厭煩表情，擺擺手，示意來客坐下。

「學長，你都用這種態度接待客人嗎？」

「首先，妳不是客人。」男子的眉頭皺得更深了，「其次，妳這無事不登三寶殿的傢伙，絕不可能空手前來。」

崇悠娜拎起長裙，揮擺幾下，說：「我什麼都沒有帶唷。」

「錢都沒帶的傢伙可以快點滾出去嗎……」

「既然學長已有心理準備，我就不拐彎抹角了。」崇悠娜從長裙口袋掏出一張對折數次的列印紙，遞給對方。「這是某個被告已經認罪的案子中，檢辯雙方都想輕輕放下的奇怪證物。」

男子皺起鼻翼，彷彿看著害蟲一般瞪視那張紙片，幾秒後才抬起頭，說：「崇悠娜，妳應該知道，《法官法》第十八條第一項有這麼一條規定：『法官不得為有損其職位尊嚴或職務信任之行為，並應嚴守職務上之秘密』。」

「這是一張與檢察官起訴的犯罪事實無關，被告和辯護人都沒爭執的紙條，就像附在卷證裡的菜單一樣，純粹是職務之外的書面資料，不算職務上獲知的秘密。此外，我只是在假日拜訪感情深厚的學長，閒談之餘稍微講點工作上無關審判的瑣事，自然不損法官職位的尊嚴與信任。」

「真是詭辯。」面對崇悠娜狡猾的說詞，男子無可奈何地接下列印紙。「就算是無關案件事實的卷證資料，擅自翻拍或複印，帶到這裡給我這種閒雜人等觀看，無論怎麼狡辯，都是違反法官法的行為。」

崇悠娜微瞇雙眼，漾出一抹俏皮的微笑說：「如果學長是閒雜人等，我恐怕是暗巷鼠輩。看在我這個第五十四期的小學妹眼裡，第五十一期的沈靖瑋檢察官，可是遠在天邊的司法菁英呢。」

「胡說八道。」

沈靖瑋白了她一眼，輕輕吹落沾上左手的香粉，才翻開整齊對折的紙片。那是附在偵查卷證裡，翻拍紙條的相片影本。崇悠娜用自己的手機拍下「翻拍紙條的影本」後，更在印出的「再翻拍影像」旁寫上那串數字，以便對照。

「今年五月，新莊慈祐宮門外發生一起搶案，被告王財興在扯破被害人的名貴提包後，僅僅奪走一本農民曆，甚至為此掏槍恐嚇被害人。」

「先犯搶奪，又因脫免逮捕而持凶器當場施以強暴脅迫……」沈靖瑋輕捏人中，喃喃說道：「加重強盜罪。」

「沒錯，他為了一本可以免費索取的農民曆，犯下足以論處七年以上有期徒刑的重罪——但這不是最詭異的疑點。」崇悠娜指向他手中的紙片，「這張相片裡的紙條，在被告遭到逮捕時，就夾在搶來的農民曆裡，非但如此，他當下甚至想在警方面前將其撕毀。然而，即使充滿無法解釋之處，紙上記載的數列『1212026630072148』，卻沒得到應有的關注。由於十六碼數字讓我直接想到虛擬帳戶的帳號，昨晚先請認識的銀行襄理幫忙查詢，確定不是購物平臺或支付方式的號碼。此外，我也透過一些管道，確認這組號碼不是貨運編號，也不是悠遊卡的卡號。」

沈靖瑋簡直快把自己的人中捏紅了。聆聽解說的過程，他雖然不時點頭，視線卻沒離開過紙上的不明數列。

「這到底是什麼數字？」

「就是不知道才問學長的啊。」崇悠娜傾身向前，湊到沈靖瑋旁側，露出小惡魔般的狡猾微笑。「怎麼樣，是不是很想知道真相？」

「一點也不。」沈靖瑋按住崇悠娜的額頭，將她推開。「即使是有利於被告的證據，在全盤認罪的情況下，並沒有調查的必要。刑事司法程序除了追求真實之外，還要考量訴訟經濟，政府的各項資源都需要錢，那些錢都來自人民的稅金，不容許一絲一毫的浪費。今天放棄權益的是被告自己，身為司法者，妳要做的是對照檢察官的起訴事實和移送的卷證資料，定奪一個能夠服人的刑度，讓被告為自己犯下的罪行承擔應有的責罰。」

「就算司法者已經有足夠的確信，認為這起案件另有隱情也一樣？」

「正因為妳對案件以外的事證產生足夠的確信，認定犯罪事實另有玄機，才更應該依據現有的卷證資料，中立地進行審判。追訴犯罪是檢察官的責任，保護被告是辯護律師的義務，妳沒有必要、也沒有資格介入他們不願探尋的事實。」沈靖瑋皺下眉頭，注視崇悠娜還不服氣的眼眸。「何況，妳根本不是為了被告的利益，純粹是想滿足自己無窮無盡的好奇心，才想追查這串數列的意義。」

「才不是……」

崇悠娜撇過頭，噘起嘴，氣撲撲地望著亂成一團的香環堆。

這不是她第一次被沈靖瑋駁倒，也不是第一次在法、理、情各項層面都被看破，更不是第一次氣到想拿身旁的東西丟他。雖然不擅整理香行店鋪，沈靖瑋卻能俐落地揪出別人的論述破綻，用最有效的言詞辯得對方啞口無言。司法官班第五十一期結訓的沈靖瑋，畢業於輔仁大學法律系，應屆考取司法官，訓後派任臺北地方檢察署翼股，偵辦數起重大矚目案件，諸如圓塔水牢擄殺命案和子燕幫朔堂的黑吃黑槍擊案等，不畏一切的強勢作風，讓他一度成為媒體爭相關注的風雲人物。

兩年前，他無預警地自請離職，搬離臺北的居所，移居新北。他既不轉任律師，也不進私人公司擔任法務，完全隔絕於法律圈子之外，很快便銷聲匿跡，留下各種陰謀論般的臆測與遐想。

只有崇悠娜知道，沈靖瑋回到新北之後，接下祖父留下的香舖店面，從頭學起傳統的製香工藝，形同隱居一般地躲在新莊文昌祠附近的巷弄中。儘管遠離檢察官職務已久，他仍保持清晰的邏輯推理思維和敏銳的瞬間判斷能力，足以在任何話題輕鬆瓦解崇悠娜破綻百出的論述。

雖然總被無情地駁斥，內心難受的崇悠娜依然頻繁拜訪這位可靠的學長。因為她比任何人都了解，在他口是心非的表象之下，潛藏著一股絕不可能抑制的「偵查天賦」。

「真受不了。」沈靖瑋雙手抱胸，用鼻子呼出一大口氣，將手中的紙條還給崇悠娜。「這可是最後一次囉！」

要想知道事實的真相，就必須過濾繁雜的資訊，循著既有線索逐步前進。

沈靖瑋稟持著過去偵查犯罪的嚴謹精神，從現有的證據中推敲、釐清和破解盲點，與王財興強盜案的紙條數列最相關的線索，就是那本農民曆。為此，他拋下原訂的竹枝沾粉作業，拉下根本無法降至地面的鐵捲門，領著崇悠娜前往位於新莊路的新莊慈祐宮。

正午之前的新莊路幾乎沒有攤販，夜晚才會營業的店也尚未拉起鐵門，整條街沉靜得讓人難以想像幾個小時後，將是人來人往的廟街夜市。新莊慈祐宮門外是不大不小的廟埕，踏進龍門之後，狹長的內部空間在視覺上特別寬敞，中門後方空曠的山川殿，讓位於最前方的媽祖殿看起來比實際坪數大。廟街還沒開市，新莊慈祐宮已經聚集不少香客，雖不至於擁擠，來來去去的人們卻絡繹不絕，未曾間斷。

沈靖瑋熟門熟路地從白鐵條香架拿起兩組線香，分別夾在拇指與食指、食指與中指之間，點香時，僅需轉動手腕便能交互燃燒，不僅加速點燃，還能避免線香因點火時間不均而導致長短不一。接過一組八柱的線香，崇悠娜正想詳讀參拜順序圖，沈靖瑋已逕自走向山川殿中央，面朝外，對著中門後方的第一個香爐，彎腰行三鞠躬，持香敬拜。拜神的過程，他嘴裡似乎悄聲唸著什麼，崇悠娜聽不清楚，猜想應是某種咒語，或是祈求的內容。

以左手在天公爐插上第一柱香，沈靖瑋俐落地按照媽祖、關聖帝君、觀世音菩薩、達摩祖師、地藏王菩薩、註生娘娘與土地公的順序，完成七尊神明的參拜。崇悠娜發現他沒有拿金紙，他說，金紙就要燒自己家的金紙，這道程序暫時擱下，回家再補。

才剛完成參拜，一位身材矮小、略顯福泰的婦人便朝沈靖瑋小跑前來。

「靖瑋，今天怎麼會來？」婦人說到一半，視線瞥向站在門邊的崇悠娜，隨即露齒一笑，用手肘輕撞沈靖瑋。「哎唷，還想說你最近怎麼都不來上香，原來是找到幸福了。」

「並沒有，她是我以前的同事。」沈靖瑋翻著白眼，嘆了口氣。「阿姨，今年的農民曆還有剩嗎？」

「都十月了，才要拿農民曆？」婦人拍了拍空無一物的服務櫃檯，說：「今年也不知道為什麼，五月就拿光光了，我還在想是不是廠商印太少……」

沈靖瑋和崇悠娜交換一個眼神，環顧四周，壓低聲音說：「阿姨，我有一些比較複雜的問題，想私下請教您。」

或許是受他過於嚴肅的態度影響，婦人隨即斂起五官，點點頭，將兩人帶進辦事用的別房，謹慎地關上門。這是崇悠娜第一次進入宮廟辦事處，與想像不同，裡頭沒有太多宗教相關的器具，反而像間住房，充滿生活感。

沈靖瑋遊走於每扇窗戶，偶而伸手拉動窗框，謹慎地確認是否上鎖。祟悠娜輕笑一聲，說：「學長的疑心病也太重了吧。」

「妳得知道，偵查犯罪之人最該注意『身旁眼目』與『隔牆之耳』，我們永遠不會知道自己涉入多危險的案件。明槍易躲，暗箭難防，不可不慎。」

沈靖瑋甚至取出反偵測器，確認室內沒有針孔攝影機，才真正放心。

他拿出B5大小的日本國譽Campus筆記本，反折封面，熟練的筆記姿態，讓祟悠娜冷不防想起司法官班受訓的時光。

「阿姨，妳知道今年五月十四日，有人在慈祐宮門外搶東西的事嗎？」

「當然知道，這麼大條的代誌，到上禮拜都還有人在講呢。這年頭連廟門口都會被搶，真的很恐怖。」彷彿想像自己就是受害者，阿姨忍不住搓起手臂，皺起眉頭，擠出醒目的抬頭紋。「那天我人剛好在櫃檯開光明燈的收據，聽到門外有人大叫，才知道發生這麼可怕的事。搶匪的目標好像是那個太太的名牌包吼？還好我都買這種地攤貨……」

果然，一般人也認為王財興的真正目標是昂貴的提包。

「阿姨，請給我一本今年的農民曆。」沈靖瑋說完，祟悠娜正想插嘴，卻被他抬起的左掌制止了。「免費索取的農民曆確實發完了，但辦事人員手中應該還有幾本，對吧？」

「是這樣沒錯，但很破舊哦！」

婦人走向位於角落的鐵桌，取出口袋裡的小鑰匙，打開簡易的防盜鎖。她將胡亂堆疊的表單置於桌面，從抽屜最深處抓出一本封面印有媽祖像的鮭紅色書冊，正是新莊慈祐宮今年的農民曆。沈靖瑋環顧四周，確認窗口依然緊閉且無人在外，才小心翼翼地接過農民曆。

「阿姨，我們有一些事得單獨談，方便給我一點空間嗎？」

「當然方便啦！」婦人露出燦爛的笑容，用力拍打沈靖瑋的背。「瞧你這副模樣，要不是惹上什麼麻煩，要不就是想幫人解決麻煩。你要多少時間、多少空間、多少本農民曆都沒問題啦！」

爽朗的婦人鎖上鐵桌，偷偷瞄了崇悠娜一眼，湊到沈靖瑋耳邊說了幾句悄悄話，便帶著準備看好戲的俏皮奸笑離開。沈靖瑋謹慎地將門上鎖，目光隨即挪往像個小跟班一樣，乖巧佇立的崇悠娜。

兩人對視許久，她歪著頭，似乎不明白自己該做什麼。

「崇悠娜……」沈靖瑋按住前額，大嘆口氣。「差不多該給我下一個線索了吧？

難不成妳要我盯著農民曆上的媽祖，等待神明顯靈告訴我那串數字的意思？」

「下一個線索？」崇悠娜眨了眨眼，突然「啊」地輕叫一聲。「王財興行搶的日子是一一二年五月十四日晚上，遭到逮捕的日期則是一一二年五月十五日，警察扣押這本農民曆時，寫著數字的紙條夾在白框頁碼第十至第十一頁之間，被告掙扎著想扯破的，也是這兩頁。」

「第十頁……」沈靖瑋一邊低喃，一邊翻到正確的頁面。「恰好是國曆五月的位置，十五日當天是農曆三月二十六日。」

【新莊慈祐宮民國 112 年農民曆 5 月 15 日表】

15 星 期 一	歲 德 合 玉 女 三 公 主 聖 誕	廿 六	酉 癸 金	綠 四	定	危	六 一 望 三 7 一 二	宜	祭祀祈福 齋醮出行 納采嫁娶 修造動土 起基作灶 入宅開市 納財牧養 納畜入殮 移柩破土 安葬	子 丑 辰 巳	沖 兔 37 歲 煞 東	房 床 門 外 西 南

他坐上辦事處的木椅，攤開崇悠娜複印的紙條影本，來回掃視不明數列和農

民曆，嘴裡發出濾水器引擎般的微弱喉音。崇悠娜站在他身後，交互對照十六碼數列和農民曆所有數字，卻怎麼也看不出端倪。從王財興的行為判斷，數列本身與農民曆存在不可獨存的條件因果，缺一不可的的緊密關聯，必定藏在他極力想要破壞的頁面之中。

陷入思考時，聽覺與觸覺都會變得異常敏銳，門外和窗外的鳥鳴彷彿安上16:9 環繞音響，迴盪在密閉的辦事別房，成為天然無加工的最佳白噪音。

不知過了多久，沈靖瑋放下農民曆，靠上椅背，深深吁了口氣。

「崇悠娜，妳看出什麼了嗎？」

「只有一個重複的數字。」崇悠娜的指尖落在農民曆的「廿六」上，說：「紙條上的數列，只有這個數字與五月十五日的農曆記載有所關聯。」

「很敏銳的觀察力，不愧是臺北地院的『魔女推事』。」

「別這樣叫啦……」

沈靖瑋用隨身攜帶的 O.B. 藍色原子筆，圈起紙條影本中的數字26，將不明數列分成兩段，變成 12120 (26) 630072148。

「假設紙條中的 26 是農曆日期，那 12120 就是年份和月份囉？」崇悠娜的食指置於嘴前，半瞇雙眼，以獵人一般鋒利的視線，凝視列印紙中央被沈靖瑋圈起來的數字。「直接拆解的話，會變成一一二年二十月二十六日，不是個合理的日期。五個數字相加是六，即使當作月份，硬湊一個六月二十六日也沒什麼道理。」

「剩下來的尾數630072148也很令人在意。」

「九位數字，最直觀的想法就是身分證號碼，但又不可能是6開頭。假設是座標，奇數的數列也無法分割成號碼個數相等的組別……哎唷，這未免太困難了吧！而且，就算直接用農民曆上的資訊得出紙條數列的答案，也無法說明王財與為什麼非得搶走慈祐宮的這一本。」

「最直觀的想法是，被告王財興基於某種理由，必須擁有慈祐宮的農民曆。」

「各宮廟的農民曆內容不同嗎？」

沈靖瑋開啟左腕上俗稱「腕環機」的手錶型智慧電腦，在單向顯示的投影畫面搜尋網路上的農民曆，點開民國一一二年五月十五日。

【線上版民國112年農民曆5月15日表】

15 星期一	廿六	宜	嫁娶祭祀祈福求嗣開光出行出火拆卸動土上樑認養入宅移徙安床安門開市交易立券掛匾栽種破土安葬	忌	詞訟修造	寅巳午未	沖兔37	歲煞東

「妳覺得呢？」

「的確不同呢。」

沈靖瑋發現，崇悠娜靠近時，總能聞到一股淡淡的青草香，或許是調製精油，在她精心估量的擦抹下，成為形同花田的宜人香味。

「無視網路與紙本在情報量的高低，光看『宜忌』和『吉時』，就有很大的差異，遑論其他涉及九星排列、二十八星宿和卦象算卦的部分。我每年至少都會拿艋舺龍山寺和松山奉天宮的紙本農民曆，也會把新莊武聖廟和新莊地藏庵的線上農民曆加入最愛，為的就是交叉比對，找出最好的時辰和日子。」

「獨缺新莊慈祐宮呢。」

「我有什麼辦法，今年的七早八早就被拿光了。」沈靖瑋放下原子筆，將手中的農民曆遞給崇悠娜，說：「假使這串數字真的與案件有關，光憑這組數列，也無法得出真正的解答。」

沈靖瑋盯著崇悠娜，問：「妳知道從零開始學習製香，最快的途徑是什麼嗎？」

「為什麼突然說起這個？」儘管不解，崇悠娜還是嘗試回答：「向師傅學習嗎？」

「一般來說，傳統工藝的師傅與學校老師不同，通常不會直接教導技藝。製香有數道工序，批發原料、調製香粉、風乾竹枝和裝箱封袋，每個看起來互不相關的獨立作業，實則是環環相扣，不能出任何一點差錯。因此，師傅最先教導徒弟的，不是工藝本身，而是謹慎的耐心與沉穩的毅力，所以向師傅求教，不可能是最快的途徑。」

沈靖瑋在農民曆背後寫了一串字：刑事訴訟法第一百五十六條第一項，被告之自白，非出於強暴、脅迫、利誘、詐欺、疲勞訊問、違法羈押或其他不正之方法，且與事實相符者，得為證據。

「如同我們能夠記下某些條文一般，『熟練』才是學習一項技藝，最快也最有效的途徑。妳記得我在司法官班分享心得時，提過『適用法律的熟練度』嗎？」

崇悠娜點點頭，「學長說，適用法律的熟練度來自於對照，司法者的目光必須來回於案例事實、實務見解與法律規範之間，不斷對照各項要素，直到找出最佳答案為止。」

「沒錯，適用法律的熟練度來自於對照，製香的學習也一樣，必須反覆對照自己的工序與師傅做法的不同，直到找出問題所在，就能循得最佳的製程。解碼的要領也是對照，面對任何意義不明的訊息，縱使擁有解碼素材，沒有另一組訊息可以檢驗，就永遠得不出正解。」

沈靖瑋站起身子，拍了拍崇悠娜的肩，緩緩搖頭。

「換言之，在妳找到另一組數列前，我們永遠不會知道答案。」

〈三〉

尋找對照組的工作比想像中棘手。

由於是偏離常規的私人調查，無論如何都不能驚動地院、地檢或警方，崇悠娜只能硬著頭皮，聯絡在沈靖瑋離職後接手臺北地檢署翼股的司法官班同期——張芸臻檢察官。

電話中的嘟嘟聲，彷彿延續了一百年之久。

接通後，對方立刻說：「我拒絕。」

「我什麼都還沒說！」

「我知道妳想問什麼。」崇悠娜隔著電話都能想像出張芸臻緊皺眉頭、按住太陽穴的厭煩表情。「醜話先說，承辦一一一年訴字第9527號案件的同事已經跑去跟主任檢察官告狀了，建議妳不要節外生枝，該怎麼判，就怎麼判。」

「小臻，這起案件——」

「哇啊，閉嘴！我什麼也不想聽！」

「雖然被告認罪了，但他極力保護的——」

「我不聽、我不聽、我不聽！」

「農民曆裡，夾了一張紙條。」

正以為張芸臻又會出言打斷，想不到電話那頭突然陷入沉默，崇悠娜還以為對方掛了電話。

「雖然不關我的事，但姑且一問……」張芸臻停頓幾秒，說：「那張紙條，是不是寫了一串十六碼數字？」

「對！」崇悠娜根本藏不住興奮的語氣，「小臻，那串數字——」

「就算知道，我也不會告訴妳。」這是張芸臻第三次打斷她，「那是與犯罪事實無關的數字，無關帳戶、無關時日，純粹是不需要調查的號碼。被告本人已經認罪，對於檢察官提出的起訴內容毫不爭執，沒有直接關聯性的證物根本無須深究，妳手上的案件不也如此？」

「如果無須深究，小臻又為什麼說它是『證物』呢？」

「因為……」張芸臻一時找不到合適的說法，輕聲咋舌。「總之，那不是我承辦的案子，別跟我討論這些會惹上麻煩的東西。」

張芸臻的態度，反而讓祟悠娜更想探究紙條上的數字究竟代表什麼意思。尷尬的沉默，只能聽見彼此細微的呼吸聲。

「這次的農民曆是哪一家印的？」張芸臻剛問完，隨即補充：「我可不想瞭解案情細節，也不想幫妳搞事，純粹基於禮貌姑且一問……」

「小臻果然很可靠。」

「什麼啦！」

「這次是新莊慈祐宮的農民曆。」明明身邊沒任何人，祟悠娜仍不自覺地壓低聲音：「小臻，接下來的問題，如果真的很不方便，可以不用回答。」

張芸臻嘆了口氣，「雖然都很不方便，但妳就問吧。」

「先前出現過的農民曆，是哪一家的？」

「中壢仁海宮。」

「十六碼數字寫在什麼地方？」

「寫在黃色便條紙上，夾在農民曆裡。」張芸臻在祟悠娜再次提問前，說：「別再問了，妳的語氣讓我想到庭審，煩都煩死了。總而言之，那是去年常股承辦的詐欺罪，被告涉嫌收取、轉交車手所提取的詐騙款項——反正就是負責收水的傢伙啦，在臺新銀行忠孝分行附近收取贓款時，遭警方逮捕，那時他手中就拿著一本仁海宮農民曆。」

「但他在警詢和偵查中，甚至審判時對詐欺罪行均坦承不諱，裡面那張寫有數列的便條紙，就沒人在乎了？」

「畢竟沒有人像妳這樣，在沒爭議的地方起爭議。」

「法律人就該在不疑處有疑嘛。」

「原文分明就是『做學問要在不疑處有疑，待人要在有疑處不疑』，不要騙我這種沒讀什麼書的人。」張芸臻的聲音聽起來忽近忽遠，可能正在行走，亦或改變姿勢。「如果妳真的想把自己惹得一身腥，我可以告訴妳當時收入卷證的十六碼數字，但我誠心建議妳別搞這些無聊的事，專心辦好手上的案件，判決寫快一點，才是正途。」

「謝謝，但這就是我手上的案件。」

「好啦，」張芸臻大概知道多說無益，再次嘆了口氣。「我去拿筆記本。」

「居然偷偷抄下同事案件裡的數字，看來小臻也很在意嘛！」

「再囉唆一句，我就掛電話了。」

被她這麼威脅，祟悠娜只能閉上嘴巴，乖乖聽話。

張芸臻是祟悠娜在第五十四期司法官班受訓時結識的夥伴，也是少數分派之後，還有持續聯絡的朋友。雖然受訓時頻繁切磋法學問題，派任臺北地檢署後，張芸臻便不曾主動與祟悠娜談論案件，即使是簡單的修法爭議，也是擦邊球、無傷大雅地聊，很少深入探究事實與規範之間的邏輯，這是她作為檢察官應該謹守的專業倫理，也是審檢分立的制度下必須堅守的底線；然而，立於審判者之位的祟悠娜，卻對法理上的界分毫不在意，好奇心一起，無論是不是自己的案件，都會率先聯絡張芸臻，試圖找出接近真理的最佳答案。

張芸臻永遠不能明白的是，為什麼祟悠娜經歷了四年法律系的學術教育、兩年司法官班的職前訓練和長達六年的在職訓練後，還願意相信「真理」的存在；對她來說，偵查程序最重要的是廣納證據，拼湊四散的事實碎片，還原最接近犯罪當下的客觀現場。

客觀事實絕非真理，只是人類承認自身極限，勉強完成的歸納結論。

再次拿起話筒時，張芸臻的聲音聽來有些疲憊：「剛才提到的案件，發生在二〇二二年七月五日下午一點，便條紙夾在雙色印刷的第十四和第十五頁之間，十六碼數字是1121007538120632　。」

「謝謝！小臻真的幫了我大忙！」

「但願這通電話不會成為妳的懲戒事由。不管妳想查什麼，盡量不要影響審判時程，追求真實不代表應該犧牲程序利益。別忘了，在妳胡搞瞎搞的這段期間，被告可是關在臺北看守所受苦呢。」

「放心啦，我有請那個人幫忙，應該不會太久。」

「那個人？該不會是……」張芸臻停頓幾秒，倒抽一口氣。「妳居然為了這種無關緊要的小事，把臺北地檢署的『閻羅檢事』請出來。」

「不要這樣叫他啦。」

「真不愧是魔女推事崇悠娜。」

「不要這樣叫我啦！」

成功得到第二組數列的崇悠娜，絲毫不顧已屆午夜的時間，跳起身子旋轉三圈，推開租屋處的對外窗高聲歡呼。

※　※　※

崇悠娜再次造訪幽香堂時，沈靖瑋正將香粉均勻地灑上開成扇形的竹枝。

他的動作很輕，右手抓著裝滿香粉的鐵罐，輕輕搖晃，讓粉末流沙般地灑落，少許沾黏於左手開展的竹枝，多數則落到他腿上的大鐵盆中。祟悠娜很確定他知道有人進門，但卻維持原來的動作，專心一意地輕擺右手，不時晃動左手，讓每根竹枝都黏上同樣厚度的香粉。停止撒粉後，他將沾滿香粉的竹枝收成一束，置於右小腿邊的立架。

再次抓起一把竹枝，開成扇形，他才開口：「找到對照組了嗎？」

祟悠娜遞出抄錄著第二組數列的紙條，「費了九牛二虎之力呢！」

「打很多通電話？」

「一通。」

「只打一通哪稱得上九牛二虎之力。」沈靖瑋注視著手中的竹枝，慢慢提起香粉罐。「製香其實是個很複雜的工序，光是我手上的香腳和香粉，就得分別擁有木工學和中藥學兩種知識，才能正確地製作。過去，臺灣的香行會從竹山劈製香腳，現在多半仰賴海外進口，無論是哪裡來的桂竹，都要先用剖香器削成圓柱形，再行泡水，儘可能去除竹子的味道，同時也達到防蟲與增加燃點的效果。這道工序，絕不能添加化學香料，雖然能夠提升除味速度，卻對使用者的身體健康，非常有害。」

崇悠娜眨眨眼，捏著紙條的手懸在半空。沈靖瑋搧了搧左手的竹枝，慢慢倒下香粉，以穩定得令人吃驚的速率鋪撒，直到每根香腳都沾滿暗黃色的粉末。

「香粉的香，來自於香料的運用。香粉常見的素材，是沈木、檀木、楠木、檜木等木材研製而成的粉末，摻合麝香、靈貓香、海狸香、龍涎香等香料而成，有時依據不同需求，也能混合草根、香三奈、丁香、小茴、大茴、大黃、龍香、排草龍、桂心、春花、八角、甘松、桂通、白芷、川芎、桃草、當歸、牡丹皮、良茎、紋黃等中藥粉末，但比例、配法和順序都是各家香行的『獨門配方』，全憑經驗，無處可學。」

「怎麼突然跟我講這些？」

「犯罪的原理，就是以無數個精心策劃的環節，構築一項違背法律的行為。詐騙集團必須有行騙的人，還要有抹除贓款金流痕跡的人，為了不被檢方掌握，行騙、取款、交款、收款、轉款等作業無不緊密結合，缺一不可，否則形跡敗露，全盤皆空；正如製香，炮製藥粉、去除竹臭、調製黏粉、鋪撒香粉和烘乾成香，缺少一環便有瑕疵，無法賣錢。」

沈靖瑋放下香粉罐，將完成撲粉的香腳放上立架，抬頭望向崇悠娜。

「崇悠娜，還記得我說過明槍易躲，暗箭難防嗎？在妳找到對照組前，我們能把王財興手中的農民曆和紙條當成毫無意義的無理訊息，輕而易舉地拋諸腦後，但現在，妳捎來的新證據改變了現有狀況，用最直觀的方式暗示藏在兩起犯罪背後的關聯性……」他搖搖頭，嘆了口氣。「我已經開始後悔幫妳了。」

「怎麼這樣說！」崇悠娜鼓起腮幫子，滿臉委屈，硬把紙條塞給沈靖瑋。「我都費了千辛萬苦找到第二組數列了。」

「妳只打了一通電話，哪來的千辛萬苦。」

沈靖瑋走向櫃檯，從收銀臺旁的木盒取出B5筆記本和慈祐宮農民曆，平放於左手邊，再將兩張寫著數列的紙條攤在右手邊，掏出口袋裡的O.B. 原子筆，開始解謎。

他的目光在農民曆和紙條間逡巡，問：「一定是張芸臻給妳的吧。」

「才、才不是呢……」

「別假了，這世上跟妳一樣會記下無關案件之事的人，只有她一個。」

作為司法官班第五十四期刑事偵查實務講師的沈靖瑋，當然不可能忘記崇悠娜和張芸臻這兩個愛搗蛋的活寶。

「她有告訴妳這是什麼案件嗎？」

「是詐欺和洗錢防制法案件。持有農民曆和紙條的被告，在臺新銀行忠孝分行收水時被逮捕，雖然不知道案號，但我猜想應該是今年剛起訴的某個大案子。」
「與柬埔寨有關的詐欺、人口販運防制法和組織犯罪條例案件？」
「學長也太會猜了吧！」
「這麼說來，王財興好像也是在銀行附近被抓的，難不成他也是去收水？話說回來，第二對照組是用哪一家的農民曆？」
「中壢仁海宮。」
「那——」沈靖瑋才剛開口，崇悠娜便帶著微笑，遞出一本黃色封面、印著仁海宮廟宇照片的農民曆。「妳的行動力真是不容小覷。」
「嘿嘿，您過獎了。」
「寫判決也有這種行動力就好了。」
「囉唆。」
沈靖瑋笑了一聲，打開仁海宮農民曆，崇悠娜便湊上前來，說：「被告被捕的日期是二〇二二年七月五日，紙條夾在國曆六月的頁面之間。」
不知是對崇悠娜機警的態度感到佩服，還是感到煩悶，沈靖瑋撇撇嘴角，翻到仁海宮農民曆雙色印刷的第十四和第十五頁。

【中壢仁海宮民國 111 年農民曆 7 月 5 日表】

5 星期二	國曆吉日	初七	未己木	白八	滿	箕	中五禽 2 一	宜	開光祈福出行結婚姻納采出火修造動土安床移徙入宅造廟橋船開市池井廁豆養牧蓋納畜安香	寅卯午未	煞西沖牛 50 歲	占門廁外正東

「王財興的紙條數列是1212026630072148，新取得的詐欺案件數列則是1121007538120632……」沈靖瑋用原子筆在第二對照組的「07」之處畫一個圈，說：「26 對應著農曆 26 號，07 則能對應 7 號，看來數列前半段對應到農曆日期的推想，應該是對的。」

「問題在於，12120 和 11210 要怎麼看出月份。」

「月份？」沈靖瑋挑起右眉，「妳已經知道『年份』了嗎？」

「不算是知道啦，只是推論。」崇悠娜先在他的筆記本上寫下 12120 和 11210，又在前者的 12 和後者的 11 劃上底線，接著拿出包包裡的上掀式黃頁筆記本，將自己數日來的研究結果遞給沈靖瑋。「首先，年份和月份無法使用同一個數字指稱，所以這五碼數字至少必須切割為兩組數列，而月份共有 12 個，一碼數字無法充分表徵，因此需要兩碼，所以年份就是 121 和 112，或 12 和 11。為了避免出現推論盲點，我用四位數可能對應的『四角號碼檢字法』複查1212和1121，分別得出『琇、⿰王夸、瑞、瑀、璊、瓗』和『弳、⿰弓遂、殌、殛、彄、彊、殭、麗、麗』兩組單詞，再以同一檢字法得出第五碼，甚至以Unicode字碼進行第三次複查，依然得不出令人滿意的結果。」

「……妳也複檢得太嚴謹了吧。」

「畢竟都把學長請出山了，不下點功夫可不行。」祟悠娜笑了笑，收回寫得密密麻麻的黃頁筆記本。「原本在想，會不會是數學的某種進位法，但切割後的數列出現了2，就不會是二進位，也與八進位、十二進位和十六進位沒什麼關聯，因此摒棄。121和112一時看不出端倪，但後一組的12或許能看成民國一一二年，11則是一一一年，雖然很一廂情願，但姑且能夠界分兩起案件發生的年份。」

沈靖瑋點點頭，左手輕輕捏住人中，說：「有道理，不錯的發想。」

「學長難得沒有批評我過於草率的推論呢。」

「怎麼說，因為妳的推論剛好對應到我腦中正在演繹的『月份』模組，算是挺符合需求的想法。」沈靖瑋搔搔後腦，在筆記本空白處寫下120/210和20/10兩組數列，說：「如妳所說，無論是年份抑或月份，單以一碼數字是無法充分辨識的，月份至少會是這兩種組合，而且必須分別對應五月和七月。20和10我沒什麼頭緒，但 120 和 210 倒是有一種滿有意思的轉譯方法，不只與妳的推理相符，還能充分解釋這兩個數字之間存在的特殊規律」

規律？崇悠娜盯著紙上的 120 和 210，努力思索可能的解讀方法。以數學的角度觀察，兩個數字的最大公因數為 30，擁有不少相同之處，例如同樣有十六個因數，也都不是質數；然而，相異之處也很多，120 有正整數的階乘 5!，是正規數，二進位為 1111000，210 則沒有階乘，也不是正規數，二進位為 11010010，似乎無法用數學的規律找出與五月和七月之間的關聯性。

望著苦思不已的崇悠娜，沈靖瑋揚起嘴角，笑著說：「妳得先放下常規的數學理論，找尋最符合情境的推理模組，才能導出答案。」

「符合情境……」

崇悠娜狠狠盯著寫在紙上的兩組數字，彷彿想用視覺突破盲點，銳利的視線幾乎快要刺破薄薄的紙片。論及情境，兩起案件分別是強盜與詐欺，犯罪事實與構成要件都不同，唯一可能的連結點就是農民曆，崇悠娜的大腦逐步篩選不必要的資訊，試圖尋找與之相關的「情境」。

農民曆是記載農業社會所需之時節與日常生活宜忌指南的書籍，是古代漢人流傳下來的經歷與體驗，經過千百年歲月撰寫與添加而成的特別曆法，內容大半記載著農事相關資訊，除了陽曆、陰曆、時令節氣之外，每日各有欄位記載吉時凶辰、卦爻、節慶、沖煞之事，對於婚事、喪禮、掃墓、探病等日常重要大事提供擇時挑日的依據，更有年歲、生肖和卦事等命理所需記載，甚至附有太歲符與安太歲之觀念與介紹。

崇悠娜的視線逡巡於慈祐宮農民曆的各個欄位，最後微蹙眉宇，緊盯寫著「酉癸金」的位置，倒抽一口氣，說：「天干地支……慢著，干支除了能夠紀年，是不是還能紀月？」

「真不愧是能用目光看透一切的『魔女推事』，果然名不虛傳。」

沈靖瑋無視不斷捶打過來的崇悠娜，抓起原子筆，在筆記本上畫了兩條直線，完成十二行二列的橫式表格，在第一列寫下一至十二的數列，第二列則填入子丑寅卯等地支。

然而，寫著「一」的表格下方，並未對應最初的地支「子」。

「別再皺眉頭了，會長抬頭紋的。」沈靖瑋輕輕點了崇悠娜的眉間，說：「我剛才說的『情境』，指的就是這些案件不約而同地『使用農民曆』的狀況。曆法的大宗略可分為陰曆與陽曆，前者採行月相周期，後者則是綜合地球圍繞太陽公轉的軌道位置或地球上呈現出太陽直射點的週期性變化所制定，但農民曆是結合兩者的『陰陽曆』，日期依循月相，年份則照太陽的規律，兼顧月相週期和太陽週期的運動，主要目的是配合季節，利於農業社會的普及和運用。農民曆的月份雖然寫作一二三四等數列，背後卻是觀察月相得來的結論，自然能夠對應著同樣有著十二個元素的地支，這就是俗稱『月建』的地支紀月。」

崇悠娜對於這種紀月方式一無所知，只能愣愣地看著學長表演。

「發現到數列的起始並未對應首位地支了吧?古代漢人信奉大吉之日，所以將『日南至』——也就是冬至所在的十一月，作為一年的開始，這就是所謂的『以子建月』。」

不熟干支的崇悠娜，對於太陽回歸運動倒是略懂一些。日南至就是太陽南行的極點，比較通俗的名稱即為冬至，是太陽回升的起始，標示著太陽的週年回歸運動進入新的循環。這天，太陽南行到最極點，是北半球一年中白日最短、黑夜最長的時候。自這天起，太陽直射點向北返回，北半球各地的陽光漸強，白晝也將逐日增長，由於是「日行南至、向北復返」的重要轉折點，古人將之視為無可比擬的「大吉之日」。

「由十一月起始的地支紀月，無法與正序對應，一至十二月將按照寅、卯、辰、巳、午、未、申、酉、戌、亥、子、丑的順序排列，成為不自然也不直觀的紀月方式。」

【沈靖瑋繪製的地支紀月表格】

一	二	三	四	五	六	七	八	九	十	十一	十二
寅	卯	辰	巳	午	未	申	酉	戌	亥	子	丑

「嗯嗯嗯……」崇悠娜被這難以消化的發想，弄得焦頭爛額。「就算以地支紀月排序，也沒有對應的數字——啊，四角號碼……不對，那樣就變成四碼數字了。」

沈靖瑋輕拍崇悠娜的頭，卻被她嫌「手上都是香粉別碰我」而揮開，自討沒趣地撇撇嘴，翻找櫃檯旁的陳舊書堆。

地板上的書本多半年代久遠，疊在最上面的幾冊甚至連封面的書名都褪色得難以辨識，每本書的內頁都泛黃長斑，積著厚厚一層黑灰，每搬一本，揚起的塵埃就多得彷若雪絮。在整間店鋪差不多全飄滿灰塵時，沈靖瑋從厚重的《本草經集注》下方抽出一個包著金邊紅布的羅盤，金色盤面有些髒汙，雖然不見光澤，卻沒有發霉與生鏽的跡象。

他將羅盤轉正，面朝崇悠娜，說：「鑑測風水使用的羅盤，除了八宮方位之外，也常以二十四方位論斷吉凶，每個方位占十五度，分別是甲、卯、乙、辰、巽、巳、丙、午、丁、未、坤、申、庚、酉、辛、戌、乾、亥、壬、子、癸、丑、艮、寅，其中，十二地支正好每三十度為一間隔，對應著羅盤的十二個方位。換句話說，我們可以將二十四方位套入地支紀月的排序，得出一組新的數列。」

沈靖瑋抽回繪製表格的筆記本，在地支的下方增加一列，分別填入數字。

「這才是這份表格的完整版。」

【沈靖瑋繪製的地支紀月表格-完整版】

一	二	三	四	五	六	七	八	九	十	十一	十二
寅	卯	辰	巳	午	未	申	酉	戌	亥	子	丑
060	090	120	150	180	210	240	270	300	330	360	030

崇悠娜這才恍然大悟，抓起抄寫紙條數列的紙張，對照起他完成的表格。倘若兩人假定的模組正確，1212026 和 1121007 分別為農曆的民國一一二年三月二十六日與一一一年六月七日，與兩起案件的發生日期，即民國一一二年五月十五日和一一一年七月五日完美吻合。

「一般來說，即使走到這步，我依然無法肯定目前這套論理模組。」沈靖瑋甩了甩手中的羅盤，說：「農民曆、民國紀年、地支紀月和風水羅盤？抱歉，雖然符合證據所示的情境，在沒有第三、甚至第四對照組的狀況下，我還是不會把紙條上的數列當一回事——別給我露出這種表情，也不准真的生出第三組數列！」

崇悠娜可憐巴巴地噘起嘴，指著尚未解析的數列後半段，問：「既然如此，學長知道剩下的數字代表什麼意思嗎？」

「考量到數列作為特定用途的功能性，年月日以外，還可能需要些什麼？」

「目的性考量，應該要有『確切時間』和『指定地點』。」崇悠娜纖細的指尖在筆記紙遊走，最終停留在後半段數列上。「即使必須重新編碼，能夠得出日期、時間與地點，就是一組完整的聯繫方式，就能證明王財興的搶奪行為沒有不法所有意圖，與刑法第325條第1項不符。」

「勸妳不要想著把這串數列充作證據，暫且不論我們的對照組完全不夠，承辦檢察官沒有列為物證，辯護人也沒主張，甚至連被告本人都絲毫未提，作為審判者的妳，根本不能也不該擅作主張。」

「知道了，知道了啦。」

崇悠娜雙手抱胸，靠著櫃檯，隨後發現自己的長裙沾到灰塵，氣得輕輕跺腳，用力打了沈靖瑋一下。專注於後半數列的沈靖瑋，只有微皺眉頭，沒有理會她不講道理的舉動。

「要怎麼充分表達下午三點三十分和下午一點，還能同時符合農民曆的情境模組？重點是，該怎麼切割剩下的九碼數字？」

看在崇悠娜眼中，沈靖瑋輕抿下脣、微蹙眉宇的模樣，彷彿回到過去主導偵查時一般，無形中散發莫大的威嚴。在她成為實任法官前，在審判中碰過沈靖瑋一次，他那充滿壓迫感的身影，就連坐在審判席、只需公平論斷的她，都不自覺背脊發麻。

不管持續注視的崇悠娜，目光挪回筆記紙上的數列，突然發現 0072148 和 8120632 隱藏的意義。她對如獲神助的靈光一閃感到相當自豪，抬手摀住嘴巴，掩蓋因為忍笑而不斷上揚的嘴角。

沈靖瑋瞥了她一眼，說：「妳這傢伙，永遠學不會表情管理。」

「比學長早一步解開答案的場合不多嘛。」崇悠娜圈起後半段數列的63和53，說：「如果我的推理無誤，這一組數字代表某個特定的時間。」

沈靖瑋先是看了她的側臉一眼，才低頭注視因此分割為（63）0072148 和（53）8120632 的後半段數列，幾秒後便吁地一聲呼出長息，點頭贊同崇悠娜未說出口的想法。

「63和53的數字差是10，指定的時間差則是兩個半小時，亦即一百五十分鐘……」他在紙上記錄自己的想法，快速標出數種可能的計數方式，卻沒得出正解。「兩個數字都是指稱下午，換句話說，50之前的數字很可能都是上午；此外，單位數字差的分鐘差是——」

沈靖瑋突然抬起頭來，睜大雙眼，直視著同樣恍然大悟的崇悠娜。

九十六刻制，既符合兩起案件的情境，又合乎干支紀年和紀月的規律。從子時正初刻的0點0分起算，每十五分鐘為一刻，下午三點半即為申時初二刻的第63刻，下午一點則是未時初初刻的第53刻。如此一來，王財興夾在慈祐宮農民曆內的紙條數列，其中121202663代表的正是農曆一一二年三月二十六日第63刻，亦即國曆二〇二三年五月十五日下午三點三十分；張芸臻提供的第二組數列，112100753即是農曆一一一年六月七日第53刻，也就是國曆二〇二二年七月五日下午一點整。

完美吻合的推理模組，讓崇悠娜雙肩輕顫，興奮不已。

沈靖瑋滿意地放下原子筆，坐上發出喀吱聲的木椅，拉長頸部，伸了個飽足的懶腰。這是他離開臺北地檢署後，第一次重啟偵查專用的法律人腦袋，儘管疲憊，卻也獲得心曠神怡的滿足感。能夠抽離行為事實的謎團並不多，尤其涉及犯罪，更是無法逃避藏在背後的動機和目的，但他早已不在偵查實務的第一線，這些數列和指稱的意涵，只是祟悠娜這位遊走於《法官法》和《法官倫理規範》邊緣的不稱職審判者，閒暇時捎來的奇妙問題。

無關犯罪，無庸考量動機，就只是個遊戲般的謎團，一組簡單的密碼。

望向同樣心滿意足的祟悠娜，他仍不忘叮囑：「切記，這只是我們透過兩組同樣情境、同樣類型的數列，在沒有第三對照組之下得出的『不真正推理』，絕不代表真實，更不可能是真理。更何況，農民曆上還有吉忌事項、每日吉時、喜財方位、沖肖年齡和胎神占方等資訊，無法確定我們得出的答案就是正解。因此，紙條上的數列和可能代表的意義，不該出現在後續審判中，也不該作為否定犯罪構成要件的關鍵證據。」

「學長一點也不相信我耶。」祟悠娜面露苦笑，「這麼荒唐的解碼內容，說出去也沒人相信，遑論寫進判決。」

沈靖瑋注視著祟悠娜靈動的眼眸，文風不動，彷彿想要讀出她藏於海面之下、冰山般的深邃思維。直到此時他才發現，從數年前在司法官學院相遇時起，自己就未曾真正了解過祟悠娜。她擅長混淆思緒和透析人心的瞳孔，不僅打破諸多司法體系的常態和陋習，更不斷以超乎想像的方式，作出最貼近案件事實，甚至接近真理的司法判決。

他，真的不了解眼前這名女孩。

崇悠娜放下一張千元鈔票，拎走放在櫃檯邊的紅銅色香爐和兩包檜木香環，踏起優雅的步伐，走向只開一半的鐵捲門。

側身擠出狹窄的店鋪正門，她轉過頭，露出俏皮可愛的笑容。

「謝謝囉，學長。」

沈靖瑋伸出左手，正想開口，最後卻收手作罷。

錢給多了啊，傻子。他搖搖頭，將立架上準備風乾的香腳放到門口左側，拿出一座空的立架，著手製作下一批線香。

〈四〉

太早到了。崇悠娜低頭確認腕環機的時間，發現還得等上一個多鐘頭，便離開原地，四處閒晃。

新莊民安路的家樂福超市附近，有一間外觀時尚的網路咖啡廳，雖然標榜著電競二字，客人卻只是技巧拙劣的普通玩家，讓她有點失望。裡頭多半是遊玩《英雄聯盟》（League of Legends）和《絕地求生》（PUBG: Battlegrounds）的年輕人，光看快捷鍵的操作和耳機麥克風的訊息傳達方式，就能知道全是中階甚或低階的玩家，令她在意的是，整間網咖似乎沒有遊玩《絕對武力：全球攻勢》（Counter-Strike: Global Offensive）和《鬥陣特攻》（Overwatch）的玩家，赫然發現臺灣的第一人稱射擊遊戲市場，比想像中蕭條。

她原想進去打發時間，最後還是作罷，乖乖在指定地點周圍待命。

二〇二三年十一月十一日星期六，上午十一點，崇悠娜背著裝了慈祐宮農民曆的水百合色PRADA皮革掛肩袋，徘徊於中國信託民安分行。這是她第一次來到新莊民安路，周遭環境說好聽些是新鮮，說難聽點就是陌生，貨真價實的人生地不熟。

她打開腕環機，若有所思地凝視某張照片，或者該說，照片中的數列。

被人稱為「魔女推事」的崇悠娜，雖然讓沈靖瑋閱覽王財興強盜案件的神秘紙條，甚至提供從張芸臻手中得到第二個對照組，卻始終隱瞞某項重要物證——警方在王財興手機裡擷取的Telegram對話截圖中，由不明人士傳送的另一組不明數列：1236011498222112。

倘若她和沈靖瑋得出的結論為真，123601149指的就是農曆一一二年九月二十八日第49刻，亦即國曆二〇二三年十一月十一日正午十二點整，地點則是中國信託商業銀行民安分行。

數列的指定地點，隱藏在數列的最後七碼。

對於經手多個洗錢案件，又申辦過多家銀行帳戶的崇悠娜來說，007、812和822之間的關聯性，以及延伸出來的七碼數字，根本就是一道送分題。在臺灣，每間銀行都有專屬的代碼，又再細分為總機構和分支機構兩種代碼，以王財興夾在農民曆裡的數列尾數為例，007是第一銀行的總行代碼，0072148則是第一銀行頭前分行的分行代碼；至於張芸臻提供的另案數列後七碼，也能解出同樣的答案：812是臺新銀行的總行代碼，8120632則是臺新銀行忠孝分行的分行代碼。

最初，崇悠娜以為把007看作銀行代碼，純粹是自己辦過太多洗錢案件的後遺症，但第二組號碼卻出現812，迫使她認真看待七碼尾數就是分行代碼的可能性。王財興確實是在第一銀行頭前分行附近被逮，而張芸臻提及的另案被告，則是在臺新銀行忠孝分行被逮，地點皆與數列所示別無二致，可以確定後七碼指的就是特定銀行的分行位置——由此可知，王財興Telegram對話截圖中的8222112，就是中國信託商業銀行民安分行。

她認為，王財興和另案被告之所以被捕時手中都抓著農民曆，是因為犯罪集團設下了比任何案件都更細緻的「斷點」，只要沒有帶著指定的農民曆，前來接頭的另一個犯罪者就不會現身，從而中止全部流程，就地解散。不得不說，是個很有趣的集團指揮手段。崇悠娜不禁佩服起逐日精進的犯罪手法，同時琢磨著打造出如此密碼的「首腦」，會是怎麼樣的人。

崇悠娜靠著銀行門外的柱子，從掛肩袋中取出慈祐宮農民曆，悠哉悠哉地仰望天上緩慢飄動的白雲。

透過現有的卷證，她看不出訊息指示王財興前來此地的原因為何，從張芸臻的另案可知，數列或許是收水的暗號，但王財興不會是負責洗錢的「水房」；這是從承辦檢察官的態度旁敲側擊的答案，倘若被告真是水房，理當會循線向上，絕不可能果斷因為被告業已自承犯罪而輕輕放下，單以強盜罪起訴。

如果不是贓款，那會是什麼呢？毒品、槍枝或虛擬錢包帳戶？崇悠娜難掩心中雀躍，上揚的嘴角必須伸手遮掩，才能完全隱藏。

她的肩膀冷不防被人輕點兩下。

一名帶著鴨舌帽，縮著肩膀，左右顧盼的少年來到她身旁，他吃力地提著大型防水旅行袋，示意崇悠娜接手。她只狐疑半秒，隨即斂起五官，模仿對方的舉動開始環顧四周，小心翼翼地接下漆黑的大旅行袋，卻因過於沉重，差點使之掉落地面。確認遞交完畢，少年頭也不回，飛也似地離開原地。

崇悠娜未曾想過事情會如此順利，低下頭，望著重到難以想像的旅行袋，有點不知所措。

「妳是什麼人？」

來自背後的聲音，嚇得崇悠娜肩頭一震，輕叫出聲。

「把袋子交給我。」從低沉但不沙啞的聲音判斷，對方應是一名青壯年男子。還在思忖到底是什麼人時，某種物體已經抵在她的側腹。「我再說一次，把袋子交給我。現在，立刻。」

崇悠娜猜想，抵在腰邊的恐怕是手槍。如同王財興隨身攜帶俗稱「大黑星」的中國製PRK改造手槍一般，想必這群隸屬於同一集團、執行同一任務的人們，並不打算隱藏違法持有槍械的事實，正因如此，她的處境比想像中險峻。

她不敢有多餘的舉動，以機器人般僵硬的動作，慢慢側轉腰部，準備遵從指示交出旅行袋，身後的男子卻突然推了推抵在她側腹的物體，以更為低沉、更為駭人的冷冽語調問：「為什麼妳手上有那本農民曆？」

這個問句，證明崇悠娜和沈靖瑋推理的結論，不只時間和地點無誤，就連辨識身分所用的「指定狀態」都完全正確。她不認為這名男子是犯罪集團的重要人物，也不認為他掌握了能推翻王財興罪行的關鍵，單純顯示出王財興等人基於某種目的，必須透過特殊的十六碼數列聯繫，設立前所未見的獨特密碼。

非比尋常的複雜斷點，非但使偵查犯罪的檢警無法強硬深入，也使立於審判地位的法官，失去連結犯罪因果的直接證據。

過於謹慎的犯罪流程，反倒激起祟悠娜濃烈的好奇心。

但此刻的她，必須優先確保生命安全才行。

「哦！原來妳佇遮，害我揣足久欸！（原來妳在這，害我等很久）」

道地的臺語夾藏在熟悉的聲音中，讓祟悠娜忍俊不禁，趕緊摀住嘴巴，止住笑意。頭髮亂遭遭的沈靖瑋，頭戴膠框眼鏡，穿著質料便宜的上衣和短褲，腳踩母子鱷魚牌夾腳拖，一邊揮手，一邊小跑前來。

來到兩人面前，他先用力打了祟悠娜的頭，才向她身後的男人道歉，說：「歹勢，我的朋友聽無啥有國語，可能毋知你佇咧講啥貨。（抱歉，我的朋友聽不懂國語，可能不知道你在說什麼）」

祟悠娜這才明白沈靖瑋的用意，趕緊噘起嘴角，用今生最標準的臺語說道：「我只是徛佇遮爾爾，著有人提物件予我……（我只是站在這裡而已，就有人拿東西給我）」

「歹勢啦，真正足歹勢。（抱歉，真的很抱歉）」

儘管崇悠娜看不到背後之人的表情，卻能想像他面對兩個只講臺語，完全狀況外的人，會有什麼樣的反應。

沈靖瑋接過她手中的提袋，眉毛微皺一瞬，顯然也被超乎預期的重量嚇了一跳。他說：「這個物件是你的著無？（這東西是你的對吧）」

男子雖未回應，卻稍微挪開抵在她側腹的物體，走向沈靖瑋。男子的每個腳步聲都伴隨著木製鞋跟清晰的聲響，即便並未親見，她卻能在腦中勾勒對方的形象：冷靜、聰明、愛面子，一絲不苟……

崇悠娜悄悄側過臉去，偷偷瞄向一把搶走旅行袋的男子。男子有張蒼白且消瘦的臉和一雙銳利的下三白眼，身上的純黑西裝和素面領帶，讓她不自覺想起旁聽王財興庭審的那對男女。西裝男子稍微掂了掂行李袋的重量，面不改色，彷彿精心計算般眨了一次眼睛，慢慢移動視線，來回打量被迫佇立原地的沈靖瑋與崇悠娜。

「往前走。」

奇怪的指示讓崇悠娜不自覺瞥向沈靖瑋。

沈靖瑋保持自然卻不合時宜的微笑，問：「請問欲行去佗位？（請問要走去哪裡）」

「往前走。」不確定是否看穿崇悠娜其實聽得懂國語，西裝男子無視沈靖瑋道地的臺語，瞪視兩人，冷冷地說：「現在，立刻。」

男子的西裝袖口長過指關節，不合身的剪裁巧妙地藏住他手裡的「物體」。沈靖瑋放棄假笑，斂起臉孔，與崇悠娜短暫地交換眼神，便朝通往民安國小的方向邁步。新莊民安路並不是多偏僻的地段，就算想要痛下殺手，也不可能選在這種人來人往之處；然而，再往前走，位於潭底溝與民安國小間的狹窄巷弄便相對無人，倘若屆時男子「另有打算」，恐難毫髮無傷地全身而退。

不知是否正想著同樣的事，沈靖瑋沉下臉，一面默默行走，一面眼轉、頭不轉地觀望四周。崇悠娜想以氣音與他交談，才剛發出起頭的細小「噗嘶」聲，緊隨在後的西裝男子突然快步上前，將隱藏於袖口的堅硬物體抵上她的後腰。

「不准發出聲音。」

「毋過頭前無啥物所在啊。（但是前面沒什麼地方了啊）」崇悠娜停下腳步，縮起肩頭，低垂眉宇，怯生生地問：「你真正會放咱走？（你真的會放我們走）」

西裝男子以抵在她腰間的物體施力一頂，說：「快點走。」

看來是無法溝通了。崇悠娜一邊暗忖，一邊評估對方於無人巷弄行凶的可能性。涉犯加重詐欺罪、人口販運防制法、洗錢防制法和組織犯罪條例的案件，數罪併罰後最低也會面臨八年以上的有期徒刑，情節更嚴重些，涉及重傷、性侵、恐嚇或擄人勒贖等罪，宣判十年以上甚至十二年的徒刑並不少見，西裝男子為了脫免刑責，掌握他長相、聲音等資訊，更親眼目睹遞交物品過程之人，絕對是最棘手的人證。

若能一勞永逸，讓她倆永遠開不了口、出不了庭，絕對是上上之策。

崇悠娜瞥向沈靖瑋，在他理解之前，便露出小惡魔般的微笑，拋了一個媚眼。

「叫妳快點走——嗚哦！」西裝男子話還沒說完，崇悠娜懷裡拽著的慈祐宮農民曆已飛到他臉上。她沒有利用空檔逃跑，反而抓住男子藏有武器的右手，用左臂肘部狠狠擊打對方的手腕。原以為能就此讓對方鬆手，奪走始終未見真身的武器，卻在意想不到的環節出了天大的差錯。

西裝男子的武器，以堅硬的皮條繫在手腕上。

奪取失敗的崇悠娜，毫無防備的胸口就這麼暴露在危險中，無論那是手槍、電擊棒或小刀，這等距離已來不及閃躲。男子微抬上臂，將手中物品對準了她。直到此刻，崇悠娜才清楚看見他袖子裡裝了消音器的手槍。面對迫在眉睫的危機，她連嚥下唾沫和倒抽口氣的能耐也沒有，圓睜雙眼，凝視作為子彈與槍管最終接觸點的槍口，她的大腦霎時停擺，意識彷彿全被不見深處的漆黑圓孔吞噬。

說時遲，那時快，沈靖瑋從旁撞開崇悠娜，力道大得使她摔倒在地，要非左掌即時撐住，整張臉都要撞上柏油路了。摔倒的同時，她聽見細小短促的「咻咻」聲，抬起頭，沈靖瑋正與西裝男子糾纏扭打，誰也不肯鬆手。

繫在手腕的消音手槍絕不可能被人奪走，深知這點的沈靖瑋依然攫住男子的右手，不給他任何扣動扳機的機會。

看似延續許久的衝突，實則均在一瞬之間。

西裝男子發出怒吼，突然以手肘猛擊沈靖瑋的胸口，迫使他鬆手。突如其來的強力攻擊立刻扭轉形勢，男子只消舉起右手，扣下消音手槍的扳機，便能輕鬆奪走沈靖瑋的性命。

崇悠娜驚呼一聲，想要起身相助，無奈腳踝卻疼得無法動彈，陷入恐慌的她急中生智，將裝滿化妝品和文具等雜物的 PRADA 皮革掛肩袋扔了出去，準確打中西裝男子的右臂。儘管力道不大，名牌掛肩袋確實轉移了男子的注意力，僅此一秒空檔，沈靖瑋便重整呼吸，抓起掉落地面的慈祐宮農民曆，以堅硬的書脊狠狠敲打男子抓著旅行袋的左手，隨即猛撲上前，一把搶走裝有不明物品的沉重提袋。

沈靖瑋抱著旅行袋頭也不回地跑，直朝民安國小的方向衝刺。

「該死的傢伙！」

西裝男子拋下站不起來的崇悠娜，拔腿緊追沈靖瑋，同時舉起右手，隨時想要射擊。

沈靖瑋突然在民安路與民安西路的岔口急轉，越過低矮的造型花圃，跑向東北側的潭底溝休憩廣場。他在不到二十公尺的民安陸橋停下腳步，併攏雙腿，絲毫不顧近在身後的西裝男子，將沉重的旅行袋架上右肩，以拋鉛球的姿勢使勁將袋子扔向常因汙染而化作「櫻花河」的潭底溝。

「混帳東西——」

儘管口中高聲咒罵，雙眼瞪得老大的西裝男子跨上民安陸橋護欄，毫不猶豫縱身一躍，說什麼也要救回那袋包裹。

沈靖瑋吁了口氣，一邊轉動因過度施力變得僵硬的右臂，一邊走到跪地不起的崇悠娜身旁，伸出左臂勾住她的腰腹，同時攔了一輛恰好經過的計程車。

身在車內，崇悠娜望著逐漸縮小，最終再也看不見的民安陸橋，怦通怦通的心跳隨之舒緩，緊張的情緒漸漸平復，呼吸也慢慢回歸正常的頻率。車外世界紛擾依舊，除了身旁默不作聲的沈靖瑋，沒有任何人知道數分鐘前到底是多危險的處境。

計程車在路口碰到紅燈，停下時發出一道突兀的煞車聲，聽起來是過於老舊所致。祟悠娜雙肩一跳，彷彿驟然驚醒般深吸一口氣，放鬆緊繃的上半身，像顆洩氣的皮球無力地癱上椅背。

才正想向沈靖瑋道謝，一個巴掌就這麼打在她腦袋上。

「好痛！」

「閣敢喝疼，妳這個飯桶！（還敢喊痛，妳這個笨蛋）」不知為何刻意使用臺語的沈靖瑋，擰住她的耳垂，悄聲罵道：「妳知影這有偌危險無？（妳知道這有多危險嗎）」

「我知道錯啦，別再打了……」

「知影著好！（知道就好）」

祟悠娜哭喪著臉，輕輕搓揉發疼的腦袋與耳朵，噘著嘴尖，鼓起腮幫子。

短短幾分鐘內，她彷彿洗完兩輪三溫暖，肌膚無處不滲薄汗，臉頰也熱得像發了高燒。感覺雙腳有些無力，她以指尖柔捏大腿，撐著膝蓋，悄聲嘆氣。

「學長，那把手槍看起來不像大黑星。」

「那是HK USP.45，綜合性能很好，是走私黑市裡性價比偏高的一型，可以發射45英寸口徑柯特自動手槍彈，殺傷力很大，非常危險。」

「我以為對方只會拿普通的改造手槍。」

「就算是改造手槍，打對地方也是一槍斃命。」沈靖瑋無奈地呼出鼻息，靠上椅背。「這下妳知道，偵查過程可能遭遇何種危險了吧？」

崇悠娜點點頭，卻不認為尋常的偵查實務，會有如此可怕的發展。

她靠著車門，太陽穴緊貼車窗，問：「學長是怎麼找到我的？」

「妳是魔女推事崇悠娜，我的罩門能不放亮一些嗎？」沈靖瑋拿下無鏡片的膠框眼鏡，嘆了口氣。他的黑眼圈很重，彷彿昨晚沒有睡好一般，乍看有些憔悴。

「妳懂得向同梯挖資料，我也懂得找學妹幫忙。不知道為什麼，接到我的電話時，張芸臻倒是一點也不意外。」

「那傢伙……」

「妳得感謝她願意冒著被人討厭的風險，詢問另案的資料。」

這倒是。一般來說，為了維持偵查中立性，承辦檢察官不能與其他同事分享案件內容，張芸臻不知用了何種管道，在崇悠娜審理的強盜案卷證找到寫著第三組數列的對話截圖。

計程車停在沈靖瑋的指定地點——新莊捷運站，儘管並未跨區，此處距離民安路相當遙遠，除非遭到跟蹤，否則應已脫離危險。即便下車，沈靖瑋滔滔不絕的訓斥和指責有如洪水，毫不止息，但祟悠娜卻左耳進、右耳出，呆呆望著路上的人流與違停的車輛，若有所思。

「學長，你覺得那包旅行袋裡，是什麼東西？」

突然被打斷的沈靖瑋，愣了幾秒，才像洩了氣的氣球般停止訓話，問：「妳記得那個袋子的重量嗎？」

「大概比一綑刑事卷宗還重。」

就算是最簡單的犯罪，警詢、檢偵和審理三階段累積的刑事卷宗，單單一綑，也比二十本平裝書重。

「真虧妳拿得動呢。」沈靖瑋捏住人中，抬頭盯著湛藍的蒼穹，說：「一本二十一公分高的平裝書大約四百五至五百公克重，粗估二十本，就是十公斤重。如果袋子裡裝的是現金，一百萬元的千元鈔票約一公斤重，至少也有一千萬元……」

「真有十公斤的話，我可能提不動。」

沈靖瑋捏了捏她的手臂，說：「妳至少提得起八公斤吧？問題是，千元鈔票的長寬分別是十六和七公分，一百萬元鈔票整疊則是十公分高，剛才的旅行袋長寬高大約是四十六、三十五和三十四公分，除非硬塞，否則根本裝不了八百萬元。」

崇悠娜仔細回想短暫經手的袋子，堅硬的外觀看不出裡頭已被塞滿物品，反倒在晃動時會重心不穩，留有不少空間的感覺。若非現金，此等重量的毒品絕不可能在光天化日之下移轉，太危險，也太招搖了；然而，若說裡面裝的是改造手槍，除非數量極少，否則又太輕了些。

到底是什麼東西？

沈靖瑋抬起臂膀時，她敏銳地閃避，躲開可能到來的第三次手刀。他愣了愣，噗嗤一笑，將左手臂放到身體的斜對角，右手向上扣住伸直的手臂，完成一組拉筋動作。

崇悠娜對自己的條件反射感到丟臉，望向別處，說：「一想到真相就這麼與我擦身而過，實在不是滋味。」

「與妳擦身而過的是死神。」沈靖瑋一把搶走她手中的慈祐宮農民曆，伸長手臂，踮起腳尖，讓她像個追逐玩具的小貓跳來跳去。「虧妳還被稱為魔女推事，連自己的性命都保不住。」

「不要那樣叫我啦。」

崇悠娜用力踢向他的小腿，哼了一聲，甩頭離去。

※　※　※

元旦前一天，雖是週日，祟悠娜卻起了個大早。

這是她今年第三次拜訪新莊廟街，上午的街巷同樣不見任何攤販，人聲罕聞，偶而經過的摩托車噪音是唯一的聲響。悠哉地走在鋪有地磚的道路，她琢磨著長長的新莊路為何僅有前段開設夜市，後段彷彿與世隔絕一般，乏人問津。路過新莊慈祐宮，還在訝異一早就有不少香客時，身寬體胖的辦事員婦人發現了她，熱情地打招呼，甚至用紙杯端來熱茶，要她小心千萬別著涼了。

來到依然散發廢墟之感的幽香堂香行，發現鐵捲門一反常態地完全開啟，兩側掛上鮮紅色的新年燈籠和掛軸，搭配上下聯分別是「天行健君子以自強不息」和「水常流仁者為利益眾生」，橫批「龍鳳呈祥」的春聯，儼然已經為十天後的大年初一做足準備。

她剛踏進店鋪，埋首整理春聯和金紙的沈靖瑋悠然開口：「妳再繼續寫那種判決文，恐怕永遠別想晉升。」

「我已經很仁慈了，沒有直接依刑事訴訟法第一百六十三條第二項規定，使用職權調查得來的證據。」

「如果妳指的是對照組不足、驗證性匱乏的某個數列，我得先說，那種東西根本稱不上證據。」沈靖瑋不知道已經對她嘆了多少次氣，「無論如何，妳能乖乖照著承辦檢察官的起訴書和卷證進行審判，已經很令人欣慰了——如果妳沒有在判決理由載入那組數列，就更好了。」

十一月底，崇悠娜在王財興強盜案的最後一次審判庭期中，完全沒有提出一個月來的調查成果，甚至連數列都沒提及便草草結束。辯護人或許針對她怪異的審理風格做了某些準備，沒想到卻毫無用武之地，只能露出困惑、不解和錯愕的表情，對預期之外的發展感到訝異。

宣判期日，崇悠娜依據被告的自白和檢察官提出的物證，認定被告王財興犯準強盜罪而有刑法第三百二十一條第一項第三款攜帶凶器之情形，作出有罪判決，判處有期徒刑七年一個月。判決主文與檢察官起訴的條文和罪名並無不同，認定證據的方式和獲得心證的過程也沒什麼特別之處，唯獨「證據能力」的段落，提及警察附於卷證、檢察官未予使用、論罪並未審酌，夾藏於新莊慈祐宮農民曆中的紙條與不明數列。

由於是「無中生有」的證據評價，即使判決結果並無不妥，崇悠娜不只收到來自臺北地檢署的怨言，更受到同事、庭長，甚至院長的關切與注目。

崇悠娜說什麼也要把那串數字放進判決。

「如果可以，」沈靖瑋將眼前的金紙疊好，停下手邊動作。「我希望妳學著將司法程序的不自然之處，藏在心裡。」

「就像您對我隱瞞早已看過這種十六碼數列的事？」

她突如其來的激問，沒有動搖沈靖瑋冷靜沉穩的態度。他眨了兩次眼睛，與她對視十多秒，才揚起嘴角，面露帶著無奈的苦笑。

「想不到連這種事都被妳查到了。」

意義不明的十六碼數列最早在三年前便已出現，臺北市、新北市、基隆市、桃園市和臺中市皆有記錄，所涉犯行不一，有詐欺、洗錢、媒介性交、走私槍械、販賣毒品、擄人勒贖和人口販運等，運用範圍極廣。在張芸臻的協助下，崇悠娜取得二〇二〇年九月二十一日臺北地檢署承辦某違反槍砲彈藥刀械管制條例案件時，查獲的 Line 通訊軟體對話記錄截圖。

「學長，你還記得 0927000558808089989 這串數列吧？」她搖搖頭，改口說道：「應該這麼說，我帶來的兩組數列，才是你腦中的第二和第三對照組吧？」

沈靖瑋望著崇悠娜有如尖錐的銳利目光，輕笑出聲，或許是笑自己低估了她，又或許，是因為無須繼續隱瞞而鬆一口氣。

二〇二〇年九月二十一日下午兩點十五分左右，臺北市文山分局偵查隊在玉山銀行古亭分行逮捕一名涉嫌殺人未遂罪而受到通緝的被告，並在他攜帶的 Nike 運動手提袋搜出數量可觀的走私槍械，是當時頗受外界矚目的社會案件。

與王財興案相同，這名被告在玉山銀行古亭分行被逮捕時，手中就抓著一本松山慈祐宮農民曆，農民曆中某頁，就寫著 0927005588080989 這組十六碼數列。若以先前得出的公式解碼，0927005588080989 指定的時間是農曆一〇九年八月五日第58刻，亦即二〇二〇年九月二十一日下午兩點十五分，特定地點則為分行代碼 8080989 的玉山銀行古亭分行。

然而，崇悠娜關注的核心重點，不是案件內容、不是那本農民曆、也不是那組十六碼數列，而是該案件的承辦檢察官。

「學長，為什麼你當時沒有深入追查可疑的數列密碼呢？」

沈靖瑋的視線停在櫃檯旁的行書春聯，那是由新莊御儀宮主持靈巫九降詩櫻親筆寫成的墨寶，一筆一畫無不展現萬鈞筆力，各勾勒處更是心手相應，沉著痛快，在狹小擁擠的幽香堂內顯得分外醒目。

「很多時候，大家要的並不是真相，而是百姓能夠接受的標準答案。」

沈靖瑋的話語有如刺穿胴體的利劍，狠狠扎上崇悠娜的心。

他捧起一個盆栽大小的香爐，打開蓋子，凝望空無一物的爐底，說：「妳還記得十一月十一日當天，妳曾經提過的那個旅行袋長什麼樣子嗎？」

樣子？她想不起來，搖了搖頭。

如果是問重量，她倒還有些印象。畢竟，當下掌間傳來的突兀重量，讓她嚇了一大跳。儘管如此，她仍然想不起旅行袋的外觀，一時也記不得當時偶然瞥見的小商標，只記得不是太知名的大品牌。

沈靖瑋似乎不覺得意外，聳聳肩，拆開一包彩紙香盒，小心翼翼地撥開包覆商品的薄膜，一一將盒中之物擺上身旁的矮凳。他將數十個小方盒堆成兩疊，活像兩棟高樓大廈，要不是倚靠木櫃，早就傾倒了。他將清空的紙箱扔到櫃檯後方，呼一口氣，拍掉手上的塵埃，彷彿傳達某件不重要的瑣事一般，以極具魅力的磁性嗓音開口。

「我認為，裡面裝的是土製炸彈。」

祟悠娜眨眨眼，大腦陷入短暫的混亂，半張開嘴，一時說不出任何話語。

比起當天所提的旅行袋裝有土製炸彈，讓她更為困惑的是，沈靖瑋怎麼知道袋子裡裝著如此危險的物品。這群依循特定宮廟之農民曆資訊相互聯絡、彼此辨識的犯罪者，不惜冒險行搶，只為取得一本免費農民曆，荒誕的行徑彷彿尊奉天神曆法，藏於黑暗之中的真正目的，恐怕不是洗錢、販毒，也不是詐騙，而是更危險、更縝密、更龐大的犯行。

她依然沒能參透，動機詭譎的「奉天行搶」究竟隱藏何種真意。

沈靖瑋闔上香爐的蓋子，放在一旁的矮木桌上，拍拍她的頭，露出微笑。

「如果妳真的很想知道，我可以用一柱香的時間，解答妳的疑惑。」

祟悠娜望著亮黃銅色的香爐，問：「一柱香的時間夠嗎？」

「放心，一定夠。」

沈靖瑋打開方形的木盒，取出一個餅狀物體。

「我要點的，是盤香。」

〈奉天行搶〉這個故事，在情節性、可讀性、以新莊慈惠宮的農民曆作為字謎、數謎，一路懸念推演到破案的在地性，都是無懈可擊的作品，因此決選過程裡，評審們花了非常多時間就這篇小說內外緣的結構、形式，以及林佛兒獎作為臺灣犯罪小說典範性的意義，有了諸多討論。

〈奉〉除了是個充滿懸念的有趣故事、非常臺灣在地性的故事之外，在人物形象與資料性的蒐集與田調，也下足了工夫。前檢察官、現任製香店「幽香堂」老闆沈靖瑋、「魔女推事」崇悠娜，這兩個法律精英的互動，推演案情的過程，甚至一個雜學冷硬學長，強勢傲嬌學妹的典型人物設定，都讓這篇作品的人物形象鮮明靈現，且幾乎可以想像小說影視化之後，這兩人互動的模式，可以成為串流平臺好幾季的長篇劇集。於是乎這個既符合歐美系法庭劇、加些微日系戀愛元素、卻又極具臺灣本土性的ＩＰ作品，令人充滿期待。

根據小說類型定義，一個前途光明、在組織裡成為精英、卻因為對組織陳腐不滿而離開或淪為孤狼的主角，我們稱為「冷硬派」。於是我們有了冷硬派警察、冷硬派情報員、冷硬派檢察官。〈奉〉本身故事性已經很完整了，但讀者也會不禁想了解沈靖瑋當初為何離開檢調體系、悠娜與學長的往日互動，都讓這部作品頗有往前後敘事的空間。

當然，〈奉〉也不是沒有一些瑕疵。農民曆的數謎是相當精彩也是故事裡核心的暗號與解謎，若對銀行事務稍有接觸，也確實能從「700」（中華郵政）或「812」（中國信託）加上後面區碼認得出分行代號。但天干地支方位的推算，將時間作為數碼的刻度，會否讓暗號太過於複雜？另外沈靖瑋是制香店老闆的設定，加上對香各種高度含金量知識，是可以見證主角的知性與雜學，但它確實是必要的情節嗎？

在討論時我有一個反身性的想法——暗號字謎要如何呈現臺灣性、在地性，〈奉〉做了極佳的示範。但回過頭來看，暗號或字謎等設定符合臺灣特質嗎？說好聽臺灣人樂天慢活，有南島熱情；說難聽的話臺灣人理盲濫情，不太講求邏輯或閱讀空氣，黑道、詐騙集團或許會講幾句黑話，但這麼複雜天干地支的謎題，或許只能由廟公或民俗學教授「奉天行搶」吧？不過我以為這些瑕不掩瑜，〈奉〉展現了一個臺灣版的《達文西密碼》，也讓人期待一系列的魔女推事與冷硬香舖老闆的故事。（祁立峰）

同班同學

攸叵

「歷史人，嗜讀犯罪小說，偏愛介於本格理性與社會寫實間的作品。讀畢《來自失樂園》一書後，燃起創作慾望，發現寫作比冥想更有助於沉靜心靈。很喜歡自己筆下的偵探雙人組，希望未來仍有機會讓他們聯袂破案。」

一、

尖銳的警鳴聲劃破天際，旋即消逝在城市的冷漠裡。午後兩點，攝氏約二十度，十一月常見的陰天。我的目標是一分鐘步程外一間用鐵皮搭建的舊書店。

這間舊書店就開在資源回收場區之間，從事資源回收的大哥大姊們會把收來的舊書送到這裡，老闆幾乎來者不拒。書進的多出的少，大約營業五、六年就把大約二十來坪大小的店面擠到連隻蒼蠅也難以直線飛進。好不容易才把身軀塞入店內的客人，會發現眼前是書，腳邊是書，頭上也有搖搖欲墜的書。店裡的燈光與通風設備都嚴重不足，夏日時節只要待上三至五分鐘就會汗流浹背。所以儘管今天天氣微涼，我還是把外套放在機車置物箱內，以免待會悶熱難耐。

老闆還算得上勤於整書，但卻懶得為店想一個名字，只是用油性筆在厚紙板上寫了「舊書店」三個字，再用鐵絲線固定在店門口，就算對客人有了交代。但別看它是個外表看似廢墟、入內還是覺得是個廢墟的地方，客源始終不絕。舊書店的客人是一種特殊的族群，有著為了找到某本書籍而徹底貫徹上窮碧落下黃泉的刻苦精神。有人說這就是「淘書」的樂趣所在，不然在這個時代，不論甚麼樣的書都可以在網路上買的到。這句話其實只說對了一半，很多絕版的舊書就連在網路上也是可遇而不可求；而且就算真的給你遇上了，賣家開出來的價錢也會讓你吞不下去。所以這類跟廢墟沒有兩樣的無名舊書店，就成為愛書人黑暗中的明燈。

我逛舊書店蒐羅的主要目標是推理書籍。我向來愛看推理書，但這些年來才開始起意蒐集。第一次出征舊書店時，居然就買到了好幾本絕版已久的林白出版的推理之最系列。「新手的運氣」讓我從此沉溺「淘書」世界難以自拔。

當我走到店門前時，發現已經有客人上門了。一位身形高瘦，穿著黑色長版羽絨衣、肩背黑色後背包的男子正準備離開。或許是發現自己擋住了狹窄的入口，他身子微微一僵，隨即略往右側移動，並恢復了放鬆姿態。我點頭致意，感謝他讓出通道，大概是被頭上的白色棒球帽擋住了視線，男子沒有回禮就逕自轉身離去。

我從不曾看到有客人戴著棒球帽和大背包來逛書店。因為棒球帽會遮住視線，背著那種尺寸的背包會讓在狹隘的店裡移動成為一大難題。而且他那身羽絨衣為，一定讓他全身都是汗。我暗嘖兩聲，研判對方僅是偶爾逛逛舊書店的小白，不懂藏書行家才會知道的眉角，實力不足為懼。

我先瀏覽放在店門外那一疊疊的書堆，通常在這裡最容易發現「新貨」。我仔細來回梭巡好幾遍，但沒有找到目標中的推理佳品。我深吸一口氣，擠身入店。

還沒有看到老闆的身影，不過並不是甚麼奇怪事，因為老闆總是窩在店裡的某個角落安靜無聲地整理著書籍。專心找書的客人，常會被突然從書架後方冒出的老闆嚇一大跳。因此如何在離開前找到老闆結帳也是一大難題。只能說老闆對客人誠實付款的品格深具信心。

逛了十來分鐘，都是一些常見的書籍，看來可能要空手回家了。我焦躁起來，想起棒球帽男肩上的大背包。該不會被他搶先一步買走了？哎呀。

我朝書店裡頭走去，忽然感覺到空氣中有股我說不上的腥臭味道。怎麼回事？我早已習慣這間舊書店的霉味和廁所阻塞不通的味道，但這種氣味……倒是第一次聞到，而且越往店內深處味道越濃。前方似乎還有書架斜倒了。這是怎麼回事？有發生地震嗎？老闆呢？我還在困惑時，突然腳步踉蹌，幸好在跌個狗吃屎之前及時抓住了一旁還穩著的書架。

我應該是踩到了甚麼液體，滑溜滑溜的。我把腳抬起，但昏暗中看不清楚是甚麼，但我很確定異味更濃了。我拿出手機，開啟手電筒。咦，是暗紅色的！怎麼感覺很像是血……？

事後回想這個時刻，真不知道當下的我為何決定繼續向前。或許是出自資深推理迷的勇氣吧，我利用手機手電筒有限的照明，盡可能避開地上的紅色液體和散落的書籍，朝往倒落的書架集中處靠近。腥臭味越來越濃，我終於找到了源頭，有人遭書架壓住了身軀。從我的角度只能看到頭部，但髮色和側面來看，應是老闆無誤。血液在他的周圍漫流成河，阻擋我往前趨進。

這血量不正常！出血孔似乎也不在頭部，應該不是發生了跌倒意外，而是凶殺！我這才意識到或許凶手還沒有離開，自己的小命恐怕危在旦夕。我秉住呼吸，開始撤退，過去感覺短短的距離如今走得艱辛漫長。終於來到店門口，我立即拔腿狂奔，等回到人來人往的街道口時，我才拿出手機報警。

驚魂甫定，我怔怔地看著一切如常的假日街頭，車來人往，吵鬧喧嘩，不敢置信在兩、三百公尺外，書店老闆正靜悄悄地倒臥在自己的血泊之中。白棒球帽男的身影乍然出現在我的腦海之中。如果他在我之前進入過書店，不可能沒有見到老闆的慘狀，為何他會毫無異樣地離開？莫非他就是凶手？

兩輛警車鳴笛呼嘯而來，轉入我剛剛奔跑過的巷道，一輛救護車緊跟於後，我跑步跟上，以免警察找不到報案人。

我抵達舊書店門口時，果然看到警察正東張西望在找人，我大聲表示我就是報案人，指指書店裡頭，告知受害者的位置。應該是聽到了警笛聲，二、三位資源回收場的員工好奇靠近；為首的警察見狀，指派兩位警察擋住圍觀的民眾，令另一位負責跟我問話。他和救護員評估走道寬度後，放下單架，僅帶著手電筒進入店內。

負責問話的警察才問了幾個問題，進入店裡的三人小組就撤退了出來。為首的警察臉色鐵青，大聲喊叫了幾串數字，負責問話的警察和一位擋住民眾的警察任務瞬間轉變，忙著圍起封鎖線。這些動作激擾起圍觀者的好奇心，人越聚越多，交談聲越來越大。有人拿起了手機顯然要拍照或錄影，負責看住群眾的警察怒斥了幾聲，但顯然人單力薄。為首的警察拿著對講機霹靂啪啦的說著一大串，應該是呼叫著支援人力。

果然不久之後，又來了一輛警車和一輛自用車。從警車下來的兩位警察立即加入阻擋群眾靠近的陣營。從自用車下來的有三人，都是男性，年齡應該分別為三十多歲、四十多歲和五十多歲。而三人的身高正好與年齡長幼成反比，依序應分別是一百八十多、一百七十多和一百六十多公分。為首的警察立即趨前向三人報告，四十多歲的男子點點頭，朝我望了一眼後又收回眼神吩咐了幾句，就跟著其他二人拉起封鎖線走入店內。

大概十分鐘後，四十多歲的男子一人走出店門，為首的警察再度靠近。男子說了幾句後，為首的警察交給他一份筆記，帶著另兩名警察進入店內，男子則朝我走來。

「妳就是報案人？」四十多歲的男子戴著疫情下人人必戴的口罩，看不出容貌，但眼神卻有著資深警界人員的幹練與世故。當然這一切出自我的想像，雖然看了一籮筐的推理小說，其中也有不少警察辦案的情節，但我並不認識任何在現實生活中偵辦案件的警察。

我點點頭。他邊翻看筆記邊自我介紹。「我姓秦，偵查組的刑警。」

他終於翻到剛剛問話警察的紀錄，皺了皺眉。「岳……岳翎萱？」

我微微一驚，雖然不知道為甚麼需要害怕，但這警察的語氣似乎意有所指。

「岳翎萱？這名字我怎麼覺得好像在哪裡聽過？」

他繼續搜尋腦海裡的資料庫，抬頭四十五度角仰望著天。

「哎呀！」他突然大叫一聲，負責擋住民眾的警察轉頭丟來疑惑的目光。

前一分鐘還震攝住我，那種專屬看慣刑事案件的警察特有的精練眼神瞬間消失，換上了親切大叔的笑臉。

「我想起來了，妳以前是不是唸文仁國小？」

吔？我是唸過文仁國小啊，為甚麼警察會知道我唸哪一所國小？

「喲，沒認出我哦？我是妳同班同學啦！秦翔宇！記不記得？我們那時候不是一直被說是秦檜和岳飛……妳不記得啦？」

男子拉下了口罩，露出一臉燦笑，又迅速戴回口罩。這動作其實對於喚起我的記憶一點幫助也沒有，但是沒有人會忘記被「秦檜岳飛」這種無聊綽號糾纏了四年的悲慘回憶。

「秦翔宇？嚇死我了，我剛還在想怎麼會有警察認識我……」

「喲！怎麼會那麼巧，遇到國小同學！」

也許是意識到周圍好奇的群眾，他刻意壓低聲音。

「我看看妳留下甚麼資料。岳翎萱，四十二歲，啊哈，跟我同年，這應該是廢話。職業，高中老師。妳在教書哦？」

「是啊。」怎麼？教書是個很奇怪的職業嗎？聽著國小同學這樣唸著我的個人資料，實在是滿惱人的。

秦翔宇用狐疑的眼光看看我，又轉身看看書店。

「一位高中老師大好休假日來到這樣破破爛爛的店裡做甚麼啊？我以為你們放假都是去逛百貨公司耶。」

「我當然是來找書買書的。」不然你以為我是來殺害書店老闆嗎？

「是啦。我記得妳以前就很愛看書，下課時間都在看書。」

沒想到這位秦同學居然會記得我下課都在看書。在我印象中，只要下課鐘聲一響，秦翔宇都是和一群好友拿起籃球奔向操場。儘管小學三年級到六年級，我們都在同一班，但活動圈幾乎沒有重疊；如果不是姓氏實在太容易被湊在一起取綽號，我們應該不會記得對方。國小畢業後，我在父母的安排下越區就讀，國小同學也不曾舉辦同學會。所以我們兩人畢業後沒有再見過面，一晃眼就是三十年。

秦翔宇將筆記往後翻去，大概發現是一片空白，眼神閃過一絲不悅。我連忙幫跟我問話的警察辯解。

「那個警察只問了我一下，就被叫去拉封鎖線了。」

秦翔宇點頭。「妳把妳知道關於這件店的事，還有發現屍體的經過，想得到的都說給我聽。先講簡略版的就好，這邊結束後要去分局製作筆錄時再說清楚版的。」

「屍體?老闆死了?確定嗎?」

「當然啊，剛剛救護員就判定死亡了，所以才把我和法醫叫了過來，法醫現在就在裡面進行初步的驗屍工作。」

雖然也是意料之中，畢竟應該沒有人在流了那麼多血的情況下還能活著。但與自己偶有交集的人物居然成為命案的受害者，還是覺得難過。

「同學，妳還ＯＫ嗎？需不需要我派人找把椅子給妳，讓妳坐著講？」秦翔宇語氣忽然溫柔了起來。

我搖搖頭。雖然秦翔宇一廂情願地認為會有清楚版和簡略版，但其實並沒有，我知道的相當有限。我大概從三年前開始逛這間舊書店，跟老闆只限於碰到時互相點頭，或詢問書價的互動而已，不曾出現超過十句以上的交談。我本就不善社交攀談，這間書店的老闆顯然也是同樣脾氣。有時店裡的其他客人想要熱絡幾句，老闆的回答雖然都有維持禮數，但向來都很簡短。

發現我無法提供更多關於老闆身分的資料，秦翔宇似乎有些失望。但當我談起稍早在店門口遇見的白棒球帽男，他表情轉趨專注，不僅做了筆記還追問細節，活像個認真上課的好孩子。

男，約一百七十五公分高，六十幾公斤。黑色羽絨長版外套，黑色雙肩後背包，頭戴白色棒球帽，棒球帽上有山型的綠色圖樣。因為棒球帽蓋住了頭，口罩又遮住了大部分的臉，所以我並沒有看到他的臉孔。

「妳沒有看到臉？完全沒有嗎？那妳怎麼知道他是男的？」

吔？說的也是，我怎麼能確定那是「他」？我仔細回想，難道是身高的關係？很少有女生長那麼高，但也不是不可能……啊！

「我想起來了，我有看到他的脖子，他有喉結。」

這應該算是個決定性的證據，秦翊宇點點頭，在筆記上紀錄。

這時又有一人走出書店，是那位五十多歲的男子。他走向秦翊宇，浮著偌大眼泡的雙眼帶著倦意。秦翊宇看見他，雖然繼續壓低聲音，但語氣很熱絡。

「老陳？情況怎麼樣？應該是他殺吧！」

「老陳」橫瞪了他一眼，再看看我。秦翊宇見狀，解釋我人在這裡的原因。

「這位就是報案的人，現場她都有看過了，所以在這邊說沒關係。她還是我國小同學耶，現在當高中老師。」

我猜應該是身為高中老師，而不是秦翊宇國小同學這點成為我正當人品的保證吧。老陳點了點頭。

「一定是他殺沒錯，沒有人會自殺還特地砍掉自己十根手指頭的。」

「蛤？砍掉十根手指頭？為甚麼？那有找到手指頭嗎？」

「沒有。周圍都找過了，阿則還帶人在裡頭找；等鑑識人員到的時候，會再仔細搜查一遍，但我們都猜應該是被凶手帶走了。畢竟他凶器、衣服都帶走了，手指頭能占多少空間？」

我想起棒球帽男厚大的雙肩背包，本來我還擔心裡頭裝的是千載難逢的絕版好書。

「兇手拿走手指頭要幹麼？難道他有戀手指頭癖？」

「兇手拿走的不只是手指頭，妳剛也有看到，死者全身光溜溜的，我們也找不到他的衣服，也沒有錢包證件甚麼的，應該都被兇手拿走了。」

原來老闆被脫掉了衣服還被砍掉十根手指頭嗎？還好我沒有靠近屍體，看到一具赤裸又沒有手指頭的屍體可是三重打擊！

「衣服也拿走！還是穿過的！兇手是老闆的愛慕者嗎？」

「應該不是啦，沒有人會愛慕那種老頭。」老陳似乎有感而發。

「兇手拿走衣服和砍下死者手指頭的用意是一樣的，為了讓我們查不到死者的指紋。」

「死者可是這間店的老闆耶，店裡面應該到處都是他的指紋啊。」

老陳聳聳肩。「你剛剛也進去過啦，裡頭一團亂，我賭可以找到成千上百的指紋，但你怎麼知道哪個指紋是老闆的？」

「呃，這個……」秦翔宇回答不出，索性換個話題。

「老陳，那死因是甚麼？因手指頭被砍斷失血過多而死？」

「那倒不是。當然我要把屍體弄回去詳細檢查才能確定，但我可以先告訴你初步的結果，我猜也是八九不離十。」

老陳嘆了口氣，可能想到接下來的是漫長的工作流程。

「死者身上中了兩刀。第一刀是從背後刺入的，刺進腹部。死者應該是突然遭到攻擊，轉過身來，凶手再從正面刺入一刀，這刀很靠近心臟。死者應該在中了第二刀不久後就斷氣了；但凶手不一定有等他斷氣，迅速拿了另一把刀切下死者全部的手指頭。手法非常俐落，應該是習慣用刀的人。」

天啊，也太凶殘了。我猜我現在臉上一定血色全無。秦翔宇看了我一眼，似乎擔心我撐不住。「同學，妳不用聽這個啦，妳到旁邊休息一下。」

「不用。我……我想聽。」我畢竟是個推理迷，居然被我遇上了真實世界的命案，哪有臨場退卻的道理。我咬咬牙，堅持留下。

「但說不定，凶手對死者有很深的感情。」老陳緩緩地說。

「怎麼說？愛到卡慘死嗎？」

老陳狠瞪秦翔宇。

「是因為書架的關係嗎？」我怯怯地接話。

老陳用友善的語氣對我說。「這位小姐為甚麼會認為是書架的緣故？」

我的勇氣得到了鼓舞。「因為放滿書的書架很重，如果不是兩人在打鬥中不小心弄倒的話，那就是兇手在殺了人後故意弄倒的。弄倒那書架要費不少力氣，還可能因為多做了這步驟耽誤了離開的時間，增加被其他人撞見的風險。」

也就是說我如果今天早些過來，或許就會撞見行兇現場。一想到此，我的手臂泛起雞皮疙瘩。

「為甚麼兇手要冒風險去弄倒書架？可能是不願意被別人撞見死者赤裸的身體，想要為死者保留一些隱私。會想為死者保留隱私，就表示他對死者有某種程度的情感。」

老陳讚許地點點頭。「如果是行兇過程中無意推倒書架，兇手應該會不好脫掉死者的衣服；為了剝掉衣服，掉落一旁的書應概會更加散亂。從現場的環境來看，應該是行兇完成後才故意推倒書架的。秦小弟，看樣子你這同學比你厲害的多。」

秦翔宇表情居然很得意。「老陳，你這是甚麼話，我只是想讓我的同學有表現的機會……」

又是車輛靠近的聲音，一次就來了三輛轎車，讓本來已經漸漸靜下來的民眾又再度喧嘩起來。其中兩輛乘坐的都是手提工具箱的鑑識人員，一下車就直奔書店內部；另一輛則是位年約四十，穿著西裝的男士。秦翔宇見狀，吩咐我待在原地，他和老陳快步走向西裝男，應該是要向西裝男報告進度。

接著，三位男士都跨越封鎖線，進入店內。不久，兩位救護員合力抬著包裹在黑色塑膠袋裡的「物品」走了出來，從外觀研判，應該就是屍體。圍觀的民眾情緒跟著沸騰，有些已經離場回到資源回收崗位的人們再度聚攏過來。

遺體被抬上救護車，跟在後方步出店外的老陳對著秦翔宇揮揮手，就坐上了車離開了。

秦翔宇踅回我旁邊。「記者應該也快要出現了。」

「啊！」我腦中閃現了顆電燈泡。

「怎麼了？妳擔心上媒體？不用擔心啦，我叫個學弟先送妳回分局，找人幫妳做個正式筆錄，我們這裡還要忙段時間。」

「不是這個……我可以進去書店……進去案發現場嗎？我想起了一件事，應該會有幫助。」

「呃？雖然妳是命案的目擊證人，但妳不是偵查人員，不能進入現場，可能會干擾到採證。檢察官現在人在裡面耶，被他看到妳在裡頭晃，我就不用混了……

用講的不行嗎？」

「那個地方不好講，我帶你去指給你看比較直接。而且我不會破壞命案現場的，命案在書店的右側，我們要去的是左側，不用擔心。」

「甚麼左側右側？這間店就這麼點大，還不是都會經過？」

我很堅持。「真的不會經過啦，你帶個鑑識人員跟著我們一起去。」

秦翔宇滿臉無奈，鑽進書店，帶著一名鑑識人員一起走出來，遞給我一雙鞋套要我套上，拉起封鎖線讓我通過。我們就在檢察官驚訝的眼光注視下左拐右彎，最後在書店左後方側間的書櫃前停下。我抬頭看了離地三公尺高的天花板吸頂燈，密布著灰塵與蜘蛛網，應該自從那天後就沒有人動過它了。

「大概半年前，」我咬咬嘴脣，想到老闆當時還活著。

「我來逛的時候，發現這裡的燈泡不亮了。我跟老闆反應，老闆馬上就去搬了鋁梯，自己動手換燈泡。上面如果有指紋，應該可以確定就是老闆留下來的。」

秦翔宇立刻跟檢察官報告這件事，同時外頭留守的警察跑來通報已經有記者來到現場。檢察官快速地下達幾個命令：第一是派警察阻止記者靠近命案現場，並告知主辦檢察官很快就會出面發布正式說明；第二是派一名警察送我去鳳山分局完成筆錄；第三是現場鑑識人員繼續工作，所有的燈泡都要拆下來蒐證。

工作甫分派完，大家接了命令繼續忙碌起來。秦翊宇領我出去，並叫來一位維持秩序的警察，要他先開車送我去分局，他會打電話回去安排負責筆錄的人員。我插嘴問說我是騎機車來的，可不可以自己騎機車到鳳山分局就好，畢竟分局離我父母家很近，而且我周末就住在父母家。

「機車？在哪裡？」秦翊宇左右張望。

「我都把機車停在外頭馬路的機車停車格。這裡的巷道很窄，資源回收場的貨車，或者是做資源回收的老人家的推車常常來來往往的，摩托車停在這裡會擋到他們。我第一次來逛這間書店的時候，老闆就有跟我說摩托車最好停在外頭馬路那邊。」

秦翊宇想了一下，還是決定要我搭警車去鳳山分局進行筆錄。「我這邊忙完之後就會回分局，到時候我再載妳回來牽摩托車。」他拋下了這句話後又鑽回了書店。坐在警車上時，我打了通電話回父母家報平安。接電話的媽媽快要嚇昏了，直說怎麼去買個書竟會進了警局？我也不知道該如何安撫她，只能說我完成筆錄就會回去。但要完成筆錄也不是件簡單的事。如同秦翊宇所說的，他有先通知分局安排好人力；一抵達分局，我就被帶到小型的會議室，帶我過去的人還特別跟我解釋這是會議室，不是偵訊室。然後一人負責問我問題，另一人負責打字紀錄。內容與秦翔宇問的大同小異，我的答案自然也大同小異。唯一不同的是他們要我描述白棒球帽上的圖案，並依我的說明繪製了下來。但說明圖樣實在不是我的專長，繪製人員努力了半天，連畫了五、六張，我還是搖頭說不上那裡不對。現場的警察也沒有哪一人對這些圖案有任何的印象。整個流程花了兩個小時以上，天色已暗，我的肚子也餓了，但還是不見秦翔宇回來。當初送我回來的警察拿了餅乾和鋁箔包飲料招待我。半小時之後，他似乎覺得讓我枯等也不太好，開始撥打電話。掛上電話後他拿了一張紙條給我，跟我說秦翔宇還要再忙段時間，他會送我過去牽車，再護送我回家。紙條上是秦翔宇的手機號碼和Line ID，麻煩我加他為好友，他會再跟我聯絡。

我問警察說我牽了摩托車後，他要如何護送我回家？他說他會開著警車跟著我的摩托車。我說可以不要嗎？那位白棒球帽男並沒有看向我，應該不會知道我的長相，我不會有甚麼危險，被警車跟著才會更危險。

警察聳聳肩。「那沒辦法。秦哥特別吩咐送妳回去，我一定得照做，不然他一定會宰了我。」

當天晚上我回到父母家時，面對媽媽特意幫我保留的一桌食物，只能勉強扒下幾口菜就沒了食慾。我打開電視，「鳳山舊書店凶殺案」已經上了晚間新聞。西裝男在鏡頭前講了一堆，意思就是：「無可奉告，靜候調查」。我轉完所有新聞頻道後，唯一得到的新資訊就只有檢察官姓張。

還好我並沒有入鏡。十點鐘我上床就寢，在睡得迷迷糊糊之際，忽然傳來 Line 的語音鈴聲，原來是秦翔宇。

「抱歉，沒辦法趕回去送妳去牽車。希望我學弟有認真做好護花使者的工作。」

「他有。我猜我爸媽明天要設法跟鄰居解釋，為甚麼會有警車跟在我摩托車後面。」

「哈！畢竟妳是唯一的目擊證人，謹慎一點還是比較好。」

「為甚麼會忙到那麼晚？」

「齁！檢察官不是要我們拆下所有的燈泡嗎？問題是拆掉後，整個地方黑漆漆是要怎麼工作？所以還要跑去買到新的燈泡才能動手拆。那個地方書堆了滿地，光架梯子就花了很多時間……」

「有調查出老闆的資料嗎？他的住處甚麼的……」

「還沒有。我們問了那些圍觀的民眾，他們都說老闆在那裡開店四 五年了，大家都跟著雄哥叫書店老闆標哥，但沒有人知道他姓甚麼，住哪裡。」

「雄哥是誰？」

「書店的屋主，也是那附近最大間資源回收場的老闆，名叫林清雄。他今天外出去搶標某個將要歇業的廠房的資源回收權，人不在。我們有連絡上他，他明天會來警局做筆錄。」

原來是屋主。我睏到忘記自己是在講手機，逕自點點頭。

「不吵妳了，早點睡吧。我也要來睡了，明天還一堆調查工作。」

一張晚安貼圖。

二、

接下來的幾天，我恢復了平日的生活。但每當發現手機有未接來電或未看訊息時，我就會陷入「究竟期不期待秦翔宇的消息」的掙扎。我很想知道案件的後續發展，在網路上看到的報導都很簡略，而且虛實難辨；但秦翔宇的出現確實會勾起一段我不願回想的過去。

那段過去可不是像「秦檜岳飛」那種無傷大雅的笑鬧而已。

但秦翔宇沒有跟我聯絡。幾天過去，我想我在這案子裡的角色應該就是到此為止了。

週五晚上，準備就寢前，手機鈴聲響起，是秦翔宇。

「同學！現在方便講電話嗎？」沒有寒暄，直間劈頭一句，但聽得出來刻意壓低了聲音。

「方便啊。怎麼回事？」

「妳現在一個人嗎？會有人聽到我們的對話嗎？」

「呃？我一個人在家，不會有人聽到我們的對話。」天啊，幹麼問這種怪問題。

「那就好。我接下來跟妳說的話一定要保密，局裡面決定暫時不對外公布這個消息，但我覺得妳應該要知道。妳有權知道。」最後一句話他加重了語氣。

我滿頭霧水，但秦翔宇語氣很嚴肅，我不由得跟著慎重起來。

「我會保密，你說。」

「林清雄來分局做過筆錄了，就是舊書店的房東。」

哦。新聞記者有拍到書店房東步出分局的畫面，雖然臉部貼上馬賽克保護隱私，但看得出來是一位身型壯碩的男子。儘管正值秋冬之際，他上身僅著件背心，露出了佈滿刺青的手臂。

新聞沒有報導房東筆錄的內容，因為警方以「偵查不公開」帶過了。

我抓緊手機。「房東說了甚麼？」

「房東說，書店老闆大概是五、六年前來找他的。印象中老闆有說過他的名字，但他聽過就忘了，只記得名字最後一字是『標』，所以他都叫他『標哥』。」

「呃？他不是他的房客嗎？租約上面不是會有簽名嗎？」

秦翔宇嘆了一口氣。

「他們沒簽契約。林清雄說，『標哥』來找他時，表示想要租下回收場前方閒置的鐵皮屋，來開間舊書店。『標哥』說常在附近的回收場看到一些書況還不錯的書籍，他是讀書人，想到那些書就這樣被回收掉了，裡頭的知識沒機會再傳承下去，覺得很心痛。他看到那間鐵皮屋時，就覺得它的大小很適合來開舊書店，跟周遭的回收場員工打聽到屋主是林清雄，所以才來拜訪，想說要承租下來。也不是要賺錢，只是想讓那些書還有被看見的機會。」

「聽起來很好啊……」

秦翔宇再嘆了一口氣。

「問題就出在林清雄也覺得很好。林清雄說他家裡自小的家訓就是要尊敬讀書人，雖然他自己沒讀過太多書，但他絕對不敢忘記資源回收場的創立者，也就是他的爸爸，從小到大告誡他的家訓。『標哥』一看就知道是個讀書人，而且還是個真正熱愛學問的讀書人，所以他當下就答應了『標哥』的要求。『標哥』問他租金和租約規定，他回說『免啦』。那個鐵皮屋是很久以前是回收場員工休息時間喝茶抬槓的地方，後來大家都嫌熱，他另外蓋了有裝冷氣的磚造房，鐵皮屋就閒置沒用了。現在有個讀書人要在這裡開間書店，他歡迎都來不及，怎麼可能還收錢？」

我聽得一愣一愣的，腦海裡都是房東那身肌肉與滿臂的刺青。

「我們把附近的監視器都調來查看過了，但沒拍到『標哥』平日回家的身影。那周圍的資源回收場雖然都有裝監視器，但都是朝向場內，只防內賊不防外患。那一帶人煙稀少，所以里長和警局都沒有裝設監視器。我們還拿著照片去問了附近所有鄰里的里長，看看有沒有里長對書店老闆有印象。但妳也知道，那張照片不好看，就算平日有看過的人，很有可能也認不出來。再說，法醫判斷『標哥』的年紀應該在六十歲上下，很有可能沒有超過六十五歲。如果超過六十五歲，他就會是里長發放打疫苗通知單時的重點對象，但他很可能還不到。就算他有六十五了，還得他戶籍就在居住地才行，但依我判斷，他的戶籍很有可能不在這裡。」

「所以……」

「所以目前問到的里長都說不認得。」

失望讓我顧不得維持禮貌。「這樣的內容是需要保密甚麼?為甚麼要跟記者說『偵查不公開』?」

秦翔宇停頓了幾秒後，緩緩地說：

「因為指紋的檢查有了結果。」

「指紋?你是說燈泡上嗎?」我的腦海裡開始奏起歡樂頌的旋律。原來秦翔宇是想要告訴我，我提供的線索幫忙破了大案。

但秦翔宇的聲音裡沒有絲毫的開心。

「我們檢查了好幾個燈泡，其中幾個都有發現相同的指紋，應該是老闆的不會錯。雖然這個指紋沒辦法告訴我們舊書店老闆叫甚麼名字，但是可以證明老闆跟三十前的懸案有關。」

「啊?三十年前?」

「妳還記得嗎?三十年前，美琴老師小孩被殺的那個案件。」

一道黑幕籠罩而下。

「凶手當年連續殺了三個小孩，美琴老師的小孩是第一個，後來又有兩個小孩遇害。警察沒有捉到凶手，但案子的資料都有被保存下來。幾年前內政部花了大錢把過去案子中採到的指紋全部掃描存進電腦資料庫，這個案子的指紋也有掃描建檔。我們在比對舊書店燈泡上的指紋時，發現是吻合的。那個舊書店的老闆，很有可能就是三十年前命案的嫌犯。」

這有可能是真的嗎？我去書店時，收錢時總是笑容靦腆的老闆，就是殺害美琴老師小孩的凶手？我想起以前下午時分，坐在老師辦公桌前寫著作業的小小身影。那麼仔細擦拭每一本書的老闆，怎麼可能狠得下心殺了這麼可愛的孩子？

「美琴老師的小孩，那個案子，警方有查到指紋？」

我有很長一段時間都有在關注這個案子的發展，甚至曾經到圖書館調出舊報紙，詳讀過每一份報導，但從來不曾看到警方有掌握指紋證據。

「警方沒有讓外界知道這件事。我也是進了警局後，利用職務的關係，調出檔案後才知道這件事。沒有想到居然有讓我遇上查到指紋主人的一天。」

看來秦翔宇和我一樣對這案子懸念在心。

「局裡面資深的刑警跟我說，警方之所以不公布，是因為研判指紋是被刻意留下的。這就表示不是有人遭陷害，就是有共犯，而且共犯有意供出主犯。所以那時是想利用犯人間的矛盾來破案，可惜沒有成功。」

「犯人不只一人嗎？」我很訝異，這也是我不曾思考過的方向。

「我從頭開始講起好了。美琴老師的小孩是第一個受害者，那個時候的鑑識人員查了半天，只找到了一個殘缺不全，沒辦法辨識的指紋，顯示犯案的凶手非常小心，有做足防範措施，應該是有戴上手套以避免留下指紋。但這樣一來，就很難解釋為甚麼還會留下些許的指紋痕跡。有些偵辦人員推測可能是凶手因為某個緣故短暫脫下了手套，所以才不小心留下部分指紋。」

「嗯嗯，了解，請繼續。」

「兩個月後，又有一個小女孩遇害。是中興國小老師的孩子，一樣是放學後沒有回到家中，隔天屍體在公園的草叢間被發現。」

秦翔宇的語氣聽起來很哀傷。「這場案件也有找到指紋，一樣殘缺不全沒辦法辨識，但有比第一場命案的指紋好上一些。」

這是怎麼回事？

「一個月後又發生第三場命案，中華國小老師的女兒。案發過程和前兩次很相似，但那次有發現了一枚清晰的拇指指紋。」

「清晰的指紋？怎麼被發現的？為甚麼會認為這個指紋應該是共犯故意留下來的？」

「因為那個指紋是在受害者書包夾層裡的紙粘土包裡發現的。小時候美勞課不是會用到紙黏土嗎？那個指紋就印在紙黏土上，清清楚楚。受害者的媽媽每天早上都會幫忙女兒整理書包，她很確定女兒當天沒有美勞課，也沒有帶紙黏土出門。那枚指紋也不符合受害者身邊任何一位成人的指紋。」

「所以是共犯刻意留的？」

「除了那枚指紋外，其他地方都查不到不明來源的指紋。嫌犯在犯案時，一定有戴手套，沒有理由會留一枚這麼清楚的指紋在紙粘土上，一定是刻意留下的。而且根據檔案的紀錄，偵辦人員認為依紙黏土乾燥的程度，應該拿出有一段時間了，很有可能在命案發生前就準備好了。共犯應該是趁主嫌不注意時，偷偷塞入受害者的書包內。」

「既然都有了指紋，那為甚麼沒去抓凶手？」

「因為查不出指紋的主人是誰啊。那枚指紋的主人過去並沒有犯案紀錄，根本不知道指紋是誰的。有刑警研判凶手應該與命案地點有地緣關係，因此動員一堆警察，把鳳山、高雄地方上沒有前科，但素行不良，最好是在校期間經常反抗師長，有可能仇恨老師的人通通送到警察局來蓋指紋。這種通常都是小屁孩，還沒凶狠到可以留下案底。因為把一大群八加九抓來警局按指紋，偵查主管又拒絕透露原因，當時還鬧出不小風波。」

這場風波我倒是印象深刻。我有在報上讀到當時輿論沸騰的報導，而且我的一位遠房堂兄就是當年被抓去按指紋的「八加九」之一。儘管現在他已經是間汽車養護廠老闆，每年家族團聚，這件事還會被長輩拿來取笑一番。

「儘管做到這個地步，還是沒找到指紋的主人。而且不知道是不是這個舉動驚動到凶手，後來就沒有小孩遇害了。這些案子就一直懸宕到現在。其實啊，警方並沒有放棄，每隔幾年檢討懸案時，這個案子都有被拿出來討論。但由於沒有出現新的線索，講完之後就會被放回倉庫繼續積塵。」

「所以殺掉『標哥』的人之所以砍下他的手指頭，是因為他不希望警方發現舊書店老闆就是三十年前連續殺害小孩的主嫌？但他三十年前留下指紋的目的不就是為了揭發凶手嗎？」

「這部分確實有些矛盾，或許那個共犯這三十年間改變了想法。不過外界並不知道三十年前的案子有留下指紋，可以推測只有當年的共犯會刻意砍下『標哥』的手指頭，掩飾他曾經犯下重大刑案的證據。」

秦翔宇停頓了一會兒，語氣帶上冷颼颼的殺氣。

「突破性的線索出現了，而且就出現在我們兩個人的面前，三十年前被悲劇擊倒的兩個孩子之一，這一切一定是冥冥中的安排。所以我，秦翔宇，要算賭上前途，也要把一切告訴妳。凶手可能已經死了，但還有共犯，我們要抓出共犯，要他說出他們當年為甚麼要殺害那三個孩子，害她們的父母這麼痛苦，也害她們父母教的學生也都很痛苦。我一定要讓那共犯供出這一切到底是為了甚麼。我們兩人要親手了結這個案子。」

「等等，我有話要說。」

秦翔宇很氣憤。「怎麼？妳不想嗎？當年這件事情對我們傷害多大……」

「不是，我不是要拒絕，我只是想到了一件事。」

「哦，甚麼事？」

「我是從網路上看到那間無名舊書店的。」我一邊回想一邊說明。

「有些愛逛舊書店的網友，會把他們逛舊書店的心得和收穫，貼在個人的部落格或網誌上。那間舊書店在外人眼中雖然是破爛到不行，但對喜愛舊書的人來說，這種店才是挖寶的聖地。我印象中曾經看過五、六篇介紹那間無名二手書店的網站，我等下會找找，把網址貼給你。」

「好的，那就麻煩妳了。」

「通常這些網路資料都會附上書店內部陳設照片，藏書特色、地址和價格區間等資料。大多都不會去拍店主的照片，應該是顧慮老闆不願意上鏡頭，或者擔心有肖像權的爭議。但是有一位網友卻是相反，他每次去訪問二手書店，都會要求跟店主合照，很多店主也滿大方的，他的網誌裡面都是一些和二手書店老闆開心比YA的畫面。」

「那個人也有報導鳳山這間舊書店？」

「有。」我透過窗鏡裡看著眉頭深鎖的自己。

「他也有要求要合照。根據文章裡的說法，本來都很和善的老闆不但拒絕了他，還很生氣的把他趕出了店門。我看到報導時認為老闆可能只是害羞過了頭，不能理解時下那些網紅的行徑。現在想想……」

「老闆可能是擔心照片上了網，會被某些人認出來，例如三十年前跟他一起犯下凶殺案的共犯。」秦翔宇抓住了重點。

「沒錯。老闆對於上鏡頭一事如此的謹慎，可能是在躲避某個對象。但是，警方雖然掌握了當初命案的指紋，但其實沒有鎖定任何嫌犯，警察並沒有在找『標哥』，『標哥』應該也知道這一點。所以，舊書店老闆躲的是誰？很有可能是當年的共犯。那也就表示，他們這些年來並沒有保持聯絡。那共犯到底是怎麼找到他的？」

「這個……」

「難不成，那個共犯就住在附近？某天去逛舊書店時無意發現的？」我的聲音居然顫抖了起來。

「這也是有可能，這會是偵查共犯的線索之一。我會找些偵查員負責調查網路上的資訊。」

時鐘指針來到了十一時，秦翔宇用嘆氣結束了這通電話。

「晚了，同學，早點休息吧。一切保密，晚安。」

三、

秦翔宇掛斷電話後，我睡不著，回憶在心頭翻湧。

三十年前，我就讀國小六年級。我的導師名叫卓美琴，白淨漂亮，氣質高雅，班上同學都喜歡她。我猜想她和我的媽媽年紀差不多大，但老師的溫柔和媽媽的凶巴巴完全是天差地別。老師只有一個女兒，小我們四歲，就讀同所學校的二年級。老師總是輕柔地喚著她的名字「筱玉」，筱玉的回應也都乖巧有禮。聽說師丈在外商公司上班，有次放學時我正好看到西裝筆挺的師丈開著私家轎車來接老師和筱玉，驚訝地呆立在原地目送他們離去。這和我與家人每次出門，總是機車三貼甚至四貼的生活經驗相距太過遙遠。

美琴老師過著神仙般的生活，人也美麗得如同仙女下凡一般。這樣生活卻在小學最後一個學期時戛然而止。

我依然清清楚楚地記得當時的氛圍。

那時，寒假剛剛結束，新的學期開始沒幾天，空氣中還帶著刺骨的寒意。我和往常一樣，提早半小時到校，打掃、自修，與三五同學分享昨日電視劇的內容。一切似乎都一如平常，但有的同學很快就發現了今天不太一樣。

「早自修了耶，老師怎麼還沒來呢？」

是啊，美琴老師向來都是早自修前就會到了，但現在鐘響都過了十分鐘了，講桌前卻還是空空蕩蕩。

第一節課是國語。我們拿出課本，翻到今天預計進行的單元，但匆匆走進教室來的，卻是一位我們不認識的女老師。

女老師解釋卓老師家發生了事情，今天請假了，所以由她來代課。

雖然代課老師想要用假裝一切沒事來安撫我們的躁動，但卓老師可是我們的仙女，我們的偶像，而且她從來不曾缺課。所以下課時間一到，平日比較活躍的同學就藉故晃去老師們的辦公室，想要打聽消息。但每個都是一進辦公室就被識破詭計，馬上被叫回班上。唯一帶回有用線索的就是秦翊宇。

「校長室裡有警察耶，校長在跟警察杯杯喝茶。」

聽到有警察來到學校，大家都很害怕。

當天的最後一堂課，學校突然廣播要所有學生到操場集合，校長有很重要的事情要宣布。

其他班的孩子嘻嘻哈哈奔向操場。但我們那一班，每個都像要赴刑場的死刑犯，拖著步伐，臉色凝重。

校長說，美琴老師的孩子，昨天放學後沒有在辦公室等著美琴老師一起回家。到處都找不到筱玉的美琴老師，驚惶之下報了警。警方原本認為只是小孩貪玩忘了時間。但到了晚上，筱玉還是沒有回家。警方意識到情況不妙，開始派人搜尋，但直到現在還沒有找到人。

校長說警方認為筱玉應該是被綁架了。因此所有同學放學後要結隊成群一起回家，不可以單獨行動，現在外頭有壞人鎖定小孩子為綁架目標。

但是，美琴老師一直沒有接到等待中的勒贖電話。隔天清晨，有人在公園的草叢中發現了筱玉小小的屍體。裹在粉紅色的毛毯之中，遭勒殺而死，屍體完整，表情安詳，體內有安眠藥的殘留，沒有暴力侵害的痕跡，衣服和個人物品也都完好無損。

那天來到教室的還是前一日的代課老師。同學都很悲傷，全班哭成一團。那時我們還沒有意識到，再也不會看到美琴老師了。

女老師來代課了幾日之後，學校另派了一位姓呂的女老師過來。呂老師告訴我們，從今天以後，她就是我們的導師了，她會陪伴我們直到畢業。美琴老師因為傷心過度，需要在家靜養，師丈已經來到學校幫她辦理好離職的程序。

當下全班同學的哭泣聲驚動了校長和沒課的老師跑來查看，大人們都放下平日的嚴肅面孔拼命柔聲安慰，不知道是誰還說了一句：「警察很快就會抓到壞人的。那時候，說不定卓老師就會回來了。」

但警察一直沒有抓到壞人，而且這還只是噩夢的開始。

兩個月後，又有一位在母親任職的國小就讀小二的女孩失蹤了。一模一樣的情節，只是受害者換成了鄰近的中興國小。

社區裡發生了一場命案，或許還能說是一場與自己無關的悲劇；但發生了兩場命案，所有的父母就不再認為這只是單純的新聞事件。國小年紀的孩童都被要求放學後必須結伴立刻回家，不可以在外頭逗留；時間允許的父母開始接送孩子上下學。儘管政府高層人士出面安撫，信誓旦旦、指天畫地說會傾全力抓到凶手，恐慌氣氛還是瀰漫了整個鳳山，甚至往鳥松、三民區一帶擴散。孩童間開始流傳有專抓小孩的殭屍在澄清湖一帶出沒的傳聞，新聞報導說某間靠近澄清湖的國小發生整個班級陷入集體歇斯底里的狀態，校方急忙找來道士作法安撫。當時心理治療的觀念尚不普及，縣府教育局官員個個束手無策，只能呼籲再呼籲，並責令各校招募志工，協助守護學童放學時刻的安全。

沒想到這樣的天羅地網還是阻止不了第三個受害者的出現。一個月後，再一位小二女孩的屍體被棄置在公園的草叢，再一對傷心欲絕的老師夫婦。

全鳳山的學童父母陷入了瘋狂，議員輪流砲轟警察局長和教育局長。雖然我的爸媽都不是老師，我家兄妹三人也都不是小二學生了，還是被父母規定每天早上都要唸「不可以和陌生人講話」三遍才可以出門。

就在大家戰戰兢兢等著第四具屍體的時刻，命案卻突然結束了。五月底我領了國小畢業證書，九月到國中就學，還有接下來的一兩年，鄰里間的恐懼氣氛還是沒有完全散去，但再也沒有出現下一具孩童的屍體。就如同沒有人知道這一切為何會開始，也在沒有人知曉的時刻就這樣結束了。

畢業前夕，我們從呂老師口中得知，因為美琴老師一直走不出悲傷，她的外商丈夫爭取到外派機會，帶著妻子遠赴海外，離開這個傷心地。這就是我們所知美琴老師的最後消息。

四、

「喂！同學，妳今天幾點下班？下班後有空嗎？我們來約會吧。」相隔一週，又是秦翔宇，又是劈頭一句話。

約會！甚麼跟甚麼啦！

「哈！我嚇到妳了齁。現在怎麼有可能還有心情約會啦，忙得要命。我有進一步的訊息，見面談比較好。」

我報上下班時間後問：「要約在哪？」

「就約在文仁國小吧，那是一切事件的起點。」

我有些猶豫，畢竟三十年前拿著畢業證書走出國小校門後，我沒有再回去過。

「好。」好吧，誰怕誰。

我到達文仁國小時，秦翔宇已經先到了，但他沒有面向路口留意我到了沒有，而是望著校門。我走向前，出聲招呼。他轉過身來，透過口罩還是感覺到他給了我一個笑容。他朝校門點了點頭。
「我們進去吧。」
我遲疑了一下。
秦翔宇看出我的猶疑，淡淡地說。「別害怕。」
他轉身走了進去，我只好跟上。
秦翔宇看著校舍和操場。
「這裡好小，甚麼東西都好小。」
是啊，學校似乎在三十年歲月的淘洗下縮小了。
我們繞著操場跑道走著。為了不要妨礙到來運動的民眾，我們走在跑道的最外圍。
秦翔宇一直沒開口，只好由我來打破沉默。
「你說要告訴我最新的發展，但這樣把我叫出來說沒關係嗎？如果被其他人看到，不是會害你難交代？」
「沒關係的。檢察官已經點頭答應說我可以跟妳討論案情。當然妳要保證不會讓透露給其他人知道。」
「甚麼？為甚麼檢察官會答應這種事？」

「因為他跟我問了發現指紋的經過。」秦翔宇摘下口罩，隨手塞入口袋，咧嘴一笑。現在的防疫規定准許戶外不用戴口罩。

我看到他的下巴胡亂竄出的鬍渣，沒有接話。

「不過最重要的關鍵應該是老陳出面幫妳說話吧。老陳可是資深法醫，看過的屍體比治癒的活人還多，他的話對檢察官很有分量。」

「陳法醫？他為甚麼會幫我說話？」

「妳好多為甚麼。妳那套書架理論讓他印象深刻，他說妳是內行人，妳的見解會對我們有幫助。」

我的得意一定完全反映在表情上，秦翔宇哼哼兩聲。

「妳一定是老陳喜歡的類型。」

「嗯哼，看來警方的性別平等教育有待加強。」

秦翔宇連忙討饒。「哈哈。小的知錯了，反正重要的是，檢察官同意我跟妳討論案情了。」

「所以案情到底有甚麼新的發展？」我假裝氣惱。

「我們找出舊書店老闆的身分了。」

秦翔宇解釋，由於這場命案的手段凶殘，又與三十年前未能偵破的懸案有關，因此高層下令投入所有人力進行偵辦。工作依任務分成三組：第一組負責找出書店老闆身分；第二組則要調查共犯如何找到書店老闆，以及重閱過去辦案檔案；第三組則是要找到當年受害者家屬，事先知會他們，讓他們在案件曝光之前做好心理準備。

「這三組的調查都有初步的結果了。妳想先聽哪一個？」

我思考了約一百公尺後才下了決定。「第三組。」

「好。」

秦翔宇從最後一位受害者開始說起。她名叫翁昱晴，父親當時在中華國小任教，兩年前以校長的身分從職場上退休，還住在原來的住所，夫婦兩人得知案件有新的發展都非常激動。第二名受害者是劉莉婕，母親是中興國小的老師，案件發生後不久申請調職至娘家所在的花蓮縣，已經退休，鳳山分局派員親至花蓮通知他們相關資訊。

第一名受害者張筱玉，受害者母親是卓美琴老師。

「事情發生不久之後，美琴老師夫妻就移民到了美國，之後都沒有美琴老師的消息了。但我一直認為美琴老師在美國應該是過著幸福快樂的生活，也許有了其他的孩子，畢竟她當時還很年輕，不是嗎？第三組聯繫上美琴老師在臺中的妹妹，我才知道美琴老師一直不能適應異鄉的生活，也沒辦法走出傷痛，和師丈的感情發生了危機。二十年前美琴老師就離婚獨自回到了臺灣，投靠她一直沒有結婚的妹妹。不過美琴老師的身心狀況始終都不太好，十年前就因為婦科疾病而過世了。美琴老師的妹妹說，美琴老師在安寧病房時，還在掛念女兒的命案。」

我停下腳步，環顧校園。仙女般的美琴老師走了？她真的不會再回到這裡了？

秦翔宇拉拉我的手臂，示意我繼續走。

「人都走了，停下來也沒用了，現在只能靠我們繼續向前。我要接著說第二組的調查結果。」

秦翔宇刻意讓語調保持淡然，但仔細留意就能聽出一絲哽咽。

「第二組在『我是鳳山人』的臉書群組中找到了一段影片。半年前，有一臺資源回收車經過舊書店前面時，有輛載回收物的腳踏車突然從陰影處竄出來，雖然沒有真的撞上，但騎腳踏車的阿婆嚇了一跳，整輛車翻倒，舊書店老闆從店裡走出來幫忙。開車的司機和阿婆有些爭執，後來把行車紀錄器的影片放上網，讓網友評理。」

舊書店老闆一如平常，將口罩拉至下巴處，可以看出容貌。

「所以共犯是看到了那段影片？」

「可能是。雖然說影片畫素還不錯，但時隔三十年，書店老闆的樣子應該也變了不少，能透過影片就認出來，這位共犯眼力也是很厲害。」

「但能確定共犯是透過那段影片找到舊書店老闆的嗎？」

「沒辦法確定，但這是目前找到的唯一可能性。接下來我要說第一組的調查結果，這一組是我負責帶領的。」

秦翔宇放慢步伐。「我們看了一大堆監視畫面，問了好幾個里的里長，一直沒有結果。後來有位房東沒有收到房客的租金，才發現他的房客有已經好幾天沒有人看到他了。房東擔心房客死在屋裡，打電話報警。接洽的警察發現屋內看起來像是很多天沒有人動過了，立刻通知我們過去，我們拿照片給房東指認。賓果！房東說有七八分像。但他不同意我們搜索，只提供了租屋契約，上面有房客的簽名和身份證字號。房客名叫蔡金標，我們查了身分證字號，發現他的戶籍在臺北萬華，同戶籍的還有他哥哥與大嫂，我們立刻就透過電信局取得登記在這戶籍地的電話號碼。」

「有連絡上人嗎？」

「有，連絡上他哥哥。他哥哥一聽到我們找他的原因，就大罵我們是詐騙集團，掛了我們的電話。我們只好聯繫當地的派出所。那裡的警員聽完我們的陳述後，還警告我們說欺騙警察亂報案是有刑責的。」

「為甚麼會這樣？」我很訝異。

秦翔宇苦笑。

原來蔡金標是龍山寺一帶的遊民。他的哥哥說，蔡金標在幾年前生意失敗以後，就不願意待在有牆壁和屋頂的地方。他們夫妻拿他沒有辦法，只好任由他露宿街頭，但會定期拿食物和衣物給他。當地警方也很清楚蔡金標的情況。那天早上，他的哥哥和接聽電話的警察都才剛見過他，所以他絕對不是目前那具躺在冷凍室的冰冷遺體。

蔡金標的哥哥說他弟弟多年前曾經遺失過身分證件，但早就補辦完成，也不曾發生有遭人冒用的糾紛。看來舊書店老闆不知道在甚麼樣的情況下掌握了蔡金標的個人資料，假冒他的身分進行一些需要登記個資的活動，例如租房子之類的。但廉價住處的房東通常不會將租屋契約拿去法院公證，無從發現房客謊報身分。

我很失望。「但你不是說有查出舊書店老闆的身分嗎？」

「嗯，鳳山的房東始終很擔心照片跟房客不是同一人，不肯讓我們入內搜索。

但發現舊書店老闆的身分與租屋契約不符後，法官簽署了強制搜索令。那個房間不大，一個小時就可以搜到很徹底，我們在抽屜的內層找到了一張泛黃的照片。看起來應該是一對母子的照片，女性三十歲上下，小孩大概是七八歲的年紀。」

「照片？只有一張照片？沒有證件？」而且還是泛黃的？

「沒錯。」秦翔宇露出得意的笑容。「這就是展現警方辦案實力的時刻了。」

秦翔宇解釋，那張照片背面有寫上拍照時間，距今五十一年前。照片上的男孩年歲加上五十一，現在約莫是六十歲了，符合法醫對死者年紀的研判，因此警方推論照片上的男孩應該就是舊書店老闆。

「照片中的男孩身上穿的是學校制服，那時候的制服上會繡上姓名和年級。但因為照片年代實在太久遠了，名字看不清楚。局裡請出資訊高手把照片掃進電腦裡，用了一堆辦法提高解析度後，終於看出來制服上的名字，何東進。」

總算有名字了！

「那件制服還告訴我們，他就讀的是文仁國小二年級。沒錯，他就是這所學校的校友，是我們的學長。」

秦翔宇停下腳步。現在天色已沉，校舍在黑暗中模糊不清。

「我們調出了何東進畢業那年的國小畢業冊，當時的畢業冊上都會登載畢業生的家裡地址和電話。電話號碼換過了，但地址就在附近，我帶妳過去吧。」

我詫異地看著秦翔宇。

「別擔心，我們已經跟屋主問過話了。我只是帶妳去看看何東進從小生活的地方，沒有要進去。」

屋主？是照片中的女性，也就是何東進的母親嗎？我沒有追問，安靜地跟著秦翔宇走出校門，走入學校附近的巷弄中。

十分鐘後，我們在五棟相連的透天厝前方十公尺處停下。秦翔宇指向最右側那間。「那就是何東進小時候的家。」

那棟房子的一樓是車庫，看不到屋內的景象，二樓則透出溫暖的橘黃色燈光。有人在家。

「現在的屋主是三十八歲的何小姐。」

「才三十八歲，姓何？……不是書店老闆的媽媽？」

「現任屋主根本不認識何東進。」

「蛤？不認識？只是剛好姓何，住同個地方？」

「應該說現任屋主沒見過何東進，但她知道何東進。我們給她看了何東進租屋處找到的照片，她說照片裡的男孩就是何東進，旁邊那位女性是他的媽媽，也就是前一位屋主。」

「甚麼跟甚麼？我不懂。」我腦袋一團混亂。

「何小姐是何東進媽媽的養女，她跟著養母姓何，她是在何東進離開那個家後才被領養的，所以她沒有見過何東進。」

「何東進媽媽姓何？他是從母姓？」

在何東進成長的年代要從母姓，私生子幾乎可以說是唯一的可能性。

「是啊。何小姐從家裡找出了和何東進一模一樣的照片，她說這是她養母和親生兒子唯一的合照。」

原來何東進的母親出身臺中，因為擁有一身好琴藝，不僅有國小音樂老師的正職，還在課餘時間擔任鋼琴私人家教，收入不錯，人也漂亮，追求者很多。但她卻愛上了家教學生的爸爸，還懷了身孕。膝下三個女兒的對方承諾若生下來的是兒子，就會離婚娶她。但當何東進出生之後，孩子的父親卻不願履行諾言，何母只能以父不詳的身分為何東進辦理戶籍登記。在那個民風保守的年代，未婚生子是莫大的恥辱，況且還是為人師表。何母在校方的壓力下辭去教職，搬離臺中，來到無人相識的鳳山重新開始。

帶著幼子的單親媽媽能選擇的工作有限，還好何家娘家有拿出一大筆現金來與女兒斷絕關係，而且那個年代不少家庭都有培育子女學習鋼琴的美夢，何母還是能以教琴為業。物質不是問題，問題出在心理。遭到親人和愛人拋棄的何母，怨恨著自己唯一而且無辜的兒子，她認為如果是生下女兒，她就可以告訴自己，她被拋棄的原因是因為她沒有生出兒子。何東進小學二年級那年，不知怎麼偷來了一套女學生的制服，穿上了女裝想要取悅母親，何母震驚當下怒甩了他一巴掌。後來為了與兒子和好，母子兩人去攝影館拍了合照，這就是那張照片的由來。

何東進個性內向寡言。大學畢業並服完兵役後，他回到鳳山與母親同住，求職之路一直不太順遂。後來在母親的人脈幫助下，開始做起國小短期代課老師的工作。國小老師是包班制，一旦有短期的請假需求，往往需要尋求校外的人力。這類短期代課對師資的要求並不嚴格，何東進的大學學歷可說是極佳保證。而且何東進斯文秀氣，很受小學生的歡迎，因此這份工作雖然稱不上穩定，但在口耳相傳之下，工作機會倒是源源不絕。

「代課老師……」我喃喃地說。原來這就是答案嗎？

「我們一直沒辦法理解，為甚麼已經再三要求小孩子要遠離陌生人，她們還是被帶走了？那個混蛋到底是用甚麼方式得到三個不同學校的學生共同的信任？

那個時代大家很難去想像，或許嫌犯是老師，一個應該把保護孩子當作天職的老師。一個在不同學校走動代課的老師，確實很有可能得到那些孩童的信任，學校警衛或其他師長看到他進出校園，也不會特別警戒。要調出三所學校這麼久以前的人事檔案，要花上不少時間。而且何東進只是短期代課，學校方面也不確定有沒有保存他的資料。但從何小姐的說法來看，能確定命案發生的那段時間，他在鳳山地區各國小擔任短期代課，那些受害的孩子與父母可能認識他。」

何小姐還說，何東進與何母的關係始終很疏離。三十年前，何東進留了紙條，說他不會再回這個家。從此以後，何母就再也沒有他的任何消息。

「三十年前。」我重述這句關鍵詞。

何小姐說，她三歲時親生父母意外過世後就一直在育幼院生活。何東進離家之後，何母開始頻繁地到育幼院走動，捐送物資，對孩童噓寒問暖，這樣持續了五年。在她就讀國二的時候，何母對育幼院長提出了領養她的要求。對院長來說，何母年紀偏大，又是單身，並不是理想的對象；但「小真」，也就是何小姐，十四歲的年紀已經很難找到領養人，而且她和何母一直都相處得不錯，所以還是答應了何母。於是何母終於有了夢寐以求的女兒，而何小姐也有了期待已久的家。雙方很珍惜彼此。何小姐婚後和丈夫繼續與何母同住，何母也在身體漸差後陸續將所有財產轉給了小真。唯一的要求是，要為何東進保留戶籍。

「我想讓他知道，還有個地方歡迎他回來。」何母是這樣說的。

我和秦翔宇在黑暗中仰望著何家二樓，此時窗內傳出了孩童青稚的笑語。如果五十年前何家也有這樣的歡樂時光，或許今日我們就不會站在這裡。

「我們告訴何小姐，被殺害的舊書店老闆可能就是何東進；她一直哭，說：那孩子死了嗎？媽媽在他離開之後，一直說她是那朵逼走小王子的玫瑰，所以要待在原地等待她的小王子回來。她等了很久，很久。」

「你說，何小姐現在三十八歲？」

「對。」

「如果筱玉當年沒有遇害，她現在應該也是三十八歲了。」

「妳認為何母會領養何小姐是為了替何東進贖罪？她可能知道那些命案是她兒子造成的？」

我點點頭。「是啊，我想她知道，或者至少有懷疑過。只是一切都太遲了。」

五、

秦翔宇說他的話還沒說完，請我一起吃個晚餐繼續討論。我們走進附近的一間麵館，點了些水餃和一大盤小菜。

麵館裡人聲鼎沸，不用擔心其他人會聽到我們間的對話。

「張檢看完報告後，提醒我調查重點要放在『現在』的這個案子，不是放在三十年前的舊案。而且，我們也沒資格說我們偵破了三十年前的案子。」

我很詫異。「為甚麼？檢察官不相信何東進就是凶手？不是有指紋嗎？」

「那個指紋是印在紙粘土上的，而且還是事先準備好的。殺害美琴老師孩子的凶手也可能是偷偷轉印了何東進的指紋，放進命案現場陷害他。」

確實可能是如此！我沒有想過這個可能性。差點就被滷牛腱哽住喉嚨，我咳了幾聲。

「儘管何東進有機會接近那些小孩，小二時遭遇過嚴重的心靈創傷，可能還因為他媽媽被迫離開教職而怨恨老師，我們還是沒有關鍵性的證據能證明他就是殺害小孩的變態。我們必須取得殺害他凶手的說法。從何東進手指頭被砍掉這點來看，凶手或許是知道三十年前命案內幕的人物。但舊書店老闆凶殺案的凶手究竟是誰?我們這部分的偵查沒有甚麼進展。」

我低頭假裝認真吃著小菜。如果我這位目擊證人當時留意到更多的細節，或許能夠提供更有用的線索。

秦翔宇安靜的用餐，但吃得很慢，似乎不太有食慾。雖然我不希望他消化不良，但有些該說的話還是得說。

「我們其實還沒能證明舊書店老闆就是何東進。」

秦翔宇苦笑。「妳發現了?」

「警方在舊書店老闆的租屋處找到了何東進母子的照片，但沒有證據可以證明舊書店老闆就是照片裡的小男孩，只能說『疑似』，不是嗎?有些舊書店老闆不只收購舊書，他們也會收購古老的文件，或許照片就是這樣來的。也有可能那張照片被夾在某本書裡，老闆整理書的時候發現了，他很喜歡那張照片，所以保留下來。」

我自己就曾好幾次在買來的舊書裡發現被原主人遺忘的風景明信片、帳單，甚至還看到過表白情書。

秦翔宇點點頭、聳聳肩，夾起一顆冷掉的水餃。

「也就是說，除非找到殺害舊書店老闆的凶手，得到他的說法，沒有其他辦法了。」

我下了定論，但出乎我意料之外，秦翔宇居然搖了搖頭。

「不，如果有找到另一個關鍵性的證物，也可以證明舊書店老闆跟三十年前命案的關係。但，我們搜遍了書店和租屋處，都沒有找到那個證物。」

還有個關鍵證物？「這個證物是甚麼？」

「一個紅寶石戒指玩具。」

原來在連續殺人案結束後的一年，第三案的受害者翁昱晴父母來到警局，告訴警方他們這幾天終於鼓起勇氣整理女兒的遺物，發現她放在鉛筆盒暗格內的紅寶石戒指玩具不見了。

「鉛筆盒的暗格是甚麼東西？」

這下換秦翔宇驚訝了。「妳不記得了嗎？我們小時候用的鉛筆盒，都長得跟百寶箱一樣，有一大堆磁鐵控制的開關，有的還會有兩三層，有的會有暗格，妳從某個地方按下去，就會彈出小抽屜。」

我想起來了。我們那個年代鉛筆盒都有很複雜的開面和機關。炫耀新到手的鉛筆盒各式華麗的設計是小學生間永遠不會膩的話題。

翁昱晴的媽媽說，昱晴很喜歡那個紅寶石戒指玩具，一直都放在鉛筆盒的暗格內，每天上學都會帶去。她遇害那天也不例外。

刑警將這段話列入了紀錄，但當時沒有人認為這是重要的線索，報紙也沒刊載。

「連續殺人犯會拿走受害者重要的物品當作紀念品。」我喃喃地說出從推理小說中學到的知識。

「三十年前關於連續殺人犯的知識很少。直到十年前重審舊案時，才有同仁提出這一點。但是翁昱晴是最後一位受害者，很難解釋為甚麼會在出現連續殺人犯模式後，凶手反而停止犯案了？當然有可能是凶手在前兩案也有從受害者身上拿走紀念品，只是父母沒有發現而已。只是沒有人認為事隔二十年，再去追問受害者家人會是個好主意。」

我無語。小吃店裡喧騰歡鬧，店外卻是無邊的黑夜。

六、

又到周末時間，我回到了鳳山父母的住處。夜深，我獨自在書房。這裡是當年我家兄妹三人讀書的地方，但在哥哥和妹妹成家搬出去之後，父母就陸續清掉了一些家具。變大的空間湮蘊著空蕩的寂寞。

我面前攤開了本書，但文字閃爍跳動，始終無法拼湊成句。尋找舊書店老闆凶手遇上了死胡同，現在又多了消失的紅寶石之謎！

可惡！該不會又要再耗三十年吧？我在心裡發出怒吼，決定放棄眼前的那本書，打開書櫃從底層開始翻找，我記得畢業冊都收在這邊。啊！找到了。

印象中畢業後我就不曾再翻閱這本國小畢業冊。那時候的畢業冊都是平裝本，歲月的痕跡脆化了它的外表。我輕輕打開，翻到了六年十班的頁面。

四十五位十二歲孩童透過黑白大頭照與我對望。我自問還記得哪些人，但似乎都不復記憶了。這些年來，我一直告訴自己要往前走，不要回頭張望。

我找到了自己的照片。那是我第一次拍攝大頭照，當時悲劇還沒有發生，我滿心只想符合眼睛越大越漂亮的審美標準，還刻意在拍照時睜大眼睛。但拿到照片時，已經出現了第二位受害者，瞪大的雙眼反倒像是映照出我當下驚恐的心情。

秦翔宇的照片就在我照片下方一排右邊數過來第二張。他對著鏡頭露出稚氣的微笑，表情輕鬆自然。雖然現在已經被歲月這把殺豬刀磨成了大叔，但大叔臉上仍有著當年男孩的神韻。

每個班級的首頁都是全班師生合照和導師個人照的版面。班級合照是在拍攝大頭照的同一天拍的，當時我們的導師還是卓美琴老師。老師在照片裡笑得好美，渾然不覺再過幾個月，她就會失去她的女兒，失去她此生的快樂。

留下導師個人照的是陪我們畢業的呂老師。在美琴老師不堪喪女之痛離開教職後，這位年約五十的呂老師臨危受命接任了班導。我自己當了老師之後才知道這種情況叫做「接後母班」，是大部分老師能逃必逃的責任，通常只會落在年輕老師身上。不知道是沒有年輕的老師可用，還是學校認為有經驗的資深老師才能應對這樣的特殊情況，因此讓呂老師來接我們這班。在我印象中她還算盡心盡力，但或許是我們這些孩子被那一連串的悲劇嚇失了魂，大家對於「後母」導師沒有敵意也沒有太多反應，行禮如儀地走完國小最後的日子。驪歌餘音未落，我們早已拿著畢業證書遠離傷心地。如果不是因為她有在畢業冊上留下了照片和姓名，我不會記得這位曾經陪我們度過那段歲月的導師。

或許美琴老師會有其他的生活照？我翻向畢業冊第一頁後再往後翻，掠過總統、校長玉照和校歌頁面，來到教職員大頭照的版面。我逐一檢查，沒有。再往後翻就是老師們的校園活動合照，我仔細檢視。

「啊！」我停了下來，手滑向手機，拍下照片，用 Line 傳給秦翔宇。

秦翔宇很快就回覆了表示疑惑的貼圖。

我撥打語音通話，秦翔宇馬上接起。

「你手邊有國小畢業冊嗎？」

「國小畢業冊嗎？沒有。我父母幾年前清掃家裡時全丟掉了。還丟了我蒐集好久的漫畫……」

我打斷他。「我剛剛拍給你的照片就在我們國小畢業冊的第十頁，上面有一張五、六位男老師在校園操場的合照，我不認識照片裡的老師，可是……等一下，我先掛斷電話，我把要你看的地方圈起來。」

沒等得到回應，我切斷電話，用繪圖工具在照片上畫上紅圈，再傳給秦翔宇。

秦翔宇回覆。「帽子？」

我再度撥通電話。「我在舊書店前遇到的那位男客人，戴的就是這頂棒球帽。」

當然我的用詞並不精確，我並不能確定是同一頂棒球帽，只能說是同款式的帽子。

「妳確定？跟妳講給警局人員畫出來的帽子，好像不太一樣。」

「我很確定！是你們沒畫好，但我有記得帽子的樣子。」

半個小時後，秦翔宇出現在我們約定的巷口拿走了畢業冊，承諾會立即派人展開調查。三天以後，他打手機給我，說他們要求文仁國小的人事主任找出所有和照片中同時期的教職員的資料。倒楣的人事主任清查了半天後找到了幾十位符合條件的退休人員。警方動員人力撥打了近百通電話，並逐一尋訪後，終於查出照片中的男子曾經是文仁國小的長跑教練，名叫王士凱。三十年前，王教練和太太離婚，帶著兩個兒子搬到了臺北，就和老同事斷了聯繫。根據老同事的說法，王士凱似乎很喜歡那頂帽子，經常戴著它，但不知道帽子是怎麼來的，唯一確定那不是文仁國小發給大家的帽子。有位高老師說，他印象中王士凱有說過，帽子是他有次參加長跑活動時主辦單位發的。但王士凱很常參加長跑活動，他不記得是哪一場。

鳳山警局從戶政系統查到王士凱的戶籍目前寄在新店的區公所，於是聯繫上新店分局，目前在等新店那邊的回覆。

幾天之後，秦翔宇告訴我回覆的結果。王士凱多年前就退休了，一年前因為失能住進了養護中心，他的兒子賣掉房子來籌措照護費用。沒有了住處，王士凱的戶籍才會寄在區公所。

「新店的警察說，他們有去王士凱待的養護中心查訪。養護中心的工作人員說王士凱得到的是，嗯，等我一下，哦，是龐貝氏症。那是一種罕見疾病，發病之後會嚴重肌肉無力，無法自由行動，必須仰賴輪椅，所以他們可以作證王士凱絕對沒辦法自己跑去鳳山。」

秦翔宇最後幾句語氣很酸，顯然不太滿意新店警察回覆的態度。

「我不是懷疑王教練。我那天看到的『凶手』，絕對不是一個七十歲行動不便的老人。」

「那，為甚麼要我們調查他？」

「因為那頂帽子。你說，王教練是在我們畢業的那學期離開的？」

「是啊。他的老同事說，學期結束的前一個月，王教練就離開了。」

「學期通常在六月底結束，前一個月就是五月。翁昱晴就是在五月遇害的。也就是說，王教練離開後，就再也沒有發生過命案了。」

「但妳說王教練不可能是共犯啊，還是妳懷疑他是主犯？」

「都不是。但王教練有兩個兒子，不是嗎？王教練的年齡和我們父母差不多，他的兒子可能也跟我們的年紀差不多。在命案發生時，很有可能就是就讀何東進代課過的國小，因為這樣認識了何東進。」

「妳是說，犯下三件學童命案的共犯，很有可能是位小學生嗎？這也太誇張了。小學生耶，怎麼可能？」

「但是，那枚清晰的指紋，是留在紙黏土上的。」

我很想哭。「你不覺得會想到要用紙黏土來保留指紋，很像是小孩子的作法嗎？」

秦翔宇沉默十幾秒後，留下一句：「我會去調查。」就掛斷了電話。

七、

接下來的一週，秦翔宇除了一則Line簡訊告訴我他人在臺北外，沒有其他的消息。倒是新聞大篇幅報導警方已在新北土城逮捕到犯下鳳山舊書店老闆命案的兇手，並準備押送回鳳山偵訊。嫌犯名叫王正杰，今年四十四歲。依據初步偵訊的結果，兇嫌曾和舊書店老闆在三十年前共同犯下三起國小學童勒殺案，多年來飽受良心折磨；半年前他在網路看到舊書店老闆的形影，因此決心痛下殺手，徹底了結這段黑暗的過去。

由於警方釋放出來的訊息有限，嗜血的新聞媒體媒體如同蒼蠅般撲向了老牌報社的檔案室，挖出了所有陳年的報導；還透過各種管道想要聯繫上受害者的家屬。翁昱晴的退休校長父親因為還住在原住處，很快就遭到媒體鎖定，只能閉門不出。幸好另兩位受害者的家屬並未受到騷擾。

電視播出了記者追逐張檢察官的畫面。我瀏覽著網路上的每一條相關新聞，也收聽了好幾臺電視名嘴的評論。標題一個比一個下得更聳動，但內容卻是了無新意。

三天後，秦翔宇終於跟我聯繫，一樣約在文仁國小的操場。

秦翔宇直接進入主題。「王正杰交出一張何東進當年寫給他的紙箋，我們請筆跡專家比對舊書店老闆『標哥』在租屋契約上的簽名，專家說可以確定是同一個人寫的，舊書店老闆就是何東進沒錯。」

秦翔宇繼續往下說。「王正杰已經坦承殺害何東進。但張檢說，我們手上的證據太薄弱了，幾乎都只有王正杰的自白。凶器、手指頭、衣服之類的物證，早就通通處理掉了。至於三十年前的那三場命案，雖然殺人罪沒有追訴權時效的問題，但還是不可能算在王正杰頭上，畢竟他那時還只是未成年的孩子。」

「那麼王正杰，為甚麼會願意認罪？」

秦翔宇重重地嘆氣，開始從頭述說逮捕王正杰的過程。

新店分局從戶政系統查到了王教練兒子的個人資料，確認大兒子多年前已經歸化中國，很少回臺；二兒子王正杰則是住在新北市土城，所以通知了土城分局。儘管新店分局似乎認為鳳山同仁的調查理由十分牽強，但在通知土城分局卻說要查訪的對象是重大命案的嫌犯。土城分局擔心會遭到暴力反抗，派了四組人馬，也就是八個人過去。為了不要驚動嫌犯，先由一組人馬前往攀談，另外三組人馬則是埋伏附近待命。結果派去當先鋒的那兩名警察到達王正杰現居地時，發現他正戴著資料上的同一頂棒球帽，蹲在屋前修理腳踏車。看到警察靠近，當下雖有些意外，但完全沒有任何反抗，土城的警察直說這是他們出過最輕鬆的任務。王正杰還說，警方可以搜查他的住處，但他個人的物品很少，家具都是房東提供的，所以請在搜查時不要破壞室內陳設，他不希望造成房東的困擾。

不過王正杰雖然乖乖進了警局，卻始終保持沉默，表示只願意跟鳳山分局負責命案的刑警談。秦翔宇接獲通知後，馬上和他的搭檔李文則連夜北上。

抵達土城分局時，負責進行逮捕的隊長先和秦翔宇二人說明了他們的調查進度。

「一定是他做的不會錯。」隊長說他們搜查王正杰住處時，發現了一間日式料理店的薪水單。料理店的老闆證實，王正杰曾經是他們店裡的壽司師傅，工作超過五年了，手藝很好，上班情況也都很穩定。但兩個月前突然以健康為由辭去了工作。

「他的刀工受到高度好評。」隊長轉述料理店老闆的評語時，表情意味深長。

而且王正杰租屋處正如他所說的，陳設很簡單。幾件衣物、數本從圖書館借來的犯罪小說，一張日式小型佛壇。

隊長拿出手機，按了幾下後遞給秦翔宇。

那是日式佛壇的照片，上面用三個小木牌寫上了三個名字，分別是張筱玉、劉莉婕、翁昱晴。

還有，一枚紅寶石戒指玩具。

在偵訊室看到王正杰時，秦翔宇實在難以相信眼前的人就是殺害何東進，並殘忍砍下他十根手指頭的凶手。儘管現實生活的艱苦確實在王正杰臉上留下深刻的痕跡，但仍掩不住他斯文陰柔的氣質。

由於和三十年前的舊案有上一點關係，雖然不到需要迴避的程度，但為了避免日後被辯護律師拿來做為見縫插針的依據，秦翔宇就和李文則在出發前就決定由李文則來負責訊問的工作。

為了讓李文則的提問能契中要領，秦翔宇要他記下所有訊問的要點。但顯然沒有必要。一來王正杰看來就沒有自聘律師的打算，公派律師的辯護通常淪於形式；二來李、秦兩人一表明身分，王正杰就緩慢仔細說明緣由，根本毋待費心提問。

事情開始於三十一年前，王正杰就讀國中一年級。原本王家四口過著平靜的生活，雖然也有著普通家庭會有的煩惱，但大體上來說家庭生活都算和樂。但這一切樸實無華就在王正杰的媽媽沉迷於宗教之後變了調。那時王正杰的外公因身體出了狀況，開始頻繁出入醫院。王母在友人推薦下來到了一間敬拜「老母」的廟宇，聽說「老母」十分靈驗，只要誠心請求，王正杰的外公必可恢復健康。孝順的王母一開始只是抱著姑且一試的心態，不料一到廟殿之內，忽然就接收到一股神奇的感應，竟開始手舞足蹈起來。等到王母停下動作後，站在一旁的師兄師姐見狀，告知王母說這是因為她特別得到老母的垂愛，老母指定要透過王母的舞蹈「扶鸞」來傳達神意。

從此之後，王母三不五時就往廟宇跑；在家時，也常感受到神召而突然舞動起來。為了修行佛緣，王母改吃全素，雖然不會禁止家中三位男人食葷，但王母下廚時都只煮素食。這對運動量大，向來無肉不歡的王士凱來說實在難以接受。

夫妻間為了信仰一事不斷發生爭執，好幾次吵到連鄰居都前來勸架。

家庭的氣氛急轉直下。儘管王正杰的外公不久後過世了，還是無法撼動王母對「老母」的信心，回家的日子越來越少。王士凱漸漸沉迷杯中物，無法適應家中鉅變的王正杰開始逃課。但在外遊蕩很容易被巡邏的警察發現，於是他經常流連在住家附近的圖書館。

王正杰本來就愛看書，圖書館自然是理想的避風港。他會拿好書之後就躲在館內的角落，小心翼翼不要引起館員的注意。

某天，本來低首看書的王正杰發現有人正注視著他，原來是國小六年級時曾來班上代課兩個月的老師—何東進。

王正杰跟著何東進來到了圖書館外的公園，何買了飲料請他喝，問他為甚麼上課時間會出現在這裡。何的聲音很溫柔，已經好久沒有人用這樣的語調和王正杰說話了。王正杰說國小時他就很喜歡這位代課老師，當班上的導師產假結束銷假上班時，他還暗暗難過了好久。沒有想到居然能在這樣的情況下重逢。王正杰哭了出來，述說起家裡的變故。

當天傍晚，何東進帶王正杰回到他的租屋處。他在鳳山租了個房間，一個何母不知道的地方。他們一起吃了晚餐，然後上床。

我打斷秦翔宇的陳述。「上床？」

「對，是發生關係的那種上床，不是單純的睡覺。」

三十一年前，同性戀還是個很陌生的觀念，年紀尚幼的王正杰完全沒聽說過這個詞彙。何況這種事情還是發生在二十八歲的老師與十三歲的學生之間，不僅違反法律，也犯了道德上嚴重的禁忌。但第一次性行為卻讓王正杰感覺到徹底的解放與完全的包容。之後，他兩三天就會往何東進的租屋處跑。何東進總是溫柔地聽他說，給他溫暖的食物，然後擁抱他。

慢慢地，安靜的何東進也說起自己的故事。說他的媽媽並不愛他，他的媽媽想要的，是一個女兒。

然後，何東進談起他的計畫。他想要殺害小女孩，用殺害媽媽想要的小女孩來消除他的母親帶給他的痛苦。

王正杰嚇壞了，他不想傷害任何人。何東進哭了起來，哀求他幫助他，他愛他，他希望能在王的見證下進行消除痛苦的儀式。

有一天，王正杰來到何東進的租屋處時，屋內除了他，還有一個小女孩。女孩身上穿著文仁國小的制服，趴坐在小小茶几上，安靜的作畫。小女孩看到王正杰時，眼神有些困惑；何東進笑了起來，柔聲說道。「老師找了位哥哥來陪你玩呢。」

女孩笑了。王正杰明白自己的角色正是要陪伴女孩。陪女孩說話，陪女孩畫畫，陪女孩喝飲料。然後看著女孩睡著，看著何東進將戴上手套的手放在女孩的脖子上。

那天，王正杰的口袋裡有口香糖，他想起曾經在電視影集裡看過主角用口香糖複製指紋的方法，他咬了咬香糖，把它蓋在何東進慣用的杯子上，然後偷偷印在女孩的鉛筆盒上。

「我只能想到這個方法。」王正杰淡淡地說。

「儀式」結束後，何東進會先送他回家，不讓他參與棄屍的部分。當他聽到屍體被發現的時候，暗自期待何東進會被抓。

但何東進沒有被抓。兩個月後，又出現了另一個女孩，同樣的過程，同樣的結果。

王正杰開始明白還會有第三次，說不定還會有第四次、第五次⋯⋯他那時並不知道警方要有指紋資料才能進行比對，只是單純認為可能是他留下的指紋不夠清晰。於是拚命思考如何才能留下清楚的指紋，他想到了紙黏土。趁著何東進睡著時，將他的拇指覆蓋到紙黏土上，再將紙黏土曬乾，並隨時戴在身上。第三場

「儀式」進行時，他偷偷放入受害女孩的書包內。

「最後一個小女孩，她在我陪著她的時候，從鉛筆盒裡拿出了紅寶石戒指，她說那是她的寶貝。」

何東進的「儀式」進行時，王正杰偷偷拿走了紅寶石戒指，但那不是紀念品。那是用來阻止何東進的。

那時的王正杰已經知道父母就要離婚了，王士凱將帶著他與哥哥離開。他沒有告訴何東進這件事。最後一次拜訪何東進租屋處的那天，他留下了一封信，說他從受害的小女孩身上拿走了一樣物品。如果再有新的女孩受害，他就會去警局報案。

「海角天涯，此生不渝」。他用這八個字為威脅信作結，而這原本是何東進寫在紙箋上對他許下的承諾。

三十年後，這八個字幫助了何東進找回了他的身分。

自那天後，「儀式」結束了。

來到臺北的王士凱努力戒掉了酒癮，但家的感覺不再回來。王士凱的哥哥成年後就外出發展；王正杰大學畢業後，先去日本學習廚藝，學成後回到臺灣工作。

成為廚師的王正杰曾經重遊鳳山舊地，發現兩人當年的幽會地，也是三位小女孩的斷魂處，早已拆除蓋成了大樓。

李文則問。「事情都過去這麼多年了。何東進沒有再犯案；而且，老實說，警方也沒有在找你們，沒有人懷疑到你們身上。你可以繼續你的人生，不像那些死掉的女生，你可以裝作沒事繼續生活。為甚麼還要去找何東進？」

「一年前，我爸爸被診斷出龐貝氏症。這種疾病發病後，在很短的時間內就無法自由行動。醫生告訴我說，我有四分之一的機率會遺傳到相同的疾病，而且無法預測何時發病。他告訴我，如果要想做的事情，要盡早去做，人生有限。」

王正杰停頓了一會兒，抬起頭，直直望向李文則的雙眼。「而我最想做的，就是把那個小女孩的紅寶石戒指還給她的媽媽。」

李文則回望他。「你可以拿著紅寶石戒指到最近的派出所，告訴警察發生了甚麼事；剛開始警察可能會當你是瘋子，但只要你堅持，他們就會去查，就會發現你說的是事實，就會把戒指還給翁昱晴的媽媽。你不用殺了何東進。」

「我不能這麼做。只要他不再殺人，我就不會去舉發他。這是我給他的承諾。」

李文則怒了。「所以殺了他就可以？」

王正杰神情漠然。「難道你不認為有些處境會比死還痛苦嗎？」

李文則深呼吸，整理好情緒。「你殺了何東進，是因為你想將紅寶石戒指還給受害者父母，但又不願意讓何東進面對受審的折磨。我有誤會你的意思嗎？」

「沒有。」

「在你完美的計畫中，有想到要如何歸還紅寶石戒指嗎？如果不是警方抓到了你，你要怎麼歸還紅寶石？三十年前你和何東進的關係幾乎是秘密進行的，警方根本沒辦法從何東進身上查到你。」

「所以我才砍掉他的手指頭。」

「甚麼？」

「就算我砍掉何老師的手指頭，也不會妨礙警方找到他的指紋，畢竟那可是他的店。但如此一來，警方就會在第一時間判斷舊書店命案和三十年前小女孩的命案有關。媒體記者為了報導，就會去清查了當年的受害者資料，找到他們的家人。雖然他們不能直接報導受害者家人的生活資訊，但他們會去拍攝他們居住街坊的住家外觀。根據這些線索，要找到翁昱晴父母住處並不困難。我可以把戒指放在他家門前，或寄給他們。」

王正杰停頓一會兒。

「我沒料到警方會壓下這訊息。」

李文則的口氣譏諷。「原來是我們的錯。」

王正杰搖頭。「如果不砍下何老師的手指，警方或許要花上很多的時間去清查何老師的生活足跡。問題是，我不知道我還有多少時間。我一直夢到她們，那三位遇害的小女生，她們在我的夢裡哭泣，說要找媽媽。」

王正杰原本來心裡還很肯定，當他陪著那三位女孩度過生命中的最後時光時，她們都很快樂，沒有絲毫的恐懼。但從某一天起，三位女孩天天來到他的夢裡無助地啜泣，他才想起她們都有哀求要回到母親身邊。這時他會拿出摻入安眠藥的飲料安慰她們，告訴她們喝完飲料後就會帶她們去找媽媽。

她們相信了他。

王正杰眼神空洞。「為甚麼要找媽媽呢？媽媽明明就……不在啊。」

三個人同時靜了下來。負責記錄的人停住了打字的手，空氣一片靜寂。

最後是由王正杰打破沉默。「半年前，我在網路上看到了何老師。我告訴自己這就是天意。」

「何東進的外表應該改變了很多。你怎麼能確定那是他？」李文則問。

王正杰笑了，眼底湧現溫柔。原來何東進在思考時，有用左手食指輕撫鼻頭的習慣。

「我在影片時看到老闆有著同樣的動作。老師的樣子或許變了很多，但神情沒變。」

王正杰利用 Google 街景功能確認了影片的拍攝地點，也曾假裝顧客實地到店裡貼近觀察。

「何老師沒有認出我。」他淡淡地說。

為了擬定殺人計畫，王到附近探勘過很多次。發現何的開店時間並不太固定，一般都在中午十二時到下午一點半之間。或許是熟客們都知道太早去可能會撲空，所以中午時客人最少，那時資源回收場也大多也在午休，因此決定中午時下手。

「我其實前一天就到了，但他那天一點半才開店，我擔心時間不夠，所以晚一天動手。老師開門後就會進入店裡忙碌，我在門口掛上事先準備的今日公休的 A4 紙，還綁上塑膠繩，然後進去完成我該做的事。」

靜寂再度降臨。

打破沉寂的仍是王正杰。「我可以問一個問題嗎？」

李文則拋給秦翔宇一個眼神，秦翔宇接住，開口道。「你問吧。」

「你們說沒有辦法透過何老師追查到我，那麼警方是怎麼找到我的？」

「因為帽子。」

「帽子？」王正杰很意外。

「你當天戴的帽子，是你爸爸的帽子，他在文仁國小的畢業冊裡有張戴著那張帽子的照片。命案當天看到你離開的目擊者，就是文仁國小的畢業生。」

秦翔宇盯著王正杰。「我想，這也是天意。」

王正杰沒有接話。

秦翔宇問。「為甚麼你會戴著你爸爸的帽子？」

王正杰搖搖頭。「不是。我會戴著它是因為那是我的帽子。」

「是你的帽子？」

「本來是我爸爸的。爸爸要帶著我們離開媽媽時，他要我們各自打理自己的行李。爸爸自己帶走的東西很少，他沒有要帶走那頂帽子，我看到了，把它放到我的行李裡面。從此之後，它就是我的帽子了。」

王正杰的眼神又回到了虛空。「我還記得爸爸帶著帽子回來的那天。爸爸在長跑比賽中拿到第一，他笑得好開心，好得意。那時候媽媽還沒有去廟裡，外公身體還很好。如果能一直這樣，我就不會去那間圖書館，不會遇到何老師。或許，或許那些女孩就還會活著。」

八、

我停下腳步，再度試圖尋找我度過十二歲慘澹歲月的教室，但甚麼也找不到。

「我們都是受了傷的孩子。」

秦翔宇搖搖頭。「受傷的不只有孩子，還有大人，我們不該忘了他們。我接到美琴老師的妹妹的電話，她在新聞上看到了破案的報導，主動聯絡了我。」

他哭了。「美琴老師的妹妹，告訴了我老師的安息處，她要我們去看看她，告訴她命案偵破的消息，讓她可以放心地離開，不要再說自己是最沒有用的媽媽，沒有臉見冤死的女兒。所以，同學，我們今年一定要來辦同學會吧。三十年了，終於可以辦同學會了。大家吃吃喝喝歡聚一番之後，我們要去跟美琴老師說：安息吧，你的學生破案了。終於破案了……請安息吧，老師。」

提起小學同學，或許大多數人的印象是關於童年的晴朗天空、無憂歲月，一段閃爍著耀眼色彩的燦爛記憶。〈同班同學〉卻藉由一樁二手書店老闆的懸疑命案，勾連起同班同學們過去充滿傷痕的童年往事。

常聽人說：「幸運的人用童年治癒一生，不幸的人用一生治癒童年」。若以平均壽命八十歲而言，童年的時光在我們漫長的人生裡，彷彿只是白駒過隙，那時的我們似乎總是懵懂無知，記憶模糊。然而，童年卻是形塑人們性格發展的關鍵時期，成年人的性格優點或缺陷幾乎都在童年養成。〈同班同學〉正是由此切入，思索童年與家庭對生命個體的傷害與影響。

此一推理故事扣人心弦，作者的敘事技巧出色，機關布局頗具巧思，謎團鋪陳精采，藉由迷人的故事情節讓讀者看見豐富飽滿的角色形象，結局令人動容，整體表現讓人驚豔。犯罪者為何會墜入正常人生與異常世界的裂縫中，走上與正常人相悖的道路，錯入那條人煙稀少的幽徑？犯罪者內在陰暗的迷宮森林，或許是部分推理文學迷感興趣的議題；〈同班同學〉便讓讀者透過小說窺看犯罪者的生命歷程，故事的主題聚焦在探討「受傷的孩子」，小說巧妙設定「老師的孩子」既是受害者，也是加害者，箇中的議題牽涉到教育工作者面對自己孩子的矛盾無力，家庭教育的複雜層次，其中千絲萬縷、相互纏繞的諸多困境，頗值得深入發揮。可惜目前囿於篇幅，此一部分僅點到為止，若之後有機會發展成長篇或系列作品，建議可強化對於「教育」多元面向的探討，相信能擴充小說的格局。由於此次林佛兒文學獎的評審標準著重推理性、社會性、可讀性與在地性，〈同班同學〉「在地性」的背景設定，雖涉及臺灣的重要城市高雄、臺中、臺北，但城市空間與地文化之間的扣合並不是非常緊密，這點稍嫌可惜。決審會議時，曾討論到小說裡的多重巧合，以及警察為何會甘冒違法亂紀的風險，透露警方辦案的相關細節給久未連絡的老同學？又或者破案的關鍵，犯人戴的帽子，竟然時隔數十年仍被保留，是否過於牽強等……這些提問確實是小說中值得推敲與商榷之處。

儘管如此，本篇小說對於人物情感的掌握相當深刻，在推理的劇情之外，讓讀者關注到角色面臨的生命困局，並將聚光燈投向存在於當代社會中曖昧轇轕、錯綜複雜的家庭問題，這確實是目前社會的一大隱憂；讀完後感覺這是一篇頗具深度、打動人心、瑕不掩瑜的優秀文本，我也非常期待作者能再接再勵，持續創作獨特有趣的推理作品！（蔣興立）

失落的寶藏

笑芽

「〈失落的寶藏〉是我寫得最開心的一部作品。

謝謝評審們的批評指教，願意給它一次機會。

也謝謝所有在我不相信自己時，還願意相信著我的人，尤其是兔兔和我的母親。

最後謝謝堅持到最後，沒有放棄的自己。」

0

週日下午的勤美綠園道，是一週之中最人滿為患的時刻，逛街、運動、聚會、參加活動的民眾都在此聚集，似乎全臺中一半的人口都出現在這裡。

而就在這些人當中，出現了一個特別的身影。

那是一個身形微胖的男子，穿著略嫌俗氣，在人群中並不特別顯眼。但令人疑惑的是，比起悠閒的在城市難得一見的綠地中漫步，男子看起來非常焦慮的樣子，腳步移動得相當快速，頻頻超過在一旁運動的民眾。

男子看了看手錶，現在的時間是下午三點五十二分，對午後溫度相對怡人的這個季節來說，此時正是人潮的高峰。他不斷往人最多的方向前進，在同一個方向的不遠處，設置著兩間和動漫作品聯名的快閃店，再過去還有一個剛架好的小舞臺，據說一位當紅女歌手傍晚會在這裡演出，粉絲們早早就前來卡位，希望可以在最好的位置看到偶像的演出。

然而男子的目標不是這些地方，他徑直走到店面和舞臺中間，那裡停著一輛帶有車廂的貨車，車子的外面沒有任何記號，車頭對著一旁的馬路，車廂則是對著綠園道洶湧的人潮。男子突然停下腳步，警戒的看了看四周，然後才鬼鬼祟祟的接近貨車的車廂。周圍的人潮雖多，但大多數人都忙著自己的事，根本沒有注意到男子奇怪的行為。

車廂的車門上懸掛著一個看起來非常突兀的機車大鎖。男子又看了一眼手錶，現在的時間已經來到三點五十五分，轉頭一看，人潮和幾分鐘前別無二致。像是下定決心似的，他做了一個深呼吸，伸手從口袋裡掏出一把鑰匙，轉身將車門上的大鎖打開，並用力拉開車門。

然後事情就發生了。

數以百計的千元紙鈔受到強風的吹拂，一瞬間從車廂湧出，打到男子身上之後，又繼續飛往後方人潮洶湧的廣場。民眾看著這陣突如其來的鈔票雨，不約而同的停下了手邊的工作，驚訝的盯著眼前的景象。在那一瞬間，原本嘈雜的環境像是被按了靜音鍵，瞬間變得一片寂靜。

但寂靜也不過是幾秒鐘的事，很快大家就從驚訝中反應過來，爭先恐後的蜂擁上前，爭搶著飄散在空中或落在地面上的藍色鈔票。原本在舞臺前和快閃店門口的民眾此時也沒有心情排隊了，畢竟沒有什麼比白花花的鈔票更具有吸引力，紛紛脫離了隊伍，加入爭搶的行列。原本綠園道裡亂中有序的樣子，瞬間糾結成一團毛線，大家都成了水塘裡的鯉魚，饑渴的擠在卡車旁搶奪還在不斷噴出的鈔票。

男子就這樣被擠在卡車和人群之間，他試圖關上貨車的車廂，但人群的推擠卻讓他寸步難行，還一度被推倒在地上。他掙扎起身，就在他終於成功把車廂門關上的那一刻，貨車的引擎卻突然發動，朝著大馬路的方向急駛而去。

然而民眾的爭搶行為卻沒有因為貨車駛離而停止，在第一波的爭奪之後，開始了搶奪別人手上鈔票的第二波紛爭，場面完全失控。要等風波完全平息，已經是一個小時之後，警方控制住現場，對所有現場民眾進行排查的時候了。

隨著這一陣風波，天色不知不覺間已經黑了。

1

「您好，請問一位嗎？」

看著穿著西裝、身形微胖的中年男子走進咖啡廳內，櫃檯的年輕小姐立刻熱情的問。

中年男子回答：「啊，我是來找花姊的，跟她說是阿明來找她。」

聽到對方指定要找花姊，櫃檯的小姐不敢怠慢，應了聲是就進到內場通報。中年男子站在櫃檯前環顧店裡的擺設，感覺書好像又多了一點，但整體來說沒什麼差別，還是充滿令人放鬆的氣氛。男子在心裡盤算著，下次挑個沒有工作的時候來看看好了。

「哎呀，阿明，你怎麼跑來了？」

男子轉頭，一個女子從裡面的房間走了出來，臉上帶著熱情到讓他有點頭暈的笑容。

女子的穿著並不暴露，米白色的大圓領毛衣、棕色短裙、黑色絲襪配上黑色長筒靴，風格上不但非常符合季節，還充滿了知性的氣質。然而如果仔細觀察，就會發現女子的衣服非常貼身，毫無保留的展現出了身體的曲線，加上那成熟卻沒有老態的臉龐，散發出十足的女性魅力。剛才的櫃檯小姐長得也不算差，但和女子相比，她就像個未經世事的小女孩，氣勢上輸了一大截。

女子來到阿明身旁，什麼都沒說，就直接往他的雙唇吻了下去，讓阿明嚇得趕緊退了兩步，臉上出現困擾的表情。女子看到對方的反應，噗嗤一聲笑了出來。

「你今天沒有擦口紅啊？我以為吃起來會更油膩呢。」

阿明故作鎮定地問：「妳幹麼？」

「幹麼？幾個禮拜沒來，怎麼變得這麼害羞啊？你跟姊姊我什麼事情沒做過？親你一下怎麼了？」

阿明還想回嘴，但看到櫃檯小姐強忍著笑的樣子，硬是把話塞了回去，咳了兩聲之後說：「那個，我今天有點事情要麻煩妳。」

「麻煩我？不麻煩。來吧，有事到我房間說。」

「欸？那個，普通的包廂就好了。」

「普通的包廂隔音不好啦，我怕我等一下叫太大聲，被外面的人聽到怎麼辦？」花姊臉上露出不懷好意的笑容。

阿明的表情略顯慌亂，無奈的說：「別這樣，花姊，今天我是有工作的事想找妳商量。」

花姊盯著阿明看了幾秒，然後才搖搖頭說：「好啦，不跟你玩了，但下次我不會這麼輕易放過你，你這個小壞蛋。」

她轉頭對櫃檯小姐說：「我要用『玫瑰之間』，在我出來之前，就算總統親自來訪也不要打擾我們，知道嗎？」

見櫃檯小姐點了點頭，花姊又把目光轉回阿明身上，掛著嫵媚的笑容，輕擺細長的食指示意阿明跟上。看著花姊慢慢朝店裡走進去的背影，阿明突然改變了主意，下次如果沒有工作，他應該不會再來這個地方了。

花姊帶著阿明來到了一個放滿漫畫的書櫃前，把其中兩本移動到特殊的角度後，書櫃突然往後移動，在後方出現了一個房間。阿明對這樣的景象早就見怪不怪，對於「百花咖啡廳」這個全臺北乃至於全臺灣最大的情報交換中心，有幾間這樣的密室是理所當然的。雖然花姊說包廂中隔音不好，但實際上這裡的每一個空間都用了上好的隔音器材，加上特殊的空間設計，就算是在開放空間的桌子旁對話，其他座位的顧客也不容易聽到。

進到房間後，花姊要阿明在沙發上坐下，同時關上身後的門，自己走到一旁的小桌子前泡茶。房間裡飄散著淡淡的玫瑰香氣，雖然空間不大，卻不會讓人有密閉的壓迫感，反而有種身心舒暢的感覺。

花姊一邊泡茶一邊問：「所以，這次的角色是一個發福大叔嗎？」

「喔，對，等一下還要去另一個地方。」阿明愣了一下才回答。

「是喔，所以剛剛的害羞不是人設嗎？」

阿明苦笑了一聲，沒有回答花姊的問題，而是趕緊轉移話題說：「那個，我這次來這邊，是有一些工作的問題想要請妳幫忙。」

花姊泡好了兩杯茶，端著盤子小心的朝阿明移動過來，杯子裡的奶茶隨著花姊的步伐，出現了陣陣漣漪。

阿明繼續說：「前幾天我接到了一份委託……」

「嗯，嗯，嗯。要問問題前先喝一口茶。」

花姊阻止阿明繼續往下說，她把杯子放到桌上，拿起一杯喝了一小口，然後跨坐到阿明身上，雙手勾到他的脖子後方。阿明看著對方鼓起的雙頰，再度嘆了一口氣，然後認份的貼上對方的脣，讓對方將溫熱的奶茶送入自己口中。喝完一口茶，花姊還想得寸進尺的伸出舌頭，阿明趕緊閉緊嘴巴，使力把對方往旁邊推開。

被拒絕的花姊呵呵一笑，看來玩得非常盡興，她從阿明的身上滾了過去，也在沙發上坐了下來，拿起自己的杯子又喝了一口才問：「所以呢？你剛剛說的委託是什麼？」

「妳知道前幾天臺中有人撒錢的那件事嗎？」

「啊，你是說勤美那個啊？有聽說啊，好像噴了快一百萬的樣子。」花姊扭頭問：「怎樣？你的工作跟那件事有關嗎？」

「妳對那件事知道多少？」

花姊搖搖頭說：「只聽說是跟一個叫『失落的寶藏』的遊戲有關，詳情不是很清楚，要幫你查嗎？」

「是不用啦，這幾天網路上傳得沸沸揚揚的，當事人也有接受電視採訪，所以我大概了解一些情況。」

「是喔，那講給我聽。」花姊反過來要求。

「簡單來說，就是有人設計了一個線上遊戲，叫作『失落的寶藏』。這個遊戲總共有四個寶箱，分別裝有一百萬、一百五十萬、兩百五十萬和五百萬的現金，只要在遊戲進行的時間內登錄，按照指示完成任務，並且在完成時想辦法展示出參加編號，主辦單位就會根據登錄的資訊通知你領獎。

但這個遊戲的參加方式非常嚴苛，主辦單位會把遊戲的傳單混在其他的傳單當中，每張傳單上面都有一個獨特的QR碼，會連到各自獨立的網站。這些網站只會存在十分鐘，掃碼進到網站之後，只有十分鐘可以閱讀遊戲說明、登錄個人資訊，超過十分鐘後網站就會自動關閉，之後就再也連不上了。」

「什麼亂七八糟的設計。」花姊皺起眉頭，接著問：「所以會發生那個事件，是因為有人去領獎金？」

「對，完成任務的好像是個二十幾歲的工程師，他的任務是架設一個網站，並在網站上轉載一篇以〈失落的寶藏〉為名的童話故事。妳看，就是這個。」

阿明拿出手機，螢幕上出現的是一個寫滿文字的網站，最上面用大大的字體寫了「失落的寶藏」五個字，字型全是常見的新細明體，毫無設計感可言。花姊大概瀏覽了一下內容，文筆和網站設計一樣毫無美感，雖說是個童話故事，但內容卻相當黑暗。而在網站的最下方，出現了一組數字「236」，看來應該是參加者的編號。

花姊把注意力從手機上拉回，問道：「所以做這個網站是能幹麼？」

「不知道，但他完成後就收到了一封信，要他在前天的下午四點前到勤美找一輛貨車，用信內附上的鑰匙打開車廂。傻傻的他帶著鑰匙就跑去開車門，然後就變成後來那個樣子。他一直跟警察堅稱那筆錢是自己的，也出示了網站的螢幕截圖，但關於遊戲的這套說詞實在讓警方不太能接受，擔心這會跟犯罪活動有關係，所以遲遲不願意把錢交給他。」

「這個遊戲感覺也太怪了吧，聽起來超像詐騙的。」

「除此之外，據說可以連到遊戲網站的傳單也只有五百張而已。換句話說，可以參加遊戲的門票本來就很少，就算拿到門票，也不知道遊戲內容的真假，會認真把整個任務完成的人，可能就只有那個傻小子。」

花姊同意地點點頭，然後問：「所以你這次的委託是什麼？幫那個傻小子把錢要回來嗎？」

「不是。」阿明搖了搖頭，說：「我這次的委託，是要贏得下一場遊戲。」

「什麼？你是說，你的委託是要你去參加這個遊戲嗎？」

「似乎是這樣沒錯。」

花姊把手埋進頭髮裡，思考了一下又問：「那他要給你多少錢？」

「兩百五十萬。」

「所以是一個對賭的概念。」花姊冷笑了一聲。

「如果知道任務是什麼的話，對我來說應該不是難事，但現在的問題是，我根本不知道要去哪裡找門票，也就是那個傳單。」

「委託人沒有提供嗎？」

阿明搖搖頭，停頓了一下之後說：「而且發生了那麼大的事，現在就算有人拿到傳單，應該也不會輕易告訴別人。所以……」

花姊露出恍然大悟的表情說：「你想要我幫你弄一張？」

見阿明點點頭，花姊雙手抱胸思考著，像是自言自語般地說：「嗯，可是現在情況變成這樣，一張應該不便宜……」

「只要價格合理，妳花多少錢收，我就出兩倍的錢跟妳買。」

「跟你開玩笑的啦，我怎麼可能收你錢。」花姊再次露出開玩笑的表情，輕拍了一下阿明的肩膀說：「好啦，這件事我會幫你注意，有什麼新的情報我再通知你。」

阿明微笑著點點頭，原本以為花姊又會對他性騷擾一番，見對方這麼爽快的答應，實在讓他鬆了一口氣。

「對了，你最近有聽到阿蓋的消息嗎？」花姊突然說。

阿明愣了一下才回答：「沒有，怎麼了嗎？」

「我只是在想，關於這件事情，說不定他會知道一些其他的資訊，畢竟他對網路那一套比較在行。」

阿明點頭表示同意，自己的確沒有想到可以找阿蓋幫忙，可能是因為最近太少聯絡了，忘了他是這方面的專家。

「我會再聯絡他的。沒有事的話，我差不多要先走了。」

阿明把杯子裡剩下的茶喝完，向花姊揮手道別後，就起身朝暗門的方向走去。然而在他要開啟暗門的同時，背後的花姊突然又說了一句。

「如果我有找到的話，你要用身體來報答我喔。」

聽到花姊的話，阿明心裡默默嘆了一口氣，自己果然還是太小看她了。

2

如果要找一個詞來形容阿明的工作，最精準的應該是「解決問題的人」。舉凡搜尋失物、跟監偷拍、盜取珍寶等等，只要有人出了適合的價格，阿明就會接受委託，替雇主完成任務。

當然，有時候解決問題最簡單的辦法，就是直接「解決有問題的人」，所以阿明的工作也在所難免的包含了殺人這個項目。不過也正是因為如此，許多不明所以的人會把他們這一行叫作「殺手」，好像他們很喜歡殺人似的。但事實上，要奪取他人性命的委託少之又少，每次聽到這個稱呼時阿明都會想，如果只靠殺人維生，那他早就因為缺乏顧客而餓死街頭了。

為了避免麻煩，委託人並不會直接和阿明見面，而是會由經紀人接受委託，過濾掉一些明顯不合理的要求，然後才把委託寄到阿明手上。至於寄送的方式也沒什麼特別的，就是直接將委託內容放在一般的信封裡，藉由掛號信的方式寄送。阿明多次因為郵差按電鈴的聲音而被吵醒，一直希望可以從掛號信改成平信，但每次都要到電鈴又響起時才會想起來，於是這個模式就一直維持到現在。

阿明現在的經紀人，其實就是當年帶阿明入這一行的師父，阿明不知道他叫什麼名字，只知道他的代號是「水手」，平時阿明都以「師父」來稱呼他。和阿明一起在師父底下學習的還有其他兩個人，一個是花姊，另一個就是阿蓋，阿明也同樣不知道兩個人的本名，這些稱呼都是他們後來自己取的。

師父退休之後，順理成章成了三人的經紀人，負責把案件寄送到三人的手上，並在委託完成後寄送酬勞。神秘的是，無論三人搬到什麼地方，師父總能馬上找到正確的地址，但有鑒於師父的情報搜集能力，這對三人來說也不是什麼奇怪的事。

根據師父的說法，他之所以會找到阿明，是他某天偶然發現一戶人家正在燒炭自殺，父母和一個年紀較大男孩已經回天乏術，只剩下另一個襁褓中的男嬰還有生命跡象，所以就把他救了回來，也就是後來的阿明。阿明的父母欠了一屁股債，被還債的壓力壓得喘不過氣才選擇尋短，而親友們大多都是債主，對活下來的男嬰估計也不會有什麼好臉色，於是師父索性就把男嬰留在身邊。

對於這個說法，阿明只相信了一半。他自己查過資料，在他還是男嬰的時候，的確發生過一家四口燒炭，三人死亡一人失蹤的事件，故事中的這個部分大概率是真的。但另一方面，阿明卻不認為師父當時只是剛好路過，再怎麼說，路上遇到有人自殺也太剛好了，或許師父也是其中一位債主，甚至是被雇來殺害阿明父母的也不一定。不過就算是這樣也沒關係，畢竟師父對他沒有不好，如果阿明留在原本的家庭裡，命運反而會更悲慘也說不定。

從他有記憶以來，自己一直就是和師父、花姊、阿蓋四個人一起生活。在三層樓高的透天厝裡，四個人輪流做著柴米油鹽的工作，其餘時間就是由師父教導他們各式各樣的知識，度過了一段還算快樂的童年時光。

而隨著三人年紀漸長，不同的性格也各自顯現了出來。

花姊是三個人當中最外向的，雖然外出的機會不多，卻還是交了一大群朋友，也能輕易和陌生人打成一片。除此之外，她在異性關係和性方面也非常早熟，十幾歲就打扮得像二三十歲的女人，年紀輕輕就經驗豐富。性慾旺盛的她，甚至還霸王硬上弓的奪走了阿明的第一次。

對於這件事，其實阿明心中沒有什麼怨言，事後回想起來，是一個還滿不錯的體驗。但師父可不這麼想，因為這件事，花姊被罰禁足三個月，其中兩個月是因為硬上了阿明，剩下一個月是因為她還試圖色誘師父。

如果說花姊是外向的極端，那阿蓋可以說是完全相反，是阿明認識的人當中最內向的代表，除了同一個屋簷下的人之外，幾乎不會和其他人交談。有一次他出門辦事迷了路，已經十三歲的阿蓋就一個人傻傻的待在原地，完全不敢向其他人問路，直到被外出尋找的師父找到才平安回家。

然而，這種性格的他卻是三個人當中最聰明的一個，師父很早就發現他在邏輯和數字方面的天賦，在那個電腦是奢侈品的年代，毫不手軟的花錢買了一臺給他。從此之後，阿蓋每天除了使用電腦之外，就是到圖書館或書局查找資料，全心全意的投注在由數字和文字組成的世界當中。

而阿明則是介於兩者的中間，他既不像花姊那麼活潑，也不像阿蓋那麼孤僻，乍看之下是一個沒什麼特色的人。但在三人之中，他的性格和師父是最像的，也因此完整的學習了師父的所有技巧，包括最困難的易容術：為了任務的需要，可以隨心所欲的變成任何角色。

根據自己的特質，他們三人漸漸找到適合自己的行事風格，經過無數次的訓練和檢討，都發展出了可以獨當一面的能力。師父也就在此時藉口出國旅遊，從此隱居在國外，而三人也分道揚鑣，運用各自的能力來完成委託，在這個行業中樹立起自己的名聲。

花姊擅長與人交往，各種牛鬼蛇神、黑白兩道中都有她的眼線，遇到委託時只要找到適當的人協助，無論是什麼樣的任務都易如反掌。為了情報交換上的方便，她開設了一間名為「百花」的咖啡廳，表面上是擺滿各類書籍的休憩場所，事實上則是充滿各種隱藏包廂的情報交換中心。靠著這座咖啡廳，她在臺灣地下情報網絡中的地位越來越高，阿明曾經聽人說過，如果一件事情花姊不知道，那全臺灣大概就不會有人知道了。

而阿蓋則在師父的建議下，選擇了乞丐這個身份，一方面不太需要和人交流，一方面又可以觀察到社會最真實的樣子，將他擅長觀察與分析的能力發揮到淋漓盡致。在社會底層幾年的潛伏之後，阿蓋掌握到了對事件發展趨勢的獨特嗅覺，只要觀察檯面上的風吹草動，就可以預測將要發生的事情，並且可以透過改變微小的關鍵部分來達到自己的目的。如果阿蓋的計畫成功，看起來都會像自然發生一樣完美，但缺點就是相對曠日費時，所以他都專接一些困難但是高價的任務。

至於阿明則是選擇了跟師父一樣的老套路，接收到委託之後，就自己一個人完成調查和佈置，最後也獨自完成目標。為了讓自己不要因為身份暴露而受到追捕，阿明在不同的場合中會以不同的形象出現，但他的變化卻不只是化妝，而是透過飲食控制、運動和睡眠習慣的改變，來讓自己展現出不一樣的神態和體型，只有在短時間需要多個角色的狀況下，才會選擇用化妝來達成目的。他沒有什麼人生志向，也沒有什麼想做的副業，唯一的生活意義就是完成接到的委託，然後等待下一個任務的到來。也正是這麼平凡的他，反而成為了三個人當中工作得最勤奮的一個。

師父臨走前根據三人的行事風格，替他們取了一個「下三濫」的外號，說他們是「戲子、婊子、叫花子」，剛好是一個組合。但三個人都覺得這個名稱實在太難聽了，所以稍有知名度之後，就各自改了外號，變成「明星、花魁、乞丐」的三人組，也因為這個名稱，三個人就各自被稱為阿明、花姊以及阿蓋。

即使自立門戶，三個人依然維持著小時候建立的好交情，始終保持聯繫，遇到困難時也會互相協助。尤其是花姊，對阿明的愛慕之情從來沒有衰減過，雖然阿明對性方面的事著實沒有什麼興趣，而花姊也會因生理需求而找其他男人來發洩，但兩人還是維持著友好的關係。

最近幾年，花姊的咖啡廳經營得越來越好，原本只是幌子的「百花」已經弄到要開分店了，自然減少了許多接受委託的時間；而阿蓋則是迷上了操作股票，可以輕易洞察時勢的他，在掌握股票的漲跌上可說是得心應手，幾年的操作下資產頻頻翻倍暴漲，接受委託的動機也就更薄弱了。三個人當中只剩下阿明還頻繁的接著各式各樣的委託，十幾年如一日，從未間斷的工作著。

也正是如此，今天的他才會接到這個莫名其妙的任務。

3

「如果是要投資收租套房的話齁，我個人比較推薦這一個……」

十月下午的氣溫依然高得像是在夏天，而店裡的冷氣似乎壞了，無論是口沫橫飛的陳經理，還是在座位上靜靜聽著的阿明，頭上都冒出了斗大的汗珠。陳經理從抽屜裡拿出最新一期的廣告單，上面密密麻麻的排滿了各式各樣的不動產物件，他來回翻了幾次，才從中找到自己要介紹的那間透天厝。

「你看齁，這一戶就在中國醫藥大學旁邊，是專門租給學生的，最近是因為屋主急需用錢，所以才降價出售……」

陳經理口若懸河的介紹著，讓阿明不得不把注意力放在自己無名指上的金戒指，試圖保持清醒。不知道講了多久，陳經理似乎口渴了，終於停了下來，從旁邊的桌子上拿起水杯喝了一大口。

趁陳經理嘴裡的水還沒吞下去，阿明趕緊開口說：「聽完剛剛那幾間，我覺得中國醫的那間不錯欸，感覺可以找個時間跟我太太一起去看。」

「欸，你眼光真的很好，一般人我不隨便跟他說，是今天想說跟林先生你交個朋友齁，才特別跟你介紹。要不要我們先約個時間，過去看一下房子跟環境，可以的話趕快付訂金，才不會被其他人搶走。」

「好啊好啊，不然就約明天好了。」

「明天喔，我看看……下午一點可以嗎？我給你一張我的名片，地址我等一下再傳給你。」

陳經理從位置上起身，回到自己的辦公桌旁，從桌上拿了一張名片，然後又回到阿明身邊。當他把名片遞給阿明時，發現阿明的眼睛緊緊盯著他身後的電視，陳經理轉頭，螢幕上正播放著前幾天勤美有貨車噴出鈔票的新聞。

「這個真的很扯欸。」阿明伸手接過名片時笑著說。

「對啊，怎麼會有人那麼無聊，做這種不知道有什麼意義的事。然後明天我們就約在……」

「我在網路上看到人家說啊，那個年輕人好像是拿到一張傳單，玩了一個遊戲就拿到那麼多錢欸。」無視想把話題轉回房子上的陳經理，阿明繼續盯著螢幕，嗤之以鼻的說：「哼，運氣真好。」

受到阿明的影響，陳經理突然想起什麼似地說：「傳單？啊對，說到這個齁，你知道他是在哪裡拿到傳單的嗎？」

看到阿明搖了搖頭，陳經理臉上突然露出神秘的笑容說：「這個齁，一般人我不隨便跟他說，但我今天偷偷告訴你。其實齁，那個傳單是跟我們忠義房屋的傳單一起發出去的。」

「什麼？夾在你們的傳單裡面？所以那個是你們公司的活動喔？」

「怎麼可能？公司有那個錢辦活動，不如先幫我們換臺冷氣。」

「那它怎麼會出現在你們的傳單裡面？」

「這就要問影印店了啊。我們的傳單齁，大概只有兩成會送到我們分店來，其他都是影印店那邊會幫我們想辦法發掉。我在想齁，一定是他們的人有問題，偷偷把那種奇怪的東西塞到我們的傳單裡面。」

「原來是這樣喔。是哪間影印店服務這麼好，還可以幫客人發傳單？」

「跟我們配合的是叫精彩影印啦，就在郵局再過去那邊。不過現在很多影印店都有這個服務了吧？啊，花錢可以解決的事情，自己幹麼那麼累？」

「呵呵，說的也是欸。」

陳經理又準備開口，這時阿明的手機突然響了起來，他看了一下來電者，沒有馬上接起電話，而是站起身來對陳經理說：「欸，陳經理不好意思，有個重要電話要接。不然今天先這樣好了，明天下午再一起去看房子。」

「好啊好啊，那住址我等一下再傳給你，林先生對齁。」

「對對對，那我們明天再見，先走。」

阿明說完，沒等陳經理的回應就走出店外，同時接起電話。

「喂？阿明哥你找我？」電話另一頭傳來一陣有氣無力的男性嗓音。

阿明用明顯不同於剛才的聲音說：「嗨，阿蓋，好久不見。最近還好嗎？」

「還行，你呢？」

「普普通通，一樣都在工作啊。」阿明乾笑了兩聲，又問：「最近都在忙什麼啊？」

「如果是說股票的話，最近在中美貿易戰中，美國開始處於下風，反映到投資人的心態上，導致美股出現下跌趨勢，正是做空的好時機。」講到自己專精的領域，阿蓋一反剛才病懨懨的樣子，開始滔滔不絕了起來，語速也越來越快：「同時，虛擬貨幣市場也受到影響，市場熱度促成的泡沫破裂，同樣呈現了雪崩式的下跌。所以我……」

阿明耐心聽著，多年的相處讓他對這種狀況習以為常，所以也沒有特別打斷對方。很快阿蓋也意識到自己有點過於興奮，於是停了下來，說：「對不起，一不小心就講過頭了。所以呢？找我有什麼事？」

阿明這時才切入主題：「那個，事情是這樣啦，我想問你關於『失落的寶藏』這個遊戲，你有聽說過嗎？」

阿蓋想了一下才說：「喔？你是說有人撒錢那件事嗎？」

「沒錯。對這件事情，你有什麼看法嗎？」

「我的看法嗎？覺得這個人錢太多吧，為了一個無聊的網站就花了一百萬，除了這個還能有什麼看法？」

「事情是這樣。」阿明深吸了一口氣之後說：「其實前幾天，我接到一個關於這個遊戲的委託了。」

阿明把自己早上告訴花姊的故事，原封不動地再說一次給阿蓋聽，對於傳單不易取得的看法，阿蓋表示認同，也覺得拜託花姊處理這件事是最有機會成功的辦法。

「不過代價不低就是了。」阿蓋說完後還不忘揶揄了一句。

阿明嘆了一口氣，但此時比起花姊，他心中還有另一件更在意的事。

他停頓了一下，然後下定決心般的開口問：「阿蓋，你可以老實跟我說，這個遊戲是不是你設計的？」

阿明之所以會有這樣的疑問，是因為這個遊戲明顯有某種目的，卻讓人摸不清幕後主使者的用意是什麼。而阿蓋往往都是藉著和目標毫不相干的手法來完成委託，加上阿明已經好一段時間沒和對方聯絡，不太確定對方現在在忙些什麼，或許這整個遊戲是他執行任務的其中一個橋段也說不定。

「你這是什麼蠢問題，當然不是啊。」阿蓋斬釘截鐵地回答。

「可是，如果以你的財力來說，一千萬應該不是什麼大問題吧。」

「有一千萬不代表要花一千萬啊。」阿蓋的情緒又有點激動起來，拉高音調繼續說：「你想想，一千萬欸，如果今天你接到一個一千萬的委託，說不定要你去搞革命你都願意，幹麼把錢撒給平民老百姓？如果從我的角度來看，會設計出這種東西的人，絕對是個門外漢，而且對自己要做的事值多少錢一點概念都沒有。」

「只有一千萬的話，我應該是不會去搞革命啦。」阿明小聲的回應，但阿蓋好像沒聽到。

「再說了，如果今天『失落的寶藏』真的是我的局，你覺得師父會不知道嗎？然後他還把這個任務再派給你？這也太奇怪了吧。」

說的也是。真是的，這麼簡單的事竟然會沒想到。

阿明搔了搔頭，滿懷歉意的對阿蓋說：「對不起，我只是很疑惑為什麼有人會做這種事。」

「很疑惑就不要接嘛，又沒有人逼你。」

阿明傻笑了一聲，兩人之間沉默了一下，然後阿蓋才說：「等一下我傳一支手機號碼給你，之後如果有什麼急事，就用那支號碼打給我，傳訊息我可能會漏接。喔然後，如果可以的話，盡量不要早上打給我，我早上要看盤。」

「好啦，感謝你。」

「沒事，下次看到花姊記得幫我問好。」阿蓋說完，隨即掛上了電話。

阿明搖搖頭，把手機放回口袋，順手從口袋裡拿出一條手帕，在自己布滿汗水的額頭上抹了抹。他覺得自己有點錯估臺中和臺北的溫差了，為了把自己裝扮成發福的中年大叔，他在身上加了幾層衣物，臉上也抹了厚重的黏土及化妝品，讓此刻的他感覺像在烤箱中一般。下次辦成一個普通年輕人就好了，阿明心想，一邊轉身朝剛剛陳經理所說的「精彩影印」的方向走了過去，希望能夠找到和遊戲相關的線索。

如果還能再順便找到一張遊戲傳單，那就再好也不過了。

4

然而事情卻沒有阿明想的那麼順利，接下來幾天，他連續找到了幾間印出遊戲傳單的影印店，卻完全找不到和遊戲相關的線索，更別提取得下一次遊戲的傳單。於是，他只能暫時回到位於新竹的住處，等待花姊的消息。

請求花姊幫忙的三天後，阿明終於收到了對方傳來的訊息。

那是一張翻拍電腦螢幕的照片，照片中出現的網站正是『失落的寶藏』，網站上的參加者編號是第一百八十二號，資料欄也已經被填上。花姊在圖片下方解釋，她找到了一個在彰化取得傳單的朋友，但對方不願意放棄爭奪獎金的機會，在花姊的請求下，對方答應由花姊作為代表登錄，所有知道資訊的人都可以嘗試完成遊戲任務，再由她來分配寶箱的獎勵。

雖然這樣的結果和阿明預期的有些落差，但還算可以接受。而更令他在意的是傳單上關於遊戲任務的敘述，比起清楚的遊戲規則，遊戲任務反倒沒有明寫，而是以一連串的數字呈現。

「9789866562020063303218179340071014264179075
1410221600403350732360411149365252011
27119026012607616919411140303400041105」

對於這一連串像是密碼的數字，花姊表示目前還沒有人解開，所以解開密碼的速度會直接影響任務成功與否。阿明接連嘗試了幾種想得到的解碼方式，包含英文和數字的轉換、摩斯密碼、取特定的間隔等等，卻都只得到沒有意義的英文字母組合。

連續的失敗讓阿明開始思考，會不會密碼其實要靠特定的工具才能解開，如果找不到關鍵的鑰匙，那無論怎麼做都是緣木求魚。為此，他從自己書架上為數不多的書本中，挑出了幾本推理小說，試圖從偵探的解謎手法中尋找解開密碼的靈感，但嘗試了一整個早上，依舊沒有任何進展。

抱持著如鯁在喉的痛苦，阿明草草的用過了午餐，一點三十五分拿起了手機撥號給精通數字的阿蓋。他沒記錯的話，臺股應該是一點半收盤，這個時候的他應該有空。果不其然，電話只響了一聲，電話那頭的阿蓋就接了起來。

「喂？阿明哥？」

「阿蓋啊，在忙嗎？」

「剛忙完。怎麼了？有什麼急事嗎？」

「你還記得『失落的寶藏』嗎？最近我從花姊那邊得到了一張入場券，但是上面有個密碼我解不開，可以幫我看看嗎？」

「喔，可以啊，你傳過來我看看。」

阿明翻拍了自己稍早之前做的筆記，將圖檔傳送了過去，確定阿蓋收到了之後，就開始細數自己已經試過的方法。阿蓋只是靜靜的聽著，即使阿明已經說完，他依然沒有回應，似乎是在全神貫注的思考著。

就在阿明開始懷疑對方是不是斷訊的時候，阿蓋才突然說：「這些號碼，好像在哪裡看過……」

「你也這樣覺得嗎？我剛剛在翻《亞森羅蘋》的時候也有類似的感覺，該不會是我漏掉了什麼案件吧？」

「你說你什麼？」

「我在看《亞森羅蘋》啊，想說書裡會不會提到一些解謎手法之類的。」

「978986……啊，難道說……」阿蓋那側傳來一陣驚呼。

阿明趕緊問：「怎麼了？你想到什麼了？」

阿蓋賣了個關子：「給你一個提示，跟你剛剛看的東西有關。」

「《亞森羅蘋》？《福爾摩斯》？我剛剛看了什麼東西……」

阿明腦海中突然落下一道閃電。

「難道說……是ISBN？」

ISBN就是國際標準書號，每一本非期刊類的出版品，都會有一個專屬的書號，就像書籍的身分證字號一樣。從二〇〇七年起，ISBN就固定會有十三個數字，其中前六個數字代表出版地，而密碼中出現的978986，代表的地點正是臺灣。阿明趕緊移動到電腦前，準備把剩下的七碼輸入電腦查詢，但阿蓋像是心電感應似的看穿了他的心思，出聲阻止了他。

「我幫你查好了，這本書是《家鴨與野鴨的投幣式置物櫃》，伊坂幸太郎寫的，你手上有這本書嗎？」

「我啊……」當然是沒有啊，阿明心想。但他知道有一個人或許有辦法馬上取得這本書。

阿明打了電話給花姊，電話一樣響不到三聲就被接了起來，一陣柔媚的聲音從阿明的手機裡傳出：「哎呦，阿明你怎麼了，終於想通了是嗎？你隨時過來，姊姊都會幫你……」

「哈囉，花姊好久不見。」被阿明拉進群組裡的阿蓋，為了避免花姊說出更肉麻的話，趕緊先跟對方打招呼。

聽到阿蓋的聲音，花姊愣了一下，但馬上又接著說：「喔？現在是怎樣？久久不見，一次就要兩個人一起上啊？好啊，姊姊我可是沒有在怕的喔。」

「好了啦花姊，是有工作上的事要請妳幫忙啦。」阿明趕緊打斷。

「工作工作，每次見面就是工作，都不知道要哄人家一下。」花姊發了一下牢騷，但馬上改用認真的語氣說：「好啦，不開玩笑了，傳單是我寄給你的，我會不知道你打來做什麼嗎？怎麼樣，密碼解開了嗎？」

「還沒，需要妳的幫忙。」

阿明把剛剛和阿蓋發現的結果告訴花姊，花姊聽了也非常興奮，表示咖啡廳裡剛好有這本書，她離開了幾分鐘，很快就帶著書回到了電話邊。

「《家鴨與野鴨的投幣式置物櫃》，二〇〇八年出版的，接下來呢？」

阿蓋問：「如果我沒有記錯的話，這本書應該只有文字，沒有圖片吧？」

「確實沒有。」花姊檢查了一下之後回答。

阿蓋一邊思考一邊低聲說：「如果解出來的謎底也是文字……一百一十五個數字扣掉十三碼書號，再考慮可以表達意思的句子長度，要嘛六個數字是一個單位，要嘛十七個數字是一個單位……」

「從剛剛開始就在自言自語什麼啊？講人話可以嗎？」花姊抱怨。

阿蓋解釋：「扣掉代表這本書的十三個數字之後，原本的密碼還剩下一百零二個數字。如果解出來的答案是一段文字，而代表每個字的密碼長度相同，那我們就可以根據相乘等於一百零二的組合，去推斷每個字要用幾個數字代表，而總共又有多少個文字。」

他停頓了一下，繼續說：「考慮遊戲內容要能清楚的表達意思，三個字以下的情況就先不考慮，最有可能的前兩個組合，就是一共六個字，和一共十七個字的狀況。」

阿蓋滔滔不絕的說著，雖然花姊和阿明兩人都感到有點頭暈，但畢竟不是困難的數學，兩人稍微消化之後便表示同意。

阿明說：「一個字要花十七個數字來表示感覺就不太可能，我們先從六個數字一組的試起吧。」

決定了方向之後，阿蓋問：「這本書有幾頁？分成幾章？」

花姊翻了翻書之後說：「不加序、後記跟楔子的話，二十八章，最後一個頁碼是349。」

阿蓋估算了一下，然後說：「既然有二十八章、三百多頁，那整本書應該有十來萬字。如果先用章節過濾，那無論是抓哪兩位數都不對，所以不可能；而如果單純以字數論，也有很多超過十萬的數字，所以也不對。唯一的可能就是先用頁碼查詢，對應每一組數字的前三碼。」

不等阿蓋指示，花姊參考了第一組063303，馬上翻到了第六十三頁。

阿蓋繼續說：「後面剩下三個號碼，如過要先指定行數再指定字數，至少需要四位數字才夠，所以不可能。唯一剩下的方式就是從頭開始算。」

「從頭開始算，你是要我算三百個字嗎？」

「試看看才會知道對不對嘛。」

「說得那麼好聽，又不是你在算。」花姊抱怨了一下又問：「欸等等，那遇到標點符號的話要算嗎？」

阿蓋沉默了一下，此時一直沒有說話的阿明開口說：「我記得字數統計的時候好像都會把標點符號算進去，不然先算進去試看看好了。」

「什麼都試看看，麻煩死了。」

花姊嘴上不停發著牢騷，卻沒有停下手邊的工作，一心二用的查詢著數字代表的密碼，過了幾分鐘後才說：「如果把標點符號算進去的話，前三個字是『能』、『我』、『動』，感覺不像有意義的句子，這個方法應該是錯的。我來試看看不算標點符號的方法。」

花姊說完之後，便開始默不作聲的埋首在書本當中。雖然沒有聽到花姊的聲音，但兩人都知道，花姊這次既然花了這麼久的時間，很可能已經找到正確答案了，便默默的等待花姊的好消息。而結果也正如兩人所預料的，經過大約二十分鐘，花姊就解開了密碼。

「十月十三日的直播節目上讓黃世心骨折。」花姊笑了一聲說：「哎呀呀，這個遊戲果然不單純啊。」

阿明困惑的說：「黃世心？他不是那個最近竄紅的偶像劇男星嗎？怎麼會跟『失落的寶藏』扯上關係？」

「明星欸，剛好跟你是同行。」花姊開了個玩笑，然後接著說：「但如果你想要完成任務的話，可能要趕快出門囉，因為今天就是十月十三號。而且我剛剛幫你查了一下，從黃世心的粉絲專頁上來看，直播下午五點半就要開始了，現在已經兩點半囉。」

阿明趕緊起身，對著電話喊了一聲感謝後，聲音就越來越遠，看來是沒掛電話就去為任務做準備了。

花姊用一貫的撒嬌語氣說：「不會啦，不過人家今天幫了你這麼多忙，還願意幫你對其他參加者保密，你下次要好好的感，謝，人，家，喔。」

阿蓋笑著說：「他早就沒在聽了。」

「我知道啊，但是你聽到了，下次你要幫人家作證喔。」

阿蓋又笑了幾聲，聽起來心情很好的樣子，沒再多說什麼，和花姊一前一後掛上了電話。

5

阿明趕到后里馬場的時候，已經是下午四點半的事了。

在開車前往的路上，他從社群網站上大概了解了今天直播節目的內容，簡單來說，就是一個結合后里馬場內設施的綜藝節目。相較於傳統的節目，這次企劃的特點在於全程現場直播，觀眾可以即時和來賓互動，甚至影響比賽的方式和結果。而既然都來到馬場了，一定少不了騎馬的環節，要從中找到可以下手的機會，對阿明來說並不是太困難的事。

因為時間緊迫，阿明沒辦法做太複雜的變裝，只能維持原本的身形，在露出的肌膚塗上化妝品使顏色變深，並在臉上黏上鬍渣和黏土做的假肉，變成一位略有滄桑感的中年男子。除此之外，他也準備了幾樣道具，並對馬場內的設施和節目組的規畫做了基本的研究，抵達現場時，阿明心中已經有了一套完整的計畫。

他首先潛入園區內動物醫生的辦公室，從置物櫃裡偷了一件制服，同時也找到了一張園區人員的通訊錄，記下了幾位園區內的重要人物。接著，他來到節目拍攝地點旁的馬廄，因為有大明星前來，馬場的工作人員大多三五成群的聚集著，對著正在搭設拍攝場地的工作人員和藝人們指手畫腳，只有一位年紀稍大的阿伯在整理物品。

阿明對著阿伯走了過去，從剛剛記下來的名單中，阿明知道眼前的這個人就是馬廄的管理人蕭主任。

「誒，那個，你好，你就是，蕭主任嗎？」

蕭主任抬起頭來說：「欸，我是，請問你是？」

「喔，我是，那個，我姓蕭，是獸醫啦，剛剛副場長，那個，叫我再過來看看。」根據阿明的經驗，相同的姓氏可以些微提高說服的機率。

「可是今天早上不是已經檢查過了嗎？」

「對，但是，你也知道，等一下要拍攝，那些人都是明星，所以，副廠長也是擔心，就說，再確認一次。」

「是這樣喔？那為什麼不叫史醫師來？」

「啊，老史啊，他今天夠，下午肚子痛啦，跟副場長請假，但副場長，就是，不放心，所以才調我來。」阿明出示了一張臨時通行證，這也是他剛剛從警衛室摸來的。

阿明結結巴巴的說話方式，實在讓蕭主任有點受不了，但他又一副笑容滿面，彬彬有禮的樣子，想要討厭也討厭不起來。既然如此，趕快讓他完成工作離開這裡才是上策，蕭主任心中這麼想著，便開門放阿明進去，一邊指著門口的三匹馬說：「等等要上場的就是這三匹。」

三匹馬身上的裝備都已經準備好，看起來蓄勢待發的樣子。阿明憑感覺選了其中一匹棕馬，趁蕭主任不注意，拿出了一支針筒朝馬屁股扎了下去，針筒內放的是一種會讓動物焦躁不安的藥劑，被施打的馬會更容易受到驚嚇。棕馬嘶鳴了一聲，蕭主任抬起頭來，卻只看到阿明專業的伸手安撫馬匹，之前跟師父學的馭馬術此刻終於派上用場，而注射用的針筒也已經被他藏了起來。

阿明指著不遠處的拍攝地點對蕭主任說：「這匹馬駒，比較焦慮，給女生騎，怕危險，等等這匹，男生，就給他騎。」

當蕭主任往阿明手指的方向看去時，他又拿出了一把小刀，在兩個腳踏環和馬鞍連結的皮革背後輕輕的劃了一刀，讓皮革只要受力就會斷裂，但從表面卻完全看不出來。除了腳踏環之外，他也對馬鞍上的所有保護繩索進行了相同的處置。

蕭主任看了半天，還是搞不清楚阿明說的是哪個人，於是轉頭說：「如果這匹的狀況不行，不然換一匹也可以啊。」

「不用啦，那個男生說夠，他以前，有學過馬術啦，而且，要開始拍了，怕來不及，現在換的話。」

說完，阿明又再度朝黃世心的方向指了指，確定蕭主任知道要把這匹他精心設計的馬交給誰騎，然後才向蕭主任道別，準備進行第二步的計畫。

再來到拍攝場地時，距離開拍已經只剩二十分鐘了，此時的阿明已經退去了臉上的鬍渣和偷來的制服，看起來有精神了不少。根據計畫，除了在馬匹身上動手腳之外，他還得確保黃世心會做出可能導致受傷的危險動作。

確定只有黃世心一個人待在休息室後，阿明悄悄走了進去，輕聲說：「不好意思……」

原本在滑手機的世心抬起頭來說：「嗯？請問你是？」

「喔，我是新來的助理，剛剛製作人有去跟馬場他們溝通過，然後有討論到一些橋段，希望等一下你可以表現出來這樣。」

「喔，好啊，是徐製作人說的嗎？」

「對對對，因為這次直播是新的嘗試嘛，他比較多事情要忙，所以叫我過來跟你說。」

「喔，當然當然。所以他說要怎麼樣？」

「等一下齁，你要騎的是那匹棕色的馬，啊因為那匹馬比較溫馴，所以你可以在上面做一些動作，例如……在牠身上站起來之類的。」

「站起來？這樣不會危險嗎？我第一次騎馬欸。」世心露出苦笑。

「沒關係啦，你運動神經很好，而且場方跟我們保證，那匹馬非常溫馴，也有很多表演經驗，絕對不會有任何問題。這個方面我都有跟方姊確認過了，她也覺得這樣會比較有話題性，重點是看起來也比較帥。」阿明口中的方姊是世心的經紀人。

世心傻笑了兩聲，眼神飄向其他地方，似乎在想像自己的英姿，自言自語的說：「喔？是這樣嗎？呵呵呵。」

「喔對了，還有另一件比較沒那麼重要的事情，就是方姊有特別交代說，等等你上去準備的時候，千萬不要穿護具喔，那個看起來有夠蠢的。剛好今天護具少一份，就讓你身邊的兩個人穿，剛好凸顯你的帥。」

「嗯嗯，我知道了。」

世心臉上掛著微笑，看來還沉浸在自己的想像當中。阿明已經可以預見等等他跌得亂七八糟的樣子，骨折是避免不了了，運氣差一點連癱瘓都有可能。他和黃世心並沒有什麼深仇大恨，但工作要求就是如此，如果可以達成目標，那他也不認為這樣有什麼不妥之處，反正提出委託的人又不是他。

最後向世心確認過節目橋段後，阿明便決定不繼續打擾他，離開了休息室，去完成最後的準備工作。

走出休息室後，阿明在眾目睽睽之下，搬了一個鋁梯到攝影機前，然後一言不發的爬上梯子，來到棚架的頂部。在一旁的攝影師等工作人員，都對他的行為感到疑惑，紛紛把視線投向阿明，但發現他只是在調整帆布之間的繩索後，便也沒有再多說什麼，各自回到自己的工作中。

這種在眾人眼前隱身的技巧，是阿明的拿手絕技之一。趁著這個機會，阿明把一條寫著「一八二」的毛巾掛了上去，雖然毛巾並不長，但好處是不容易被發現。只要阿明按下手中的遙控開關，毛巾就會從棚架頂部垂下，剛好垂到攝影機前，讓阿明向遊戲的幕後主使者表明自己的身份。

至此所有事前準備都已經完成，距離直播開始還有一點時間，阿明便暫時離開現場，把所有偷來的、借來的東西放回原位，然後換了一件外套，戴上眼鏡，以一個路人形象悠哉的加入了拍攝現場前的人群。后里馬場原本下午五點就會關門，但因為拍攝節目的關係，今天特別延長開園時間，而遊客大多也都是為了看熱鬧才留下來的。

沒過多久，直播節目就開始了，主持人、來賓相繼入鏡，今天的主角黃世心以及那匹被打了藥的棕馬，也沒有意外的出現在鏡頭前面。主持人炒熱現場氣氛後，就到了來賓挑戰騎馬的環節，工作人員準備協助來賓穿上護具，但拿出收納護具的籃子時，卻發現裡面只剩下兩副。由於正在現場直播，製作人不想拖慢節目節奏，而世心也自願不穿護具，於是他就如阿明計畫中的一樣，毫無防備的上了那匹最暴躁的馬。

三人都騎上馬背之後，主持人立刻起鬨的要大家策馬奔騰。世心身旁的兩個女來賓嚇得要死，伏在馬背上動也不敢動，只有世心一副泰然自若的樣子，哈哈一笑之後，直接從馬背上站了起來。阿明等的就是這一刻，他從口袋裡拿出一個小哨子，哨子發出的聲音人類是聽不見的，但對馬匹來說卻是極為刺耳的高音。

隨著他用力一吹，鏡頭前的三匹馬立刻出現了強烈的反應，尤其是世心腳下的那匹，兩隻前腳抬了起來，然後直直朝場地的另一邊衝了出去。這一瞬間，世心腳下的兩個腳踏環皮革同時分離，讓他從馬背上摔了下來，身體重重著地，沒有防護裝備的他臉上立刻露出了痛苦的表情。

現場發生這麼大的意外，阿明知道直播很快就要中斷了，他撥動手上的遙控開關，毛巾就從上方垂了下來，正好落到攝影機前。所有人都上前關心世心的傷勢，沒有人注意到攝影機的鏡頭被蓋住了，只有阿明一個人看著垂下來的毛巾，目瞪口呆的站在原地。

所有狀況都按照阿明的計畫進行著。

只是不知道什麼時候，毛巾上的「一八二」，竟然被人改成了「三六三」。

6

距離阿明從后里馬場返回家中，已經過了大約四十八小時，這段時間裡，他除了啜飲桌上的紅酒之外，其他什麼事情也沒有做，腦中不斷重播著自己失敗的過程。他已經超過兩天沒有睡覺，桌上放著四瓶紅酒瓶，其中三瓶已經空空如也，第四瓶也即將見底，但阿明依然沒有感受到絲毫睡意。

在阿明的職業生涯中，任務失敗並不是罕見的事，尤其是剛開始獨自工作的那段時間裡，任務成功和失敗的比例更是各占了一半。任務失敗其實不如外界想像得那麼黑暗，就跟搞砸公司的案子一樣，跟雇主陪個不是，名聲多少受點影響，然後就過去了。什麼要賠款、切手指之類的情節，全部都是電影裡捏造出來的。

但這次沒能完成委託，阿明感受到的不是失望或惋惜，而是強烈的憤怒，以及對自己過度自信的懊惱。他沒有考慮到出現競爭對手的情況，所以在設置好所有機關之後，就愜意的將偷來的東西物歸原處，根本沒有注意自己的裝置是否被人動過手腳。這樣的結果就是，自己用盡畢生所學完成了任務，最終的獎勵卻被一個什麼都沒做，只在毛巾上加個幾撇的王八蛋給搶走了。

阿明雙手抱頭，用力嘆了一口氣之後，把手伸向桌上的第四瓶紅酒，將瓶子裡剩下的液體倒進高腳杯中，然後一口氣又喝了半杯。經過四十八小時的憤怒之後，他的精神已經快要消耗殆盡，心中的怒火燃燒到剩下死灰，取而代之的，是一種自我懷疑的恐懼。

自己為什麼會淪落到這步田地呢？

說到底，自己幹這一行究竟是為了什麼？

從他開始工作以來，已經完成了數不清的委託，而他人生的目標也只有一個，就是繼續完成下一個任務。為了讓任務能完成得更加完美，他學習了非常多的新技能，也不斷的透過改變自己的容貌來完成委託，終於在業界樹立起口碑的此刻，阿明卻已經開始忘記，自己本來是什麼樣子了。

我到底是誰？

我又該往何處去？

這一切的意義到底是什麼？

阿明看著自己手裡的杯子，不知道什麼時候，自己已經把剩下的半杯紅酒也喝完了。他把杯子放回桌上，同時俯身把額頭靠到桌面上，試圖用桌子冰冷的溫度讓自己冷靜下來。

不能再想下去了。

再想下去的話，我會瘋掉。

現在最重要的，是要找一件事情來轉移自己的注意力。

阿明抬起頭，開始盤算自己手上的選項。距離下次新的委託送來可能還需要一段時間，加上自己這次任務失敗，間隔的時間可能會比想像中更長，所以這條路行不通。至於搶走自己功勞的那個對手，追查他大概也不會是一件容易的事，對方既然有能力掌握阿明的行動，自然就有能力把自己的蹤跡徹底隱藏起來。那剩下可以考慮的選項，就只有繼續參加『失落的寶藏』這個遊戲了。

對於這次的失敗，阿明或多或少把怒氣遷到了遊戲的幕後主使者上，如果不是他們選擇用這麼莫名其妙的方式來認定完成任務的人，自己也不會栽在對方手上。既然眼下只有這件事情能做，阿明決定，自己不只要設法參加並完成剩餘的遊戲，還要想辦法把幕後主使者給揪出來，看看他們究竟有什麼目的。

下定決心後，阿明移動到書桌旁，拿起紙筆，開始整理到目前為止自己發現的所有線索和疑點。

首先是整件事情的開端，也就是那個工程師完成的第一個任務：轉載〈失落的寶藏〉這個故事的網站。網站的用途本身就是一個謎，況且在茫茫的網路大海中，幕後主使者是如何找到這個網站的？這個故事又和遊戲有什麼關聯？

根據工程師的說法，在他完成任務之後，收到了一把鑰匙和一張寫著取款方式的便條，按照上面的指示進行，才發生了那個瘋狂撒錢的事件。這樣的狀況是他們原本就計劃好的嗎？那他們的目的是什麼呢？是要炒高知名度嗎？這也是另一個讓阿明想不通的問題。

另外，他們進行遊戲的方式也讓人不解。為什麼非要把遊戲內容寫成密碼不可？難道那本書跟他們背後的目的有什麼關聯嗎？而那些作為門票的傳單又是哪裡來的？根據阿明的調查，發現影印店裡無論是老闆還是員工，都是交友單純的老實人，實在不像會跟這種事扯上關係的樣子。

最後就來到前兩天發生的事件。從新聞上看，前幾天的意外造成黃世心骨盆和大腿骨骨折，雖然沒有傷到脊椎，但可能一段時間內都只能暫時休養了。而作為發生意外的第一現場，除了后里馬場要負重大責任之外，原本前景看好的直播節目也宣佈緊急停播，新聞上也滿滿都是對節目製作組的批評。

話說回來，這幾天的新聞沒有出現其他地方又發生噴錢事件的消息，是因為那個人還沒去領錢嗎？還是幕後主使者這次選擇低調行事了？而遊戲的內容從原本無害的小任務，變成明顯會害人受傷的委託，難道這才是幕後主使者的真正目的嗎？

想到這裡，阿明決定把所有的疑點全部條列下來。

一、『失落的寶藏』幕後主使者是誰？
二、幕後主使者有什麼目的？
三、他們是如何神不知鬼不覺的印出傳單？
四、為什麼遊戲內容要用密碼的方式呈現？
五、《家鴨與野鴨的投幣式置物櫃》這本書有什麼特殊之處？
六、網站上的童話故事有什麼意義？
七、幕後主使者是如何找到這個網站的？
八、為什麼要用噴出鈔票的方式發獎金？
九、他們和黃世心有什麼仇？
十、為什麼一定要選在十月十三日的直播節目？
十一、為什麼這次發錢的方式改變了？還是那個人還沒去領錢？

看著自己列下的項目，阿明打開電腦，開始搜尋所有和事件相關的資料。不知不覺間，他又點開了〈失落的寶藏〉，這個故事他在事件剛開始時就已經完整的讀過一次，但在毫無頭緒的現在，從故事中尋找蛛絲馬跡成了他僅有的選項。阿明集中精神，從網站上的第一句話重新開始閱讀起來。

從前從前，在遙遠的王國裡，住著一個可愛的小公主。小公主生性活潑，熱愛冒險，年紀輕輕就搭船出航，前往遠方尋找傳說中失落的寶藏。她的旅途並非一帆風順，尤其時常遭到海妖精的欺負，吃了很多苦頭，但小公主還是苦撐了下來，為了她的夢想繼續奮鬥著。

然而現實卻比她想的更加殘酷。沒過多久，小公主就遇上了慘無人道的獻祭儀式，迷信的人們每年都要將數名年輕女子獻給荒淫無道的海神，藉此祈求祂的庇佑。可愛的小公主不只成了獻祭的對象之一，因為迷人的外表被海神看上的她，還被灌下了魔藥，在恍惚中被海神奪去了靈魂。

即使遭逢不幸，小公主還是不願輕言放棄，她偷偷找到自詡為正義化身的天使，向祂告發海神的罪狀。然而命運卻再一次辜負了她，天使不但沒有讓海神受到應有的懲罰，甚至還幫忙掩蓋此事。反而是勇敢的小公主，因為詆毀神明成了眾矢之的，眾人異樣的眼光逐漸將她推向崩潰的邊緣。

最終，小公主選擇結束了自己的生命。

……

阿明讀到一半，突然響起了一聲電鈴，他立刻警覺起來，這個地方的地址他從未告訴過任何人，在這個時間點有人來訪，委實是一件奇怪的事情。想起了前幾天的事件，阿明不敢大意，小心的打開了監視軟體，想先從門口的監視器了解來訪者的身份。

但一看到監視器畫面，阿明的心防馬上就卸了下來，即使臉上戴著一副大大的墨鏡，還是隱藏不了花姊獨特而迷人的臉龐。雖然阿明沒有告訴過花姊自己的住處，但憑她的能力要找到阿明家的地址絕對不是難事，於是他從椅子上起身，快步來到門口開門。

「小帥哥，還知道要來開門啊，我還以為你死了欸。」

門打開之後，花姊開玩笑地說，沒等阿明說話，就自己走進了阿明的家中。她今天身穿一襲鮮紅色貼身洋裝，露出一雙白皙的大長腿，腳踩黑色的高跟涼鞋，外搭一件深紅色的燈芯絨外套，臉上則戴著大大的純黑墨鏡。看到這一身裝扮的人，十之八九都會屈服於花姊的魅力之下，但阿明此時只覺得，在秋季的夜晚這樣穿一定很冷。

花姊一進門就看到桌上的空酒瓶，忍不住皺起眉頭說：「不至於吧，不過就是任務失敗了而已嘛，有必要這麼難過嗎？」

她脫下鞋子，熟練的換上門口擺著的拖鞋，把手上的包包擱在一旁的沙發上，然後就俯身拿起桌上的空瓶，把它們放到廚房的流理臺。看著花姊的行動，阿明只是站在原地搔了搔頭，轉眼之間，花姊又回到了他面前，沒有穿高跟鞋的她比阿明矮了半個頭。

花姊盯著阿明的臉，仔細看了看之後問：「你該不會……從臺中回來之後都沒有卸妝吧？」

阿明把頭別了過去，花姊不可置信的說：「哇，我隨便問問的，沒想到竟然是真的。拜託，兩天都沒洗臉，你的臉早晚會爛掉，趕快去把那些東西卸下來。真是的，原本今天人家是想來愛愛的，看你這樣都沒心情了。」

花姊搖了搖頭，走到沙發上坐了下來。阿明此時的心情比起剛才稍微輕鬆了一點，他露出淺淺的微笑，順著花姊的要求到浴室裡卸妝。把臉上殘餘的黏土全部刮除洗淨後，阿明久違的盯著鏡子裡的自己，那是一張讓他感到有點陌生的臉孔。原來我是長這樣啊，阿明心想，用手揉了揉自己的雙頰，然後才擦乾臉上的水珠離開了浴室。

剛走回客廳，花姊就把眼神從手機轉移到阿明身上，拍了拍自己身邊的位子示意阿明坐下，同時開口問：「所以呢？你還好嗎？」

阿明在花姊身旁坐下來時回答：「還行吧，死不了。」

「真是的，電話也不接，我跟阿蓋都很擔心你欸。就是怕你發生什麼事，我才叫阿蓋調查你住在哪邊，沒想到一進來就看到你醉生夢死的樣子，實在有夠丟臉的。」

「對不起，我這幾天都在想其他事情。」

阿明這兩天都沒有使用手機，如果他沒記錯的話，從臺中回來時，手機的電量就已經不多了。這幾天都沒充電，想必是已經沒電了。

「你齁，隨便一個程咬金就把你搞成這樣。唉，不過這件事情我也有責任啦，如果我當初選擇把消息壓下來，你也不會有那麼多競爭者。」

「這不是妳的錯啦，再說如果他是從妳那邊知道的，他的號碼就不會是三百六十三了吧。這是我自己的疏忽，怪不了別人。」

「嗯，你這樣說也有道理。好啦，不說這個了，今天會跑來找你，除了確定你沒死之外，還有兩個好消息跟兩個壞消息，你要先聽哪一個？」

「那就……先聽好消息？」

花姊搖搖頭說：「不行，根據事情的先後順序，你要先聽一個壞消息，再聽兩個好消息，然後再聽最後一個壞消息。」

既然都已經想好了，那妳問我幹麼？阿明心中這麼想著，但還是配合的說：「好吧，那我想先聽第一個壞消息。」

花姊滿意地點了點頭，隨即收起笑容，改用嚴肅的語氣說：「我知道你對『失落的寶藏』很有興趣，所以就幫你留意了一下消息，結果昨天晚上得知，第三個寶箱也被人開啟了。」

「什麼？這麼快？」

「其實說第三個寶箱也不對，因為遊戲網站上其實沒有指定遊戲的順序，換句話說，所有遊戲可能都是同時進行的。」

「那任務內容是什麼？」

「別急，我這不就要告訴你了嗎？我是在對方完成任務之後才收到這個消息，遊戲任務同樣是用上次的那種密碼寫成，這次用的書是另一本，史迪格・拉森的《龍紋身的女孩》，有看過嗎？」

阿明想了一下才說：「有看過電影，但沒有看過書。」

「好吧。」花姊聳聳肩說：「總之，解碼之後的結果是，『寄林天業帶女人上摩鐵的照片給媒體』。」

「林天業？林天業是誰？」

「他是一個屏東縣的議員，在地方勢力龐大，但形象一直不太好，時不時就有關說、收賄等傳言流出，但後來都不了了之。他的老婆小孩都在美國生活，所以任務中提到的『帶女人』，就是要拍他偷情的證據再寄給媒體。不過執行這個任務的人是特種行業的，她可沒耐心慢慢等林議員去找情婦，所以就直接在一個酒局裡堵他，再把已經喝到不知道自己是誰的他帶進汽車旅館，讓同伴拍下兩人的照片，算是強迫取分吧。」

「所以繼黃世心之後，他們的下一個目標是林天業？」

「沒錯，但就我查到的結果，黃世心跟林天業這兩個人可以說是完全沒有交集，一個是在屏東作威作福的議員，一個是出身臺南的竄紅明星，不知道為什麼會同時被盯上。」

「也就是說，還有我們不知道的事嗎……」阿明喃喃自語。

「好的，壞消息說完了，接下來來說好消息。我朋友完成任務之後，開到的是一百五十萬的寶箱，而偷走你獎金的那傢伙好像開到了兩百五十萬，所以還剩下一個五百萬的寶箱沒有被開啟。」

聽到這個消息，阿明心中揪了一下，不是因為金額的大小，而是因為那兩百五十萬是對方從阿明手中白白搶走的。

他接著問：「那第二個好消息呢？」

「第二個好消息啊，你可要好好的感謝神通廣大的姊姊我。」

花姊轉身到自己的包包翻找了一番，然後拿出一張紙遞給阿明，阿明第一眼就認出了那張紙的來歷，那正是『失落的寶藏』的傳單。

看到阿明睜大了眼，花姊笑著說：「沒錯，這就是我用盡千辛萬苦幫你找到的，最後一個遊戲的傳單。光是這張，你至少要再多陪人家兩個小時。」

「我現在不就在陪妳了嗎？」

「這哪算啊，我是說在床上。而且人家還幫你登錄好了，你看。」

花姊把手機展示給阿明看，螢幕的照片中，出現了阿明熟悉的網站樣式，而讓阿明最在意的，還是代表遊戲任務的那一串數字。

「97898669546103862162423622236089056301
347295127008088060148383259176」

阿明看完之後問：「所以，妳已經知道任務是什麼了嗎？」

花姊再次轉身，這次從包包裡掏出了一本京極夏彥的《姑獲鳥之夏》，一邊遞給阿明一邊說：「我是知道啦，但你想要自己查查看嗎？」

阿明看著花姊手中的小說想了想，最後還是決定直接抄答案，對花姊說：「算了，妳直接跟我講就好了。」

「真是的，你們這些男人齁，自己都不動，都要人家在上面幫你們動。」花姊抱怨了幾句，然後才說：「關於遊戲的內容，就是第二個壞消息。」

「壞消息？是很困難的任務嗎？」

「哼，何止困難，根本是吃力不討好。」花姊嘆了一口氣，然後才說：「那串數字解密之後，會得到九個字：『在文山區殺死關立民』。」

聽到花姊的話，阿明不禁愣了一下，然後才問：「殺死『那個』關立民？」

花姊點了點頭說：「不是他，難道是一個在路邊賣臭豆腐的阿伯嗎？」

阿明頓時感受到前所未有的壓力，因為這號人物正是臺灣十大首富之一，在商界和政界都擁有巨大影響力的男人，力盤集團的總裁關立民。

7

今晚的臺北的氣溫雖然略低，但是個晴朗的日子。坐在已經組裝好的狙擊槍旁，阿明靜靜的看著遠方，在層層建築物之後，有一棟非常氣派的大樓，從他現在的位置正好可以看到二十五樓的落地窗。根據阿明的計畫，再過半個小時左右，關立民就會出現在那扇窗戶後的房間，然後他就會用狙擊槍奪走他的性命。

知道最後一個遊戲的任務之後，阿明馬上對關立民這個人進行了詳盡的調查，發現他除了貪財之外，還眷戀權力、好女色，各種違法亂紀的醜聞滿天飛，卻從來沒有受過法律制裁。除此之外，阿明也發現關立民最近提升了自己周圍的警備層級，不只行程保密，保鑣的數量也多了一倍，看來他也從某種管道聽聞了自己成為暗殺目標的風聲。

但這對阿明這種專業人士來說其實影響不大。藉由偽裝成合作廠商的窗口，他讓關立民的秘書把會議地點選在文山區，往位於尤格大廈二十五樓的索托斯餐廳。同時，阿明也假扮成關立民的助理打電話給餐廳，要求他們把用餐地點改到指定的包廂，表面上說是他本人希望可以在用餐時觀賞夜景，實際上則是讓阿明可以從六百公尺外一槍打爆他的頭。

以任務的複雜程度和風險來說，五百萬其實有點太過便宜，如果阿明是在其他狀況下接到這個委託，他很可能不會接受。從這一點也可以看出，遊戲設計者對委託的行情完全不了解，也應驗了阿蓋之前認為對方是外行人的想法。

阿明不知道幕後主使者跟關立民有什麼仇，也不知道他們有沒有意識到，關立民一死，整個臺灣的權力結構就要大洗牌了。師父之前曾經說過，他不喜歡接這種大案子的原因，就是背後牽扯的因素太多了，一不小心就會變成無法控制的局面。

任務本身並不麻煩，麻煩的是後果。

阿明嘆了一口氣，要不是自己真的很想知道對方到底在搞什麼鬼，他也不會來蹚這灘渾水。

這時，一道靈感突然閃過阿明的腦海。

如果殺死關立民會產生麻煩的後果，那其他事件呢？

遊戲任務會不會根本就不是對方的目標，而是事情發生之後的後果？

他從口袋裡拿出前幾天自己記下所有疑點的那張紙，那天花姊離開之後，他又在紙上加了幾個項目。

十二、林天業跟這件事的關聯是什麼？
十三、為什麼幕後主使者想要殺死關立民？
十四、為什麼地點要指定在文山區？

他拿出筆，開啟了手機上的手電筒，繼續在紙上往下寫。

十五、勤美的事件造成了什麼後果？
十六、黃世心受傷之後，產生了什麼影響？
十七、林天業議員後來怎麼了？
十八、關立民如果被殺死，誰會因而受到牽連？

想要在最短的時間內知道這些問題的答案，阿明只想得到一個辦法，於是他關掉手機的照明，打了通電話給花姊。

和之前一樣，電話很快就接通了。

「喂？最近是怎麼了，這麼常打給我，該不會是迷上人家了吧？」

「對不起花姊，又有件事情想找妳幫忙。」

「唉，每次都這樣，虧人家等等還約了一個年輕弟弟說。算了算了，反正我們家阿明都會好好補償的對吧。說吧，這次又想查什麼？」

阿明把自己剛剛想到的幾個問題全部告訴了花姊。

「原來如此，你想知道藏鏡人的目的就對了。」

「對，我想盡快找到他們之間的關聯性，所以才麻煩妳。」

阿明雖然這麼回答，但其實他也是想借助花姊對人際關係的敏感度，說不定她可以在一片雜亂的資訊中，看出什麼阿明注意不到的事。

「好吧，那我等等就去問問看。對了，你現在不是應該正忙著刺殺那個傢伙嗎？」

阿明看了看身旁的狙擊槍回答：「嗯，都準備好了。」

花姊笑著說：「這次可要好好注意啊，不要再被別人搶走功勞了。」

「嗯……其實，我這次沒有打算要出示自己的參加號碼。」

聽到阿明的回答，花姊驚訝的說：「什麼？你這次打算做功德嗎？」

「我想直接去找幕後主使者，親自把事情問清楚。」阿明苦笑了一聲，接著說：「再說了，如果沒有出示號碼，就不會被別人掉包不是嗎？」

「你這個人就是……」

「不好意思花姊，等等再說。」沒等花姊把話說完，阿明就掛上了電話。

從狙擊鏡中，他看到了窗戶後的房間房門被打開，有兩個穿著西裝，模樣凶狠的保鑣先行走了進來。他把身體朝槍的方向貼近，手指放上狙擊槍的扳機，果然過了沒多久，闕立民就走進了房間裡。

看見目標出現在視野中，阿明沒有猶豫，屏住呼吸，熟練地扣下了扳機。砰。任務完成。

窗戶後的景象頓時變得一團混亂，阿明沒有待在原地欣賞自己的傑作，他快速的把狙擊槍拆解，裝進身旁的工具箱裡，然後從樓梯間快步移動到二十樓的電梯口附近。在暗處稍等了一會兒，幾名工人就如他所預期的，從走廊的另一邊走了過來，他們是新辦公室的裝潢工人，工作結束後正準備搭電梯下樓。

阿明從暗處走了出來，他身上穿著背心、身形粗勇的模樣，在這群工人中完全沒有違和感，就這麼順利的和他們一起搭電梯回到了一樓大廳。但他並沒有跟著工人們一同離開建築物，而是轉身走到另一側的監控室，房間裡現在只有一個穿著制服的警衛，對阿明的出現並沒有感到意外。

「攝影機的部分我都檢查過了，看起來沒有任何問題。」阿明用憨厚的聲音向警衛報告。

「啊，不好意思還要麻煩你跑一趟，辛苦了。」

「沒事，應該的。對了，那個軟體的設置，我這邊再幫你調整一下。」

阿明走到電腦前，熟悉的操作著監視系統，很快就讓所有暫停運作的監視器恢復了原有的功能，同時也把整個大樓一個小時內的監視器畫面全部刪除。他又向警衛打了聲招呼，拿起工具箱，一派輕鬆地離開了大樓，即使未來警方前來調查，也絕對不會發現阿明的身影。

才剛踏出大門不久，阿明的手機就響了起來，一看來電顯示，發現打電話的人正是花姊。距離剛剛通過電話不過才二十多分鐘，這麼快就有結果了，花姊不愧是花姊。阿明笑了笑，然後接起了電話。

電話那頭傳來了花姊的嬌嗔：「你這個傢伙越來越得寸進尺了，什麼時候開始敢掛我的電話了？」

阿明趕忙道歉：「對不起嘛，剛剛事態比較緊急。怎麼了？有消息了嗎？」

「你這個人真的是齁。」花姊又抱怨了一下才切入正題：「好啦，不跟你計較了，我跟你說，這次中大獎了。我幫你查了那天勤美的活動，發現在噴錢事件發生當下，其實有一場快閃演唱會正準備要開始。演唱會的主角是一位年輕的歌手索菲雅，她是從女團『少女陣線』出道，後來才單飛成為歌手，不過發展並不順利。據說這次的演唱會是她最後的放手一搏，公司砸了很多錢宣傳，結果因為事件的影響，活動被迫取消了。」

「所以說，那次事件基本毀掉了索菲雅的前途？」

「沒錯，但更酷的地方在這裡。少女陣線是由一間叫『新芽娛樂』的公司經營的團體，而那個從馬背上摔下來的黃世心，也是這間公司的旗下藝人。不止如此，直播節目的製作人徐永邦，過去也曾經在新芽娛樂當過經理，後來才被挖角去當製作人，而發生意外之後，那個直播節目也被停掉了。」

「看來，這個幕後主使者跟新芽娛樂有仇啊。」

「沒錯，而關立民一直以來都是新芽娛樂的股東，所以這件事情的起點，一定就在新芽娛樂裡面。不過那個林天業我就不清楚了，只知道他在醜聞被爆出之後，好像被開除黨籍，下一屆議員應該是選不了了。」

「就跟故事裡的一樣……」阿明喃喃自語道。

「你說什麼？」

「我是說，那個，為什麼要選在文山區呢？」

「嗯……這方面我找到的訊息不多，只知道新芽娛樂在搬到現在的地點前，上個地址是在文山區，但和這個事件有什麼關聯就不知道了。」

「好的，狀況我大概都了解了。感謝妳，花姊。」

「感謝不是用嘴巴說的，要用身體表示知道嗎？」花姊呵呵一笑，改用嬌柔的語氣說：「剛剛忘了告訴你，急件還要另外收費喔，小，帥，哥。」

阿明苦笑著掛上了電話，但他並沒有馬上把手機收起，而是一邊走到街道上陰暗的角落，一邊從自己的瀏覽紀錄中找尋〈失落的寶藏〉。剛才花姊提供的資訊讓他想起了故事裡的內容，那些疑點的答案或許一開始就在故事當中，於是他輕靠著牆，接續前幾天未讀完的部分繼續讀了下去。

……消息傳回國內，年邁的國王聽聞自己寶貝女兒的死訊悲痛欲絕，但他以為女兒只是因為受不了旅途的壓力，直到某天收到小公主死前留下的瓶中信，才得知的一切的真相。讀完信的國王差點難過得昏死過去，幸好一位吟遊詩人剛好路過皇宮，託人將老國王送到醫館，才讓他的狀況穩定下來。

但命運之輪依舊沒能走到正義。這個吟遊詩人雖然救了老國王一命，卻也不是什麼好東西，他偷看了瓶中信的內容，非但沒有替小公主伸張正義，反而向海神通報了這件事。事情傳到海神神殿，海神立刻派了螃蟹將軍出馬擺平此事，而吟遊詩人也因為通報有功，後來順利成為神殿裡的弄臣。

螃蟹將軍夥同附近山裡的石頭精，找到在醫館中調養的老國王，獻上虛情假意的道歉後，拿出一盒金幣來試圖封上老國王的嘴。生性節儉的老國王從未見過這麼多的金銀財寶，虛弱的他在藥物的作用下，被祂們以保全女兒名聲的理由說服，迷迷糊糊的接受了祂們的提案。

從此，小公主的故事就成了失落的寶藏，沉進了深不見底的黑暗之中。

8

在屏東基督教醫院的單人病房內，電視上正播放著關立民被槍殺身亡的新聞，事情發生已經過了三天，警方的調查卻毫無進展，要求警界高層下臺負責的聲浪也日益增強。為了平息民怨，下一屆警政署長的熱門人選，現任臺北市警局局長田允文被迫請辭，而他在擔任文山二分局長時各種收賄、吃案的紀錄也在此時被媒體一一抖出，一瞬間成了眾矢之的。

微胖的年輕男子關上電視，對床上的老先生說：「阿伯，都結束了。」

病床上的男子沒有回應，頭轉向右側，眼神空洞的盯著窗外的暮色。

此時，病房的門打開了，一位長相慈眉善目的醫師推著血壓計走了進來，對著病房裡的兩人說：「不好意思，來幫溫先生做傍晚的檢查。」

年輕男子問：「嗯？下午王醫師不是來檢查過了嗎？」

「啊，王醫師說溫先生的血壓不太穩定，所以請我傍晚再過來檢查一次，確認有沒有狀況。」

醫師關上門，推著血壓計來到病床旁，把壓脈帶套到溫先生的手臂上，然後啟動血壓計，同時也檢查了一下溫先生的點滴。年輕的男子雖然覺得哪裡好像怪怪的，但也沒多說什麼，走到一旁的椅子上坐了下來。

「嗯，看起來沒有什麼問題。」

醫師把壓脈帶拿了下來，卻沒有離開房間，而是在另一張椅子上坐下，露出微笑對兩人說：「那個，其實我還有另一件事情想要請教兩位。不知道你們有沒有聽過『失落的寶藏』？」

聽到這個名詞，年輕男子立刻從位子上站了起來，然而醫師的動作更快，直接從白袍下掏出了一把九零手槍，輕放在一旁的桌子上。年輕男子把視線轉向病房門口，這才發現剛剛醫師進門時，已經順手把病房房門給鎖上了。

「你是誰？你想做什麼？」

醫師臉上帶著一貫的微笑說：「您不用緊張，許建廷先生，我只是要來拿我的五百萬而已。」

建廷警戒地問：「你就是……殺死關立民的人？」

「沒錯，畢竟我沒有留下參加號碼嘛，只好直接來找你了。」喬裝成醫師的阿明點了點頭，說：「不過比起獎金，其實我更想知道的是，你們為什麼要舉辦這個遊戲？」

「我，這個……你是怎麼找到這裡的？」

「既然你都這麼問了，那我就從頭說起好了。」阿明調整了一下姿勢，緩緩的說出自己這幾天來的調查結果。

「我稍微調查了一下和這個遊戲有關的事件，其中最讓我感到懷疑的，就是最一開始那個架設網站的任務。姑且不論網站的意義是什麼，幕後主使者要怎麼找到那個網站也是一個問題，想來想去，最可疑的就是那個工程師，所以我就稍微調查了一下這個人，也就是許建廷先生您。」

阿明刻意停頓了一下，見對方低下頭，他繼續說：「結果跟我預料的一樣，許先生你果然不是一般人，而是任職於某間資訊安全公司的高階工程師。我找到幾間印出遊戲傳單的影印店，調出他們的的監視器畫面，果然都出現了你的身影。想必你是用了某種病毒程式，讓影印店在印製大量傳單時，會在中間夾雜幾張遊戲傳單吧，畢竟這對你來說應該不是什麼難事。

找到你和這個遊戲的關係之後，各個事件之間的關聯也自然而然的顯現出來：事件的受害者大多和新芽娛樂這間公司有關，另外那位政治人物也恰巧位在你老家的選區。而一開始噴出鈔票的事件，除了破壞索菲雅的演唱會之外，我猜應該也是一種宣傳手法，吸引其他人來完成你之後的委託吧。

我同時也追查了你這幾個月的行動，發現你最近常常開車回屏東，卻都不是回到自己老家，而是前來這間醫院，探望躺在床上的這位溫鎮東先生。溫先生的女兒溫思容小姐，以前曾經在新芽娛樂當過練習生，後來卻因不明原因自殺，就跟〈失落的寶藏〉中提到的一樣。

這麼說有回答到你的問題了嗎？」

建廷把臉埋進雙手之中，做了一個深呼吸之後，才抬起頭來對阿明說：「所以你什麼都知道了？」

「我知道的事情剛剛已經全部告訴你了。」阿明搖了搖頭回答：「但我猜，〈失落的寶藏〉應該還沒有結束，除了網站上的故事，我想知道後來還發生了什麼事。」

建廷低頭看了床上的老先生，只見後者點了點頭，像是早就預料到了這一切。於是建廷坐了下來，眼神空洞的盯著前方，沈默了片刻，才緩慢的開口說：「我再次遇見溫伯伯，是今年過年的時候。

去年年末的健檢，溫伯伯發現自己已經癌症末期，他認為這是女兒對自己的報復，原本打算就這麼放著不管。回家過年的我恰巧發現在家昏倒的溫伯伯，把他送到醫院之後，才從他口中得知了所有事情的經過。溫伯伯要我不要管他，讓他趕快去找思容懺悔，但我不甘心他就這麼離開，而那些壞人卻能繼續逍遙法外。

當初用女兒的生命換到的一千萬，他一毛錢也沒花，最寶貝的女兒已經不在了，財富對他來說一點意義也沒有。所以我們一起策劃了一場復仇，用這些錢當作獎勵，期待能吸引到真正有能力的人，讓那些壞人得到應有的懲罰。」

建廷慘然一笑，做出最後的總結：「結果也正如你所知道的，海妖精沉入海底，弄臣在螃蟹將軍策劃的表演中身受重傷，石頭精變回無用的石頭，而海神則死在天使看管的土地上。惡魔都受到應有的報應，對老國王來說，這樣的結果算是讓他終於有臉面對小公主了吧。」

聽完故事的結局，阿明一時之間不知道該說什麼，默默在椅子上消化完這些資訊後，才嘆了一口氣。看著表情哀傷的建廷，阿明又問：「那你為什麼要把任務內容設成密碼？直接寫出來的話，對參加遊戲的人來說不是更好懂嗎？」

「這個……」建廷遲疑的看了床上的老先生一眼，然後才說：「那不是我決定的，是溫伯伯要我這麼做的。」

阿明理解的點了點頭，走到病床旁，對著床上的溫先生說：「《家鴨與野鴨的投幣式置物櫃》，講的是兩個男人為了死去的女性友人，計畫殺人的故事；《龍紋身的女孩》，原名《憎恨女人的男人》，說的是幾位堅強的女人，在充滿敵意的環境下活出了自己的人生；而《姑獲鳥之夏》，則是敘述一個家庭悲劇，受到凌辱的女兒最終選擇自殺，整個家只剩下老父親活了下來。溫先生，如果我沒記錯的話，你應該是開二手書店的吧？」

一直沒有開口的老先生，此時緩緩的張開嘴巴，用混著氣音的聲音說：「那時間就沒應該聽伊等的話，將那條錢收下來。阿容啊，阿爸……阿爸對不起對不起你喔……」

老先生一邊說，眼角一邊流下了淚水，阿明雖然不會說客家話，但完全能感受到老先生的不捨和悔恨，而一旁的建廷也別過頭去，似乎是不想讓阿明看到自已流淚的樣子。阿明在接下委託時做夢也沒想到，這場遊戲的幕後主使者，竟然會是眼前這兩個看起來如此脆弱的人。事到如今，對於自己損失的那兩百五十萬，他也不想追究了。

留在這裡也是尷尬，阿明索性站起身來，徑直朝門口的方向走去，一邊對身後的兩人說：「那五百萬就不用了，老先生住院也還需要一些錢，其他的就送給你吧，反正我也不缺錢。」

阿明準備打開房門，這時身後的建廷叫住了他：「嗯，先生，那個……」

「怎麼了？」

「你的槍……是不是要帶走？」

阿明驚呼了一聲，趕緊把桌上的槍收進自己的口袋，然後才再次回頭，從病房走了出去。

9

當阿明來到屏東車站的月臺上時，火車剛好進站。雖然心中的疑惑已經全部解開了，但阿明心裡卻沒有比較輕鬆，反而有一種更沉重的感覺。隨著事件的落幕，原本可以讓自己分心的工作也不復存在，他又得重新面對關於自己人生意義的無解問題。

乾脆現在從月臺上跳下去算了，阿明心想。

但他終究是沒有這麼做，列車停妥後，他很快就找到了自己的位置，在窗邊坐了下來。從屏東回到新竹要搭四個多小時的車，阿明希望等一下自己睡得著，不然他實在不知道要怎麼度過這四個小時。

列車緩緩開動，一名瘦弱的年輕男子從另一節車廂走了過來，在阿明身旁的空位坐下。阿明看了他一眼，只見對方身上穿著普通的T恤和牛仔褲，坐下之後就拿出手機滑了起來，他不以為意的回過頭去閉上眼睛，準備在火車回到新竹前好好休息。

「你進步了啊。」一個蒼老的聲音在阿明耳邊響起。

阿明趕緊睜開眼睛，警戒的環顧四周，尋找發出聲音的人。但他前後兩排的座位全都空著，唯一有可能發出聲音的，就只有自己身邊的這個年輕人。年輕人依舊自顧自的滑著手機，對阿明的動作似乎毫不在意，阿明仔細的端詳了對方一番，突然有種熟悉的感覺，腦中浮現了一個人的身影。

「師父？」

年輕人沒有轉頭，但聽到阿明的話卻開口回答：「不錯嘛，還認得出你師父的聲音。」

「你……你怎麼會在這裡？你不是人在國外嗎？」

「誰跟你說我人在國外的？我只是說我要出國，又沒有說我不回來。」師父放下手機，轉向阿明說：「再說了，我也得來拿我的兩百五十萬啊。」

兩百五十萬？

阿明忍不住脫口而出：「靠杯，你就是『三六三』？」

師父聽到阿明的咒罵沒有生氣，反而笑著說：「你有幾斤幾兩重我會不知道？掛條毛巾就想賺錢，你也想得太簡單了。」

光是再次見到師父就讓阿明夠驚訝的了，現在又發現他就是搶走自己功勞的元凶，讓阿明一時之間說不出話來。

一段時間後，他才用顫抖的聲音說：「可是……為什麼？」

師父沒有回答，而是突然轉移話題說：「我有跟你說過我老師的故事嗎？」

見阿明搖搖頭，師父說：「帶我進入這行的老師，代號叫作『海盜船長』，他手下除了我之外還有另外三個學生，分別叫『領航員』、『船醫』、『廚子』，加上我『水手』一共四個人。你看，他真的很不會取名字吧。」

會把徒弟取叫「下三濫」的人才沒資格這麼說吧，阿明心想，但終究是沒有說出來。

師父接著說：「老師他啊，是個非常浪漫的人。他只接自己喜歡的工作，如果感覺對了，就算不收錢他也會完成任務；如果不喜歡，就算報酬再多他也不會考慮。除此之外，他還經常把一些虛無飄渺的話掛在嘴邊，有一次甚至煞有其事的問我，『你知道真正的寶藏是什麼嗎？』」

「真正的……寶藏？」

「很莫名其妙對吧。然後沒過多久，他就在一次任務中死掉了，我再也沒有機會問他答案到底是什麼。」

失落的……寶藏嗎？

阿明想起了花姊和阿蓋，兩人都在原本接受委託的工作之外，找到了自己感興趣的事物，也各自取得不錯的成就。即使是受盡欺凌的小公主，甚至是傷心的老國王，都為了自己的寶藏而拚命奮鬥著。只有他自己，深陷在自我懷疑的迴圈當中，不知道自己下一步該往何處去，不知道自己的寶藏究竟是什麼。

「但因為自己想不出答案，所以我就收了三個徒弟，想借助他們的力量來回答這個問題。」師父突然又開口說。

阿明抬起頭，剛好和師父直盯著自己的雙眼對上，雖然外觀上是個年輕人，但師父的眼神裡充滿了成熟和穩重。一瞬間，一股暖流從阿明的心頭流過，將阿明心中的空洞填補了大半。

師父露出微笑說：「然後，我就找到我的答案了。」

收徒弟……嗎？

阿明想說些什麼，但此時手機突然震動了幾下，好像有人傳了訊息過來。他從口袋拿出手機，發現是花姊傳來的訊息，點開通訊軟體的同時，直接被花姊傳來的照片嚇到被口水嗆到，忍不住咳了幾聲。照片中的她只穿著內衣，躺在床上做出撩人的姿勢，重點是背景就在阿明的家中。而在照片下面，她還傳了幾句煽情的話：「人家已經準備好囉。阿明葛格，今天要陪人家一，整，夜，喔。」

阿明開始思考自己是不是該提早下車，先隨便找個地方避避風頭，不然自己就算回家，大概也沒辦法好好休息。但轉念一想，這次的確是受到花姊非常多的幫助，既然事情暫告一段落，那回去陪陪她好像也是理所當然的。

這時火車恰巧抵達了鳳山車站。阿明收起手機，想再跟師父多聊兩句，轉頭卻發現自己身旁的座位此時已經空空如也，彷彿從未有人坐在上面。

〈失落的寶藏〉以人來人往的街道上，以箱型車「大撒鈔」方式，讓在場民眾全部陷入瘋狂搶鈔的段落作為開端，非常吸引讀者目光，也會讓人很想知道究竟發生了什麼事，是一個非常成功的故事發端。

而後更以冒險性質濃厚的團隊合作方式，完成各項艱難任務，而除主角外的其他小組配角也各具不同風格，各個成員並非傳統「王道」設定的正義使者，而是接近為達目的不擇手段，甚至殘酷傷害或殺人也在所不惜的冷血設定，人物本身就帶有不同引人之處，而故事的冒險內容，也富有相當濃厚的犯罪兼具解謎冒險魅力。

國外許多作品，也常能看到以團隊合作方式，無論是犯案或破解謎團，一同完成所謂難度極高的「不可能的任務」。這篇作品中的團隊，除了在每部類似作品的團隊成員中，一定會有的「電腦高手」外，其餘成員個性，並非直接師法國外的組員特色，而賦予不同組員各自來歷及個性，也是這部作品閱讀下來，所可以感受到的不同特色。

故事內容閱讀起來非常流暢，並帶有廣受讀者歡迎的作家「九把刀」，其深受好評的《殺手系列》作品風格。各個組員之間的互動，也時有詼諧對話或逗趣的人物反應，甚至還有些許戲劇性的舉動。這種故事風格特色的閱讀受眾者，因為娛樂性質非常高，預期可以將犯罪小說推廣到更多自身擁有不同喜好的讀者群，這也是這篇作品不同其他三篇的最大特色。

不過討論到本篇作品各項關卡設計的合理性或是發生在臺灣的可能性。有些故事段落的設定稍微偏離現實，而成為有些理所當然的設計，確實會使本篇作品的部分內容稍微失真。惟這篇作品沿路所展顯出的故事緊湊與冒險魅力，仍是相當值得肯定。因為如果故事本身就是以極高的娛樂性質取勝，完美的推理或合理性，並非判定一個故事好看或引人入勝與否的唯一條件。若以更為寬廣的標準審視，本篇故事仍屬相當優異的犯罪小說作品。

故事中與看不見的敵人鬥智精彩，其中的暗語部分也具有臺灣特色，尾段亦以結合看似天真無邪的童話，卻是相當哀傷的悲劇預言，帶入臺灣社會議題，並與謎團緊密結合。結尾也彷彿留下了一個「師徒傳承」，及可能還有後續其他故事的伏筆，相當令人期待。

充滿冒險性的故事過程，是本篇的最大特色，這樣的團隊小組，非常適合再發展成為系列作品，也很期待作者再接再厲，創作出更多更有趣的作品，讓讀者們未來仍有機會，見到這個團隊的不同精采冒險故事。（秀霖）

林佛兒獎決選會議紀錄

決審委員：呂尚燁、秀霖、祁立峰、既晴、蔣興立（以筆劃排序）

主席：洪敍銘

記錄：李唯瑄

決選入圍作品：〈同班同學〉、〈奉天行搶〉、〈白賊〉、〈失落的寶藏〉共四篇作品。

〈白賊〉

呂尚燁　我覺得〈白賊〉的篇名跟意義很有噱頭，只看篇名還以為是一個說謊的人。這篇故事很流暢，也滿好看的，只是故事裡未成年的小女生，她講出來的話有點太成熟了。

另外，故事中間的解謎都是比較小範圍的，但它的確比較具有影視化的可能性，我給這篇比較高的分數就是因為他的場面、預算比較可以控制。而且在推廣版權的時候，故事裡面提到黑幫的確可以讓外國人有個臺灣的想像。

既晴　我覺得〈白賊〉的節奏很輕快，很適合現在的讀者閱讀。它裡面有很多關於「盜亦有道」的討論，我覺得跟其他三篇比起來是比較有新鮮感的。從過去所謂的偵探小說，一直到推理小說，再到犯罪小說，我們覺得獎項的頒發也許可以涵蓋我們對這個類型疆界拓展的期望，希望可以選擇出更多樣性的東西，所以我自己在讀的時候，我會去關注這個作家有沒有想要去挑戰疆界的邊緣，去突破一些既定的框架。

過去推理小說比較像是「勸善罰惡」，有一些法治的觀念，但是我覺得其實每一個領域，甚至是邪惡，他可能都有自己的行事邏輯，我們不一定要拘泥於傳統的道德觀念。這篇裡面呈現了盜賊這種做壞事的人，他們也有一些有趣的思考方式，這其實可以刺激我們對這個類型的想像。所以從創意的角度來講，我個人最喜歡這一篇。

另外，我覺得資訊的多元化很可能會導致小孩早熟，我自己寫小說也很喜歡安排成熟的小朋友，所以我可能在某種感性上面會對這種設計有好感。

祁立峰　當初看這四篇，〈白賊〉是我最喜歡的其中一篇。〈白賊〉的專業知識很詳實，舅舅跟姪女的對話非常流暢、有趣，而且很有影視感。

在影視化的方面，〈白賊〉或許可以像《瞞天過海1》、《瞞天過海2》一樣朝系列化的發展，但是我覺得就像呂總編講的，他的格局其實有點限縮了。至於在地化的部分，〈白賊〉的在地性較為薄弱，不過故事裡推測李國豪可能是警察，去中國帶反貓眼，這邊就可以談政治性和兩岸的關係，所以它還是有臺灣性，只是很輕地在寫。

蔣興立　〈白賊〉對於整個犯罪過程鋪陳得很縝密、細緻跟深入，會讓人揣想這個作家他身邊是不是就有這樣的人，也或許是他在網路上面蒐集到的資料很詳盡，裡面的細節掌握讓故事栩栩如生。例如當你戴帽子去發傳單的時候，手會很乾、不舒服，所以要帶手套，自然而然地就可以讓你不會留下指紋；可以藉由外送事先偵查，了解每個地方……這些都會讓人覺得這個故事的真實度很高、可信度很強。

整體來說，我覺得〈白賊〉是一篇很精彩的推理文學，作者把小偷的世界描述得非常的細緻、深刻，但也因為他完全聚焦在小偷世界裡面，相較之下戲劇張力被稀釋了，故事的格局、深度也稍微被削弱了一點點。

這篇故事讓我聯想到諾蘭推出的首部長片《跟蹤》，在看似平凡無奇的日常推理中，創造出引人入勝的有趣情節，讓讀者擁有愉悅的閱讀感受。推理文學其實也是大眾文學，對於大眾文學的讀者來說，故事的趣味性很重要，相較之下，我會覺得這一篇比〈奉天行搶〉來得有趣。另外，看〈白賊〉的時候也讓我想到《終極追殺令》那部電影，現在十三歲的小孩其實已經滿早熟的，外甥女樂樂與男主角的搭檔讓人印象深刻。

秀霖　這篇故事充滿詼諧與諷刺的筆法，主角跟外甥女的互動、對話都非常自然有趣，經過翻轉的故事過程很吸引人，人物對話內容也具有在地特色，是一篇相當優異的作品。這一搭一唱的兩人搭檔，很適合再繼續發展更多帶有冒險犯罪氛圍的系列作品。而關於外甥女早熟的問題，其實裡面也有稍微解釋到，就是她一直在看YouTube，所以資訊接受量非常豐富。

〈奉天行搶〉

蔣興立　我覺得〈奉天行搶〉是一篇表現成熟的出色作品，作者對於司法場域的背景知識、相關細節掌握精準，強化了小說的可信度和真實性。推理故事跟臺灣的社會現實、在地文化結合得非常緊密，舉凡詐騙犯罪、槍枝氾濫、黑道橫行，確實是臺灣陰暗角落中存在的問題，虔誠的宗教信仰也是臺灣社會影響深遠、不可忽視的文化面向。作者對於臺灣社會有著深入透徹的觀察與理解，並透過推理手法細細演繹、層層遞進，描繪了一篇值得肯定的臺灣推理故事。

但〈奉天行搶〉有點讓我覺得作者是非常有意識地針對這個文學獎來寫作。我感覺這是一位很有經驗的作家，他是完全照著這個文學獎的遊戲規則來寫的，他的內心非常清楚，這樣的作品很有機會得到文學獎的首獎。在重新思考四篇作品後，我覺得〈奉天行搶〉因為花了較多篇幅講述法庭實務和民間信仰的種種細節，使得這個職人故事的專業性有一點凌駕了故事性，也就是推理小說的趣味性、可讀性、戲劇張力相對地被削弱、稀釋了。

呂尚燁　〈奉天行搶〉和第一屆首獎的作品〈來自失樂園〉，有很相近的暗號設計和在地性的描寫，再加上一些比較特別的設定，像魔女推事等等，也是滿好看的。若以推版權、影視化的觀點來看，這一篇有講到臺灣的寺廟，可能是一個賣點，但是法庭的部分其實就不太好處理，而且暗號很難翻譯。其次，一個故事受到歡迎之後，我們一定會要求作者試著在同一個世界觀挖掘新的東西，我個人認為〈奉天行搶〉比較沒有那麼多的發揮空間，尤其是律師、檢察官就已經定型了，而且那個「香」下一集還可能再用到嗎？

另外，我跟既晴老師想法一樣。我們在申請一些影視補助的時候會發現，每一年都有一個熱潮、流行，什麼主題大賣了，大家都會去寫類似的題材，或用同樣的架構去補強、微調自己的作品，但那真的是作者想要創作的東西嗎？或許未必。就一個讀者的角度，我不會希望在拿到第六屆的書時，打開來發現只是人物變了、暗號的方式變了，整個大方向還是一樣的；然後在下一屆的文學獎，我們又收到十幾篇一樣的東西。

既晴　在影視化的部分，我本身的經驗是「在地」跟「國際」有時候會發生衝突。因為大家對在地的描寫好像會有共鳴，但是外國人到底能不能了解這個東西的趣味性呢？有時候，他可能會因為這個東西很神祕而產生興趣，但因專業知識（domain knowledge）而產生的門檻也可能是一種障礙。所以在地跟國際之間要怎麼拿捏，是作者的課題之一。

另外，蔣老師提到一個問題：當今天文學獎標示著「我這個文學獎要走什麼路線」的時候，它就會變得可以被「攻略」，也就是說今天針對哪個目標，用什麼方式去呈現，就可以確保得獎的機會最高。那在這篇作品裡面，我很明顯地看到，他用的所有元素都是投評審之所好。我覺得雖然他在技術上面花的功夫很到位，但作為讀者，我希望讀到的是流暢自然的故事。

我自己的第一個疑問是，這篇故事裡面提到了農民曆、香和法律，這好像是特別挑出來的組合，並不是接合得很緊密的東西。假如今天這個檢察官不是去賣香而是去當廟祝，我就會覺得他的結合度會很高。那為什麼要讓他去賣香呢？因為香是有製作過程的，他必須給篇幅讓男主角表現他處理法律跟處理香都很在行，而廟祝好像就比較沒有專業知識的發揮了。故事刻意用香、三句不離香，但是香跟農民曆的關係事實上不是很密切。所以我會認為，雖然他的技術面向很到位，但故事並不是一個融合起來很完整的整體。

我們不知道未來臺灣的犯罪小說應該長什麼模樣，我希望創作者去探索、去嘗試、去做實驗，而不是根據各種分析，只打出有把握的安全牌。我們今天辦文學獎是在選模範生嗎？還是在選擇未來一種新的可能性？我在技術面向沒有問題的前提下，會選擇比較有不確定的東西。對我來說，這篇小說沒有做什麼創作上的探索跟冒險，所以在這個角度上，我沒有給他那麼高的分數。

祁立峰　這篇故事是在地性最強的一篇，對新莊地景寫得絲絲入扣，知識性、數謎的猜測都很不錯，趣味性很高。雖然農民曆的解謎有點太複雜了，但因為在地性很高的緣故，我給了這一篇比較高的分數。

在影視化的部分，〈奉天行搶〉的法庭很臺灣，作者很了解臺灣的法律，但「魔女推事」感覺比較日式。我覺得這篇影視化的話，可以變成三季的影集，這組人可以去辦各種案子。

這篇故事並非本格推理，所以推理性、社會性有待商榷，但解密的認真度是我認定的第一名。我覺得他的暗號的可信度比〈失落的寶藏〉的索書號高，但兩篇的字謎都有點太複雜。看《達文西密碼》，就是一個單字那麼簡單，如同既晴老師說的，應該是正常人都想得到的才能變密碼。而且詐騙集團會不會用到這麼複雜，我實在很懷疑。

另外，我覺得這個作者真的很用功，有做過田調，但為什麼要製香？我想他應該就是查到很多的資料。法律也不一定是作者的專業，但他可能為了小說準備了這些資料。而因為準備資料花了很多時間，所以之後不管是寫什麼都要用到，現在小說常有這種趨勢，那我覺得這個有點受限。

秀霖　我給了〈奉天行搶〉最高的

分數，原因跟大部分老師差不多，就是它的臺灣本土性及故事性真的非常高。尤其是他的解謎方式，以傳統的黃曆再加上銀行代號，甚至結合一些方位去解謎，相當精采。從故事的安排方式來看，作者應該有豐富的寫作經驗。以搶犯無故搶奪不起眼且不具價值的宮廟黃曆所留下的一大疑點作為開端，非常吸引讀者的好奇心，讓人想要知道背後的原因而讀下去。

另外，這篇很特別的是它把法庭裡面的檢察官、法官那些司法人員描繪地活靈活現，作者本身可能有相關的背景或下過工夫認真研究，寫得還滿真實的。「閻羅檢察官」本來是一個很優秀的檢察官，突然去做傳統的香，這種反差的結合讓人物顯得很有魅力。我感覺未來不管是要繼續發展成其他犯罪小說作品或影視化，都有很高的發展性。不過，如同尚燁和既晴老師講的，在地化和國際化有時會有衝突，〈奉天行搶〉這一篇的密碼臺灣人看會覺得很特別，可是外國人來看就可能較無感覺，不過關於這點並非個人評分重點。

另外關於這篇我一直有個疑問，就是故事最後的炸彈解謎，作者似乎沒有特別寫明。翻了很多次，也去比對是否跟前面製香過程有什麼關係，但看不出有無明確相關性。當然，這也可能是單純懸念或系列作的伏筆。

〈同班同學〉

蔣興立　我自己從文學的面向來思考的時候，會認為一個故事最重要的就是能不能觸動人的心靈，去思索犯罪者為何會走向犯罪的道路。我覺得這篇故事的情感很能打動我，我在結局的時候確實感受到了角色面臨的生命困境，作者對於犯罪者的內心探討很深入，也點出了當代社會重要的家庭問題。即使類似的故事我看了很多，這篇故事依然讓我的內心受到震盪。

不過，這篇故事也有一些問題，例如故事雖然設定在高雄、臺中、臺北，但城市空間與在地文化之間的勾連並不是很緊密，換成其他地方好像也沒問題，這是滿大的瑕疵。此外，故事主題探討的是「受傷的孩子」，這個老師的孩子同時是被害者也是加害者，我覺得關於教育工作者的矛盾無力，或是家庭教育的複雜層次，都可以再進一步深入發揮。又如，何東進被設定為舊書店老闆，此一身分的符號意涵，他跟資本主義的對抗，似乎也可以再延伸討論。

整體來說，我覺得這篇作品在情感面向的掌握比其他篇更加動人，機關布局頗具巧思，推理性和可讀性令人驚艷。但在和其他同樣也很優秀的作品並列時，作品的瑕疵可能就會被放大。作者對於故事中的種種巧合和不合理之處，應該要交代得更清楚。雖然現實生活中就是有這麼多的巧合和不合理，但我們對於推理文學，特別是在文學獎的場域，就會有更高度的要求。

既晴　我覺得這一篇他訴求的是情感面向，就是臺灣人情社會的一些黑暗面——表面上是教育家，私底下卻可能完全違反教育價值——我覺得這個反差是小說最大的亮點，但這一篇相對比較欠缺合理性。舉例來說，故事裡面提到了舊書店老闆死時是全裸的，而且被砍掉手指，但凶手在設計犯罪計畫的時候，為什麼有必要讓他全裸？為什麼要在書店營業的時間冒這個險？還有砍掉手指頭，又希望警方找到他，作者並沒有解釋為什麼這樣設計，所以這部分行為的邏輯性沒有說服我。這篇故事裡很多人物的情感很壓抑，最後有一個爆發，這是我欣賞的地方。我覺得其實全裸或是砍掉手指頭，在故事開頭的表現力度很足夠，所以我會期待在後面要看到一個有趣的解釋。例如若是影射「性」，有沒有可能在他的裸體上畫一些記號，讓他的裸體有意義，那這個可能就會變成某種程度的線索或自白。

再來，故事的巧合性可能太高了。如果這個警察是因為小時候的案件，所以決定當警察，然後因為某個原因去調查，相形之下可能比較合理；但若是偶然在承辦轄區裡面發生與三十年前小時候相關的案子，發現者也是三十年前的相關人物，太過巧合。我不是不能接受巧合，但是我會希望巧合本身有一些設計，那個巧合可能是不得不然的，或是凶手有意為之的，那我就能接受，但是目前在故事裡沒有看到這方面的描述。

還有，犯罪者對老師可能懷有一點感情，但因為他自己患有漸凍症，就決定要殺掉老師，可是他又不希望警方找到……他犯案的心理動機，邏輯似乎不是很一致，作者應該可以多花一點篇幅去描寫犯罪者的心境。我覺得，在短篇小說的篇幅裡，架構應該更簡單但更深刻一點。這一篇有一個問題，就是有很多人物出場，而且關係千絲萬縷，所以每個角色的描寫其實會比較單一。也就是說，我們知道這個案件對所有人都有衝擊，可是平均化篇幅的時候，真凶反而沒講幾句話。

上面講的都是一些不好的地方，但我本身還是滿喜歡這篇作品，因為他講人情、講教育工作者內心的掙扎或黑暗面的部分其實很深刻，就像日劇《魔女的條件》、《人間失格》那樣。這部分我覺得即便是影視化，呈現出來應該也滿能讓人有那種感覺，只是在部分技術方面不夠到位，讓我覺得有點可惜。

秀霖　我給這一篇滿高的分數，因為他對社會的描寫相當寫實，故事的氛圍真的很動人，而且我覺得追尋犯案動機的過程寫得很深刻，女老師跟警察這兩位同學的互動還算有趣，犯罪者和相關人物之間的關係也設計得滿不錯的。

不過我感到疑惑的部分和既晴老師一樣，就是作者似乎沒有解釋凶手為什麼要背負增加更多犯罪時間的風險，特別讓死者裸體。再來是帽子的部分，雖然小說有解釋那是爸媽離婚後，父親留下的物品，而犯案時戴著那頂帽子，小說中有說明是一種凶手針對當年美滿家庭的懷念，但是否成為要在犯案時戴上的條件，連結性似乎沒有那麼強，在故事設定上卻又是破案關鍵。另外，我覺得〈同班同學〉每個角色其實都有背後故事，應該可以發展成四到五萬字，會成為更為完整的動人故事。

呂尚燁　〈同班同學〉的人物相較於其他篇目比較貼近一般人，追查過程也較為接近一步一步地、慢慢剝開的方式，所以戲劇張力比較弱。

另外，很多人喜歡用三十年前的事情，例如問對方「三十年前我們小學的時候，那一天發生什麼事」。有些戲劇會切換成當下的、那一天的視角，我覺得這沒問題，因為這就是事實。也有些外國影片會呈現出不同片段，最後片段拼湊成不一樣的畫面。但如果是現在坐在桌前回想那一天的事情，還全部都講得很清楚，我覺得有點太順了，不夠自然。

祁立峰　這篇其實是最本格的一篇故事。作者很認真地在操作連續殺人和隱藏的動機、環節。現在本格已經非常少了，不管是學生還是作家要寫，我覺得都很不容易寫得好。故事到最後，他們其實有同志情誼，我感覺設計感滿強的，讓我嚇了一跳。我第一次讀的時候覺得它的敘事節奏很穩定，然而讀到「美琴老師」、「三十年前」這幾個關鍵字，雖然可能不知道他們到底發生什麼事，但就可以想像、預測過去有所謂的「消失的連結」。

我覺得相對於其他篇，這篇故事的bug滿多的，第一個就是，敘事者跟警察是高中同學，他可以參與辦案這麼深入嗎？這個年輕的警察也不是負責人，他能透露這麼多真相嗎？然後，我覺得最大的問題是，被殺害的書店老闆是書店店主，竟然可以隱姓埋名三十年，從現實面去想，我覺得在臺灣的戶政系統底下不是很合理，要報稅要租房這一類的，這部分沒辦法說服我。

〈失落的寶藏〉

秀霖　這一篇還滿不錯的是他的開頭像〈奉天行搶〉一樣描寫得很特別，以灑鈔作為開端，非常吸引讀者目光，讓人想知道到底發生了什麼事情，很容易就一直這樣看下去。

故事的內容以推理性來講，可能沒有其他篇那麼縝密，中間的幾個任務部分合理性相較之下似乎沒有那麼高。但我仍舊會給他比較高的評價，是因為他在寫作上把犯罪跟冒險的元素結合得很成功，是部好看的作品。他的魅力在於類似九把刀的設計，有殺手、有團隊，有點像《不可能的任務》，可是他團隊裡面的成員又不是完全照搬西方的特色，而是有設計臺灣特色，暗號的解讀方式是比較在地性的，尾段也帶入了一些臺灣社會議題。我覺得他能把冒險的團隊的魅力建構出來，以創作來講很不容易，將來也很適合再發展成為系列作品。

呂尚燁　我會先從小說角色是不是有賣點，好不好推版權來評比。這篇裡面有灑鈔票、有馬，都不好推。所以他的角色雖然有記憶點跟一些設定的樂趣，但是從這個角度考量我會稍微扣一點分數。另外，故事中要殺那個老闆，感覺以對方的身價，殺他的獎金只有五百萬這樣算合理嗎？這一點讓我覺得比較困惑。

既晴　這篇我覺得有點可惜的是，人物跟故事的關聯性讓我覺得沒有辦法很進入狀況。我想可能是因為他的人物設定本身比較刻意，那個特異性其實會讓我沒辦法得到落地的感覺。就像剛剛有評審提到說，這篇的在地性稍微薄弱一點，雖然裡面也有談到很多臺灣的城市、場景，但是在整體表現上面，它比較沒有辦法讓我有落地感。

即便是單純談暗號的設計，他的創意度也明顯比其他作品更薄弱一點。比方說，它就是單純用書，如果今天要攻暗號的話，我希望能更有創意一點。暗號發展到最後，其實已非人力可解的東西，基本上我們看到目前和暗號相關的解謎作品，都是落定在大家對暗號的素樸的認知，就是說可以用換字、用排序，去製造一個解謎過程。我覺得如果要素樸的話，至少要提出一個與眾不同的觀點，用書的話因為太常見了，書這種東西，可以特地用某一個版本的有錯字的書、還沒有完全校對正確的書……相對之下，〈奉天行搶〉的農民曆雖然也是書的形態，但可能會稍微好一點，當然那是另外一個極端，設計得太複雜了。

我自己在看暗號的話會希望它簡而有力，而且出發點是有創意的。重點在於，創作者是否知道自己的作品在整個創作藍圖的定位是什麼？如果今天想要寫暗號，可以先了解一下以前的人寫過哪些東西。因為我們現在講「創作」，而不是「作創」，「創」在前面就表示作品要以創意為前提。跟第一屆首獎的暗號比，他也是書，而且設計得更深刻；偵探本身就是舊書店老闆，它的連結度很強，因為他是真的了解書的人，在這樣的前提下去弄一些冷僻的、一般人不會想到的書，說服力相對來說比較強。〈失落的寶藏〉單純用一些推理小說，就有點可惜。他今天在創作上面，應該要在這個領域多花一點工夫，去把那個跟別人不一樣的東西呈現出來。

祁立峰　〈失落的寶藏〉的解謎確實比較複雜。這篇用索書號，其實也是不常接觸書的人不容易聯想的地方。

這篇我有兩個還滿喜歡的地方，一個就是他加了一個小公主的童話寓言。這個其實不好寫，而且他寫得又跟故事的節奏很搭配。我覺得就這四篇來說，他的文字藝術是最高的，當然我知道推理小說可能不是看文筆，但我覺得這個寓言用得好其實滿令人驚豔。如果大家有看過《三體》的第三部，雲天明和晨心透露三體人的科技時，曾經就用三個寓言故事去講，這篇讓我有點這個感覺。還有一個是他的第一幕，雖然總編可能不喜歡，但他在綠園道灑錢的場景，我覺得讓電影拍出來是很壯闊的。因為綠園道假日非常多人，所以很可以想像那種好萊塢大片的感覺。

整體來說，這篇故事的可讀性高，乞丐、明星、花魁的三人組合頗有古龍小說的況味，但在地性與推理性略嫌不足。如果改成闖關流的話，其實還滿不錯的。

蔣興立　我覺得這篇是很具有想像力的小說，開場灑錢的名場面令我印象深刻，遊戲情節的鋪陳出人意表，故事的發展也很有戲劇張力，所以相當具有可讀性。就像剛剛秀霖老師說的，故事有一點九把刀的感覺，我自己在讀的時候也有這樣的想法。

不過我覺得比較大的問題在於，有些情節的設計比較粗糙，例如製造意外讓藝人黃世心骨折，或者是殺害富可敵國的富豪闖立民，這些都是執行起來難度頗高的大案子，我相信警察一定會全力追查。在這樣的情況下，阿明的身手顯得有點過於神通廣大了，而且所有與他合作的對象都不疑有他，整個劇情的安排跟人物的反應都太過簡化，好像沒有交代得很清楚。現在大樓跟街道上四處都是監視器，阿明卻能夠不費吹灰之力全身而退，而且最後還是由阿明來破案，警察全都束手無策，這邊故事描寫的邏輯合理性讓我有一點存疑，推理過程恐有不夠細緻之虞。如果它今天是像九把刀的作品被放在大眾文學的平臺上，強調趣味性，那就像卡通一樣，我們對於卡通其實不會要求過多的合理性。但如果它是放在推理文學獎的場域，我會覺得它的成熟度還是有一點欠缺。

另外，我覺得這篇的臺灣文化是在字裡行間呈現出來的，人物特質滿有臺灣人事物的感覺。雖然它沒有像〈奉天行搶〉那樣，非常具體、深刻地呈現出臺灣民間信仰的種種細節性的描寫，在地化的成熟度可能不夠，但我覺得它是把臺灣的特色內化在人物與情節當中，讀的時候，還是能讓我們感受到這是屬於臺灣的故事。

本次決審會議經三輪投票，評定〈白賊〉為本屆林佛兒獎首獎作品。

逆思流

白賊

作者／白帽子、秀弘、攸叵、笑芽
執行長／陳君平
協理／洪琇菁
總編輯／呂尚燁
執行編輯／丁玉霈
榮譽發行人／黃鎮隆
國際版權／黃令歡
美術編輯／方品舒
發行／英屬蓋曼群島商家庭傳媒股份有限公司城邦分公司　尖端出版
台北市中山區民生東路二段一四一號十樓
電話：（〇二）二五〇〇－七六〇〇（代表號）
傳真：（〇二）二五〇〇－一九七九
中彰投以北經銷（含宜花東）／楨彥有限公司
電話：（〇二）八九一九－三三六九
傳真：（〇二）八九一四－五五二四
雲嘉經銷／威信圖書有限公司　嘉義公司
電話：（〇五）二三三－三八五二
傳真：（〇五）二三三－三八六三
南部經銷／威信圖書有限公司　高雄公司
客服專線：〇八〇〇－〇二八－〇二八
電話：（〇七）三七三－〇〇七九
傳真：（〇七）三七三－〇〇八七
香港總經銷／城邦（香港）出版集團有限公司
香港灣仔駱克道193號東超商業中心1樓
電話：（八五二）二五〇八－六二三一
傳真：（八五二）二五七八－九三三七
E-mail：hkcite@biznetvigator.com
馬新經銷／城邦（馬新）出版集團　Cite(M)Sdn.Bhd.
E-mail：Cite@cite.com.my
法律顧問／王子文律師　元禾法律事務所
台北市羅斯福路三段三十七號十五樓
二〇二三年九月一版一刷

■中文版■

郵購注意事項：
1. 填妥劃撥單資料：帳號：50003021戶名：英屬蓋曼群島商家庭傳媒(股)公司城邦分公司。2. 通信欄內註明訂購書名與冊數。3. 劃撥金額低於500元，請加附掛號郵資50元。如劃撥日起 10～14日，仍未收到書時，請洽劃撥組。劃撥專線TEL：(03) 312-4212 ・ FAX：(03) 322-4621。E-mail：marketing@spp.com.tw

國家圖書館出版品預行編目資料

白賊/台灣犯罪作家聯會 著 ;
--初版. --臺北市：尖端出版, 2023.09
面 ; 公分.--(逆思流)
譯自:
ISBN 978-626-377-010-2(平裝)

863.57　　　　112012230